寒冰纪
往事

萧河 著

北方联合出版传媒（集团）股份有限公司
万卷出版公司

ⓒ　萧河　　2020

图书在版编目（CIP）数据

寒冰纪往事 / 萧河著 . -- 沈阳：万卷出版公司，2020.7
（2020.7 重印）

　ISBN 978-7-5470-5361-4

　Ⅰ . ①寒… Ⅱ . ①萧… Ⅲ . ①幻想小说－小说集－中国－
当代 Ⅳ . ① I247.7

中国版本图书馆 CIP 数据核字（2020）第 071643 号

出 品 人：王维良
出版发行：北方联合出版传媒（集团）股份有限公司
　　　　　万卷出版公司
　　　　　（地址：沈阳市和平区十一纬路 25 号　邮编：110003）
印 刷 者：三河市嘉科万达彩色印刷有限公司
经 销 者：全国新华书店
幅面尺寸：145mm×210mm
字　　数：300 千字
印　　张：11
出版时间：2020 年 7 月第 1 版
印刷时间：2020 年 7 月第 2 次印刷
责任编辑：胡　利
责任校对：高　辉
装帧设计：丁　璐
ISBN 978-7-5470-5361-4
定　　价：42.00 元
联系电话：024-23284090
传　　真：024-23284448

美国科幻作家罗杰·泽拉兹尼在其科幻小说《趁生命气息逗留》后附了一首诗，节选自英国诗人阿尔弗雷德·豪斯曼的《什罗普郡的流浪儿》，这首小诗曾给我相当深的触动。

来自远方

来自清晨

来自十二重高天的好风飞扬

飘来生命气息的吹拂

吹在我脸上

快，趁生命气息逗留

盘桓未去

拉住我的手

快告诉我你心所想

……

在过去的很长一段时间，我对人类存在的意义倍感困惑。我们每天重复着同样的行为，上课，上班，上网……在绝大部分时间里，大脑为了逃避真正的思考而变得一片空白，在生活的旋涡里，我们附和着伟大的万有引力，慢慢地滑向平庸。后来，我想或许生活本就如此，与其纠结于无解的谜题，不如努力为自己寻找乐趣，为生活赋予意义。

阅读，无疑是一个不错的选择。尤其是科幻作品的阅读。

在科幻小说里，作者为我们描绘出全新的环境和新奇的社会结构，超越我们的生活体验，这是传统文学作品很难做到的。在阅读过程中，我们自然而然就跳脱了现实的平淡乏味，仿佛也置身于那个遥远而神奇的世界，和故事主人公一起，完成一次次精彩的冒险旅程。当然，优秀的科幻作品对一个人看待世界的方式也会产生极大的影响。

我的科幻启蒙作品，正是大刘的《球状闪电》。随后又读了大刘的几乎所有作品，被其作品中瑰丽的想象和气势磅礴的场景所震撼，自此成为大刘式硬科幻的忠实门徒。从大学时代尝试创作至今，不觉间也已八年有余。一些作品也得到了前辈们的肯定与鼓励，而今能结集出版，颇有集腋成裘之感。在这里，要感谢我的妻子对我的创作一如既往地鼓励；感谢我的家人朋友们对我的关心和支持；感谢蝌蚪五线谱的培养与提供的科幻发表平台；感谢博峰文化、万卷出版公司、万榕书业的编辑的辛苦校稿与诸多改进建议……要感谢的人很多，如悉数列出，则本序将成为本书字数最长的一篇。正如钱锺书先生在《围城》的序里所言："大不了一本书，还不值得这样精巧地不老实，因此罢了。"

这本合集收录了我近几年的一些短篇作品，风格迥异，题材多样。既有《地球天窗》《地心囚笼》《高原峡谷》《太空彩虹》这种带有英雄主义色彩的超级工程主题硬核科幻，又有《寒冰纪往事》《老无所依》《原罪挽歌》这种以现实或近未来人文社会问题的背景下，探讨科幻在其中所扮演的角色的作品。作为自诩师承克拉克和大刘的作者，本书的整体风格是偏硬的。《三体》之后，国内掀起科幻出版热潮，但以软科幻居多，硬科幻题材作品寥寥，亟须有作品扛起《三体》之后中国硬科幻题材的大旗。扛旗之事需名家、大家为之，姑且称本书为一次尝试、一次呐喊，以起到抛砖引玉的作用。

我相信，相比从没读过科幻的人，科幻读者看待生活的态度应该会淡然一些。科幻里的世界是什么样儿？动辄世界毁灭、宇宙重生，科幻里的视角是什么高度？一般都要放眼全人类，抑或攸关整个银河系的存亡，要么就是关乎整个宇宙的命运……极目楚天舒，心骛八极，万象藏于胸而神游太虚，不读科幻的人可能永远不能领会其中的妙处。

读科幻，你会变得更聪明，拥有更深邃的思想和眼神；读科幻，去领略那些你做梦都梦不到的世界，感受属于科幻的独特魅力；读科幻，告别肥皂剧和无聊社交，让想象力主宰世界，来构建属于你一个人的王国。

上帝说要有光，于是有了光。你说想要做一个英雄，上帝沉默。乱世才能出英雄。

于是，科幻为你创造了一个乱世。

萧河

2018 年 8 月 13 日

目录

寒冰纪往事

TIME.SPACE.LOVE

    三千米厚的冰层之下，"小鹰号"潜艇正贴着冰面缓缓地孤独地行进着。是谁还在吟着那首古老的诗："如果我们把双眼献给波塞冬，大海也许是我们最后的归宿……"

　　直到很久以后，不少人仍相信，眼前的景象只是一场梦。最后醒来的是诗人。当最后一位诗人因无法再见到日出而绝望地从泰山顶上纵身跳下时，他留下了一首诗，宣告了一个时代的彻底结束：

暮色四合 永夜降临

夕阳西沉 永不东升

来自宇宙的恶魔打破了平静

英勇的人类发起保卫家园的战争

烟尘遮天蔽日 淹没群星

恶魔掳走了太阳 夺去了光明

从此 世界坠入永恒的黑暗与寒冷

人们的心中只有空气和食物

不再住着神灵

……

公元 2285 年，地球大灾变后第二十三个年头。天地之间仍一片混沌，大气里飘浮着带有核辐射的致命灰尘。地面上死气沉沉，好像从来没有过生命的迹象。没有光，没有风，没有声音，这让人联想起宇宙的终极末日——热寂。在零下 70 摄氏度的环境下，一切运动都停止了，万物成了时间的雕像。

海面上的波浪也被定格了，还保留着翻涌的姿势。大海也是静止的，除了——海里三千米厚的冰层下，有一个小黑点贴着冰面缓缓地移动着。

作为"小鹰号"潜艇的指挥官、升舵手、声呐侦察员、军士长兼厨师长，老尼克少校时刻保持着精神抖擞，充满警觉。他魁梧的身体坐在控制台前的小椅子上，显得有些滑稽。为了看清屏幕上的声呐图像，他把眼睛瞪得溜圆，胡子拉碴的脸快贴到屏幕上了。

"……人们的心中只有空气和食物，不再住着神灵。如果我们把双眼献给波塞冬，大海也许是我们最后的归宿……"一个男孩抑扬顿挫地读道。

"闭嘴，臭小子。"老尼克不耐烦地打断了他，"还留着这首破诗呢？赶紧删了。"

"早删了，但是我背下来啦。你不觉得这首诗很美吗，爸？"

"美个屁。美能当饭吃吗？能当空气让你吸吗？"

"不能……但它能让我思考除了吃饭与呼吸之外的事儿……"

"二等水兵尼克·麦康伯听令！力量训练时间到，三分钟，五十深蹲三十俯卧撑，一个也不能多，一个也不能少，快！"

"是！少校！"

运动会额外消耗氧气。可是孩子在长身体，需要运动。咬咬牙也得坚持，为了这个臭小子，老尼克什么都愿意干。快点长大吧，像个男人那样独立生活下去。只是拜托别再问我为什么人类生活在冰层里而不是陆地上，地球为什么会是现在这个鬼样子。说了你也会以为是在编故事。一颗直径三十千米的小行星好像上了准星，以每小时十八万千米的速度朝地球径直冲来，你敢相信？这个动量级的行星可能会把地球击穿，就像子弹穿过一个熟透的果子一样轻松。地球上所有的核弹都用上了，终于在大气层外把这个该死的小行星轰成了渣。地球的屁股是保住了，但是粉身碎骨的小行星阴魂不散，上万亿吨带着核辐射的粉尘进入大气层，彻底把地球毁了。地表温度骤降，动植物死绝，海面往下冻了三千多米的冰。人类被迫转到海里的冰层中生活，靠吃海里的海藻、死鱼死虾生存——他们管这些冻在冰里的小鱼小虾叫"蛋白质果冻"。要是发现一头冻在冰里的鲸鱼，那简直是踩狗屎运发大财，因为在很长一段时间内，都可以吃到美味的脂肪了。

老尼克少校沉浸在回忆里。小尼克已经回来了，他的脸蛋红扑扑的，额头上有细细的汗珠。这个十三岁的少年身体瘦长，但是肩膀开始变得宽阔，和老尼克小时候一模一样。

"爸，给我讲讲在陆地上的事儿吧。你在那里待到了十八岁呢。"

老尼克瞅了儿子一眼，咧着嘴笑了，把手放在脑后，腿伸直了搭在控制台边上。这一段回忆让他感到快乐与得意，虽然对从没见到过太阳的臭小子来说，理解起来会有相当大的难度。

"那时候嘛，我每天早上能吃八片面包、两大杯牛奶。我们在草地上踢球。球场面积比我们这里要大上一百倍，想怎么跑就怎么跑。空气都是免费的，想吸多少就吸多少，还有一股青草的甜味儿。午饭我们会吃牛排，配上一点意大利面、土豆泥和胡萝卜。"

"还有苹果馅儿饼。"小尼克吧唧了一下嘴巴。

"对，当然少不了苹果馅儿饼，我的最爱。夏天的时候，我还要喝上一大杯柠檬苏打水，咕咚咕咚，真是爽透了……"老尼克越说越起劲，丝毫没有注意一旁的小尼克已口水直流。

"听起来真像天堂啊。"

"比天堂还要好上几倍。我还没有说我的那些玩具呢！山地自行车啊，滑翔伞啊，滑雪板啊……"老尼克兴趣盎然地挺起腰，用手比画着。他注意到了小尼克的脸，抹了抹嘴巴："算啦，说了你也不知道是啥玩意儿。我还是教你点有用的吧！"

"又学找矿啊。"小尼克噘了噘嘴。

"当然。找矿可是吃饭的本事。二等兵小尼克听令！"

"找矿"是老尼克教给儿子的黑话，意思是探测大型海洋生物的残骸。他们已经半个月没有找到矿了。

看着小尼克操作潜艇的认真劲儿，老尼克头向后一仰，疲惫的脸上浮现出一丝笑容。这孩子够可怜的，跟着他没过上好日子。可他毕竟活下来了。和很多孩子相比，已经算幸运了。可这样不是办法。孩子不能当一辈子矿工，还是要去上学啊。只有读书接受教育，进入精英知识分子阶层，才能被社会认可，有机会跻身上流社会……自己苦点不算什么，一定要把他送到学校去。可想想那高得离谱的学费，老尼克就头疼。可是他答应过珍妮，一定要让他们的儿子读书，有朝一日重返地面，过上他们曾经体验过的好日子……

老尼克这样想着，不知不觉睡着了。

小尼克看了一眼父亲，嘴唇动了动，却没有叫醒他。他兴奋地操作着潜艇，有些吃力地拉下操纵杆。"小鹰号"贴着冰面，朝着深海区缓缓驶去。

老尼克正做着梦，突然被一阵摇晃弄醒了。

小尼克声音颤抖地指着屏幕说道："爸，找到矿了！我找到矿了！"

老尼克从椅子上弹了起来："调高声呐发射功率，定位坐标！"

"好的，少校！"

目标的轮廓越来越清晰。这是一具抹香鲸的尸体，在"小鹰号"潜艇上方二百米左右的冰层里。它的头部朝下，嘴巴微张，还保持着下潜的动作。

"不错，一个成年的大家伙。可惜离我们太远了。坐标锁定了吗？"

"嗯。坐标已锁定！"

"好，准备返航！"

"就返航了吗？说不定后面还有……"

"傻小子，先把到嘴边的肉吃了。要是再被别人发现了，我们这半个月的辛苦就打水漂啦。"

"明白。'小鹰号'准则第七条：只获取确定性收益。可惜我今天这么好的手气啦。"

"不管怎么说，这一票干得不错，臭小子。"

"嘿嘿。"小尼克揸了揸鼻子，"那你是不是要奖励一下二等兵呢，少校？"

老尼克看了看小尼克，笑着拍了一下他的头："就你鬼点子多！好，我们交了货就带你去！"

"遵命，少校！'小鹰号'准备返航，目的地：太平洋第五居住区 18 号地下港！"

老尼克知道这个臭小子心里想的是什么。臭小子和他一样懂事早。正是情窦初开的年纪，偏偏又让他遇见了一见钟情的女孩儿。

老尼克把潜艇停在港口最角落。他打开舱盖看了看，先跳了出来吹了声口哨，接过潜艇里的一个大皮袋和两个空气罐。小尼克跟着爬了出来，像一只敏捷的小猫。父子俩整理了一下衣服，大摇大摆地走进了港口。

"要表现得自然点儿。"小尼克记得爸爸的话。老尼克很坦然地告诉过儿子，找矿不是什么体面活儿，况且他的潜艇也不是正经来路。

这就是老尼克的工作，自由找矿者。一些比较深的矿，他不会自己开采，而是把矿的坐标转手卖出去，也能获得不菲的佣金。

黑市交易，全靠个人信誉。要小心挑选买家，否则会招来杀身之祸。

只要能让臭小子过得舒服一点，能早点攒够钱送他去学校，老尼克什么都豁得出去。

长长的隧道幽暗又湿冷，只在前面有一点光亮。

"爸，好冷啊。"小尼克感觉自己的牙齿在跳舞。

"穿上这个。"老尼克把皮夹克脱下来，披在儿子身上。

"不用，你会感冒的！"

"别废话，穿上！"

"可是……爸，你跑什么？"

"跑就不冷了！我在出口等你！"

出了港口，就是另外一个世界。一座建造在冰里，同时也是用冰建造的城市。

这里灯火通明，让小尼克有点睁不开眼：街道是冰做的，街道两旁的店铺也是冰做的；晶莹剔透的楼宇像一座座冰雕，里面亮着灯，充满了艺术气息。人们都行色匆匆，穿着厚厚的长外套，呼出的哈气在霓虹灯的映衬下变得五颜六色，像一团团奇异的火焰。

老尼克知道，海底火山热能提供的电力够这里繁华好一阵子的。

"跟紧点儿，这儿可不都是好人。"老尼克用手抚了抚小尼克的肩膀，让他走在前面。

他们转过几个路口，来到一家叫作"流浪者"的酒吧。这里环境很差，人也很杂，是老尼克做交易的地点。

"呦，尼克少校来啦？"眼尖的黑人伙计看到尼克，热情地打起招呼来。

"嘿，安迪。一杯威士忌，一杯果汁，果汁加双倍维 C。"

"好嘞。"安迪的眼睛滴溜溜地在尼克脸上扫了一下，狡黠地笑了笑，"少校又找到大矿了吧？"

老尼克斜眼看了看安迪："忙你的去。刀疤什么时候来？"

"就快到了。您和小少校先喝着，我去帮您问问。"安迪哈着腰退了出去。

"爸，你对他好像……不太友好。"小尼克看着安迪瘦小的背影说道。

"他是刀疤的人，跟我们不是朋友。"老尼克抿了一口酒说道。

"刀疤就是买我们矿的人吗？"

"是的。他手下有一支挖掘队，专门干大矿。"

"既然他有挖掘机，为什么不自己找矿，要买我们的矿呢？"小尼克有些不解。

"挖掘机太笨重，移动起来不方便，每挪一步都是钱。所以他们宁可花钱买矿的坐标信息，也不愿走冤枉路，这样对他们更划算。我们找矿，他们挖矿，这就是分工，能让大家的利益最大化。要不然也没我们什么事儿了。"

"明白了。你真厉害，什么都懂。"小尼克仰着头望着爸爸。

"这算什么，你老爸知道的多着呢。"老尼克有些得意地说道。他的余光瞥到酒吧门口进来了几个人。

"他们来了。"

刀疤披着一件裘皮大衣，带着四个强壮的手下向老尼克走来。小尼克看见他的第一眼，就知道他为什么叫刀疤了。他的脸上有一条长长的疤痕，从左眼角一直延伸到右嘴角，就像一条深深的海沟，把他的脸分成了两部分。他的嘴巴特别大，当他咧开嘴笑的时候，好像又增加了一道横着的疤痕，脸上仿佛开了花。

"好久不见，尼克。"

"好久不见，刀疤。"

"不知道少校这次给我们带来了什么？"刀疤打了个响指，安迪小跑着端过来一杯威士忌。

"当然是你想要的东西。"老尼克说着，把一张胶片丢在桌子上。

刀疤看了一眼老尼克，微微笑了笑没有说话。他拿起胶片，迎着酒吧吊灯暖黄的灯光看了起来。

"哎哟，哪儿找到的？"刀疤的语气里有股藏不住的喜悦，老尼克当然听得出来。

"刚成年的抹香鲸，十八吨到十九吨，正是最值钱的时候。"

"不错，不错。乔，给他们钱。"刀疤继续看着胶片吩咐道。

"等一下。"老尼克低沉地说道，"这头抹香鲸可不止我们之前交易的那个价。"

"怎么了，不想卖了？"刀疤的眼睛离开胶片，望向老尼克。

"你想得到这个矿，需要多出点儿。"老尼克盯着刀疤的脸说道。刀疤知道他没有开玩笑。

"我要是不加钱呢？"

"你是聪明人，这一票你能赚多少心里清楚。"

刀疤把脸凑近老尼克，他的脸近距离看上去更加恐怖："那我要是不买了呢？"

"我要是你，就不会这么干。"老尼克还没说完，刀疤的脸色就变了。

桌子下面，他的命根子被老尼克用枪抵住了。

该死。刀疤暗自骂道。他注意到老尼克的左手一直放在桌子下面，却没想到他会这么大胆。

"加多少，你说个价吧。"

尼克伸出了三个指头。几个手下冲向尼克，准备动手。

刀疤大喊："你们都别动！"

酒吧里顿时一片安静，人们纷纷看了过来。小尼克的脸都吓白了。他看了看父亲，依旧是那么沉着冷静。

刀疤咬咬牙："行，成交。乔，给钱，按他说的数。"

刀疤的手下哼了一声，把钱丢到桌子上。

"拿着。"老尼克低声对儿子说。

小尼克点了点头，没有说一句话，迅速把钱塞进口袋。

老尼克把写有一组数字的字条递给了刀疤。

刀疤讪笑："尼克少校，你这么干，可坏了规矩啊。"

"规矩都是人定的，现在这就是新的规矩。我算过了，你还有得赚，分一点给我，对你不算什么。"

"行，我认栽。不过下次你可就没这么幸运了。我们走！"

刀疤带着手下走了，顺手把手里的酒杯扔在地上摔得粉碎。

"算我的。"老尼克眉毛一扬，对愁眉苦脸的安迪说道。

"爸，刚才你太酷了。我看到他那张脸都腿软，你还能和他讲条件。"

"外强中干罢了。不然他为什么要带四个手下？像他这种人，只能欺负老实人。和他们打交道，绝不能露怯。"

"要是真动起手来怎么办？"小尼克有些不安心地问道，"我只能对付一个，你要对付四个才行。"

"哼，你老爸没退役的时候，记录是一个打七个。"老尼克看了看表，"走吧，我们先去商店，然后去找你的贝瑞卡。"

小尼克的脸唰地红了："只是……普通朋友而已！"

"得了，解释什么呀。看你这紧张劲儿。你知道她住哪儿吗？"

小尼克抱着一大袋食物走在前面，老尼克提着两袋跟在后面。

父子俩走在冰面街道上，路面因为缺少打理而变得仄仄不平，脚踩下去都是冰碴碎裂的嘎吱声。街上的灯光开始暗了下来，要隔很远才有一盏昏暗的路灯亮着。

"贫民区。"老尼克嘟哝着。

"到了。"小尼克抬头看了一眼门牌号，指着一扇冰门说道。

"贝瑞卡在吗？我是尼克。贝瑞卡？"

没人应答。

老尼克试着推了推门："门没锁。我们进去看看？"

屋内一片漆黑。

"贝瑞卡？"

"看来她不在家。"看小尼克有些失落，老尼克安慰道。他知道真相太过残酷，这个小姑娘很可能已经饿死了。

一个微弱的声音从角落传来："尼克……"

老尼克摸出手电筒照了照："嘿，还活着。"

"贝瑞卡！"小尼克冲了上去，扶着女孩起来。她的身子轻飘飘的，就像一片离开翅膀的羽毛。

"你怎么来了，尼克。"贝瑞卡的眼睛睁开了，一双大眼睛占了瘦弱的脸庞的一大半。

"先别说话了，让她吃点东西。"老尼克递过来一瓶人造牛奶和一块合成三明治。

"谢谢。"贝瑞卡接过食物，大口吃起来。

"爸，你过来一下。我有事和你商量。"小尼克帮贝瑞卡靠着墙壁，对父亲招了招手。

"什么事？"

"我想把贝瑞卡带走，和我们一起生活。你看她一个人，这样下去会没命的。"

"不行！把她带着，我们仨都会没命的！"

"我可以少吃一点。难道就看着她饿死吗？"

"她总该有家人吧？听你说她也有个爸爸？"

"我宁愿没有这个爸爸。你们不用管我，他也不会同意的。他脾气坏得很，你们快走吧，免得惹上麻烦。"贝瑞卡说着，抽泣起来。她打开了灯，老尼克看清了这个女孩的模样。他知道小尼克为什么对这个姑娘这么好了。

"臭小子，眼光和他爹一样好。"老尼克暗暗说了一句。

小姑娘楚楚可怜的样子真让人心疼。

"他打你了？"老尼克盯着贝瑞卡的脸问。

没等贝瑞卡回答，门外传来了跌跌撞撞的脚步声。

一声破口大骂先传了进来："谁叫你开灯的？你叫老子拿什么去缴电费？"

贝瑞卡不敢出声，大眼睛里写满了恐惧。

一个魁梧的中年男人满嘴酒气地推门而入。毫无疑问，他就是贝瑞卡的爸爸了。

小尼克看到他比自己的爸爸还要高大，不禁向后退了退。

"你们是谁？"

"这是我的儿子小尼克，他是贝瑞卡的朋友。"

"朋友？这个小婊子还有朋友？"男人哈哈笑了起来，突然挥起拳头暴怒地冲向贝瑞卡，"老子叫你出去打工赚钱，你却交什么见鬼的朋友！"

他的拳头在空中挥了半天，却始终落不下去。老尼克牢牢地捏住了他的手腕，就像老虎钳一样。

"没人会雇一个十二三岁的女孩儿的。你这是把孩子往绝路上逼，你懂我的意思。"

"关你什么事？我的女儿我让她做什么她就得做什么！"

"我没有你这个爸爸！"贝瑞卡突然大喊了一声。

"听到了吧，孩子并不认你。这个孩子我要了，跟着你简直活受罪。"

男人打量了一下老尼克，露出了猥琐的笑容："早说不就得了。原来你喜欢这口。说吧，你能出多少钱……"

啪！一记重拳打到了男人的脸上。

"这一拳是替贝瑞卡还你的，以一个父亲的身份。"老尼克冷冷地说道。

男人被激怒了。他扑向老尼克，像一头愤怒的灰熊。

老尼克侧身一闪，扳住他的肩膀，又是一拳，把男人打倒在地。

"这一拳是我教训你的。你打女人，不配做一个男人。"

男人站起来，擦了擦嘴角的血迹笑了笑："行啊，贝瑞卡，找到靠山了，嗯？你要知道，只要我不同意，这个男人是没办法带走你的。非法入室，明目张胆抢人，这可是犯了《太平洋海底居民保护法》的，我一告一个准儿。"

老尼克叹了口气，他知道这个男人想要的是什么。"你带着贝瑞卡，到门外等我。"他对小尼克说。

小尼克点了点头，拉着贝瑞卡走出去，轻轻关上了门。

"他们不会还要打架吧？"贝瑞卡不安地问。

"放心吧，我爸是非常冷静的人。就在来这儿之前，他一根手指都没动，就不动声色地收拾了好几个浑蛋呢。"

"尼克叔叔真厉害。"

"那当然。我爸爸以前是一名少校军官，他的故事一时半会儿可说不完。"

小尼克正说着，老尼克推门走了出来。

"问题已经解决了，贝瑞卡。你还要不要去和你爸爸道个别？"

贝瑞卡望着老尼克的脸，犹豫了一会儿，最终摇了摇头。

老尼克耸了耸肩："这样最好。我还担心你放不下那个老浑蛋呢。我们走吧，孩子们。我带你们去一个好地方。"

那天下午，小尼克第一次坐上了冰地铁。与地面不同的是，冰地铁没有一个车轮，而是由车顶的缆绳牵引，利用雪橇在冰轨上疾速滑行。

当冰地铁开动时，他不禁尖叫了起来。

"哇！比我们的'小鹰号'还快！"

"别大惊小怪的，表现自然点儿。"老尼克裹了裹夹克，低声对小尼克说。

"而且，别在这儿提潜艇。"

"哦。知道啦。"小尼克敲了敲座椅，"这真的是冰块做的吗？坐上去一点都不觉得凉，还热乎乎的。"

"当然是冰块儿，不过是用一层绝热膜包裹起来了，几乎不受外界温度影响。上面还有一层加热垫，不然你的小屁股哪会这么舒服。"

坐在一旁的贝瑞卡咯咯地笑了起来。

"你还笑。你坐过冰地铁吗？"小尼克被笑得有些难为情。

"那当然。我爸爸曾经也是……"贝瑞卡说了一半，把头垂了下去。

"你爸爸曾经是什么？说呀。"

"哪儿那么多废话，好好坐着。我们马上就到了。"老尼克瞪了一眼儿子。

他知道，贝瑞卡曾经是个富家女，她那老爹也曾是个体面人。能躲过大灾变到海底生活的，哪个不是富人呢？但是海底世界资源有限，养不起那么多富人——总要有人干活儿，养活这个摇摇欲坠的人类堡垒。在这里，只有真正的巨富才能称为富人，财富的博弈之后进行了新的社会分工，像贝瑞卡那样的家庭只能沦为穷人，做最底层的工作，得最少的报酬。老尼克知道，贝瑞卡的父亲就是受不了这种反差才变成现在这样子的。

想到这儿，老尼克不禁叹了一口气。

这个世界上，还有一种人，游走在灰暗地带，不受社会规则的制约。在他们眼里，没有规则，没有秩序，强者生存是唯一的道理。

他就是那种人。

冰地铁缓缓停站。老尼克扫了一眼站牌——温特伍德公立学校站。他们到了。

"这就是温特伍德学校？"小尼克瞪大了眼睛。眼前是一个巨大的操场，操场后面一座座晶莹剔透的教学楼灯火辉煌。透过半透明的墙壁，他能看到里面有许多孩子上课的身影。

老尼克扬了扬下巴："这是第五区最好的中学。这里才是你该来的地方。"

"我是说，你们。"老尼克看了一眼贝瑞卡补充道。

"尼克叔叔，你是说……你要送我来读书？"贝瑞卡不敢相信自己的耳朵。温特伍德学校高昂的学费是她想都不敢想的。

"当然了，你们俩。但不是现在。"老尼克摊了摊手，"我现在可拿不出那么多钱。"

"没关系，我们可以等！对吧，小尼克？"贝瑞卡热情洋溢地拍了拍小尼克。她没有了刚见面时的无助与恐惧，那天真烂漫的快乐模样真是光彩照人。

小尼克把脸一绷，怪声怪气地说："是的，贝瑞卡女士。我们可以等。不过请你称呼我尼克上尉。"

老尼克被两个孩子逗笑了。他望了一眼不远处的摩天轮说道："无论怎么说，欢迎贝瑞卡加入我们。为了庆祝，我请大家去旁边的游乐园玩！"

"两张儿童票,谢谢。"两个孩子拿了票,像长了翅膀一样飞了进去。

老尼克点了一杯啤酒,看着两个孩子远去的身影陷入了沉思。本来敲了刀疤一笔,送小尼克进学校的钱差不多够了。可现在多了一个贝瑞卡,两个孩子都得读书,日常的开销一下变成了三份……他盘算了一下,要想赶在明年的开学季送两个孩子读书,必须要每个礼拜都有一次好运气找到大矿才行。

"珍妮,我答应过你的,就一定会做到。"老尼克轻声说道。他想起了珍妮对他说过的话。珍妮说,总有一天,人类会重返地面,驱逐天空的阴霾,重新拥抱温暖的阳光。人类要想早点实现梦想,必须取得科技上的突破,寄希望于未来。人类的未来是属于有知识的科技精英的,而不是那些满脑子逐利的资本家。老尼克深信这一点。珍妮说的每一句话,他都深信不疑。

老尼克突然感到有些异样,好像有人在盯着他的后背。他猛然回头,却什么都没有看到。他端起酒一饮而尽,走到柜台付账,然后假装漫不经心地踱步到角落,仔细观察冰地面上的行迹。看着冰面上的轻微划痕,老尼克皱了皱眉头。

"小鹰号"里,两个孩子还在兴奋地讨论着游乐园里的经历。老尼克听着他们绘声绘色地讲述,感觉自己也跟着他们去玩了一样。他轻轻地笑着,心想我和珍妮在地面上那会儿,玩过的迪士尼比这好上不知多少倍呢。

快乐的情绪在老尼克的脸上还没停热乎,就被他那紧皱的眉头赶跑了。屏幕显示,几个圆点正从不同的方向朝他们逼近——他们被一群潜艇包围了。

他认得那些潜艇。他们一直在找他,看来这次真躲不掉了。

"哎哟,看看我们发现谁了?好久不见啊,尼克少校。"一个经常出现在老尼克噩梦里的声音传来。

老尼克看了看两个孩子，示意他们别出声。他深呼吸了一口气，打开了通信话筒："别乱来。我儿子在'小鹰号'上。"

"想不乱来也行啊，只要你答应跟我们走。之前的事儿，我们就当没发生过。"

老尼克看了看儿子和贝瑞卡，攥紧的拳头松了下来。

"好，我跟你们走，但是我有一个条件。我们找地方谈谈。"

"行啊。你走前面，我们跟着。"

老尼克知道他们想让他干什么。十年前，他就是因为这个跑出来的，带着他的"小鹰号"潜艇。他是一个军人，不是一台没有感情的战争机器。

老尼克放慢了航速，驶回港口。回去的路途特别漫长。舱室里没人说话，气氛有些沉重。孩子们还不知道发生了什么。老尼克张了几次嘴巴，心里有千万句话，本来是要留着慢慢说的，现在一下子都挤到嗓子眼来，他竟不知道说什么好。

"等下我去和他们谈些事情。你们在这里等我回来。"老尼克尽量让自己的语调显得轻松些。

"爸爸，他们是谁？"小尼克望着爸爸。

"这个你不用知道。没事的，他们需要我，不会把我怎么样。"

"叔叔你放心吧，我和小尼克在这里等你。"贝瑞卡拉着小尼克的手说道。她知道老尼克的用意，他们知道得越少就越安全。

老尼克点点头，钻出舱室。几艘潜艇上下来了十几个黑衣人，跟着他向港口出口走去。

他们又回到了"流浪者"酒吧。

"是你。"老尼克看见刀疤坐在一张桌子旁，冷笑着看着他。

"没错。你应该知道，我可不是吃素的。我把你在这儿的消息卖给了高斯特将军，价钱可不低啊。"

老尼克听到那个总在噩梦里出现的人的名字，脸上的肌肉不禁抽搐了一下。

刀疤站起身，脸上堆满了谄媚的笑："高斯特将军，您来了。"

高斯特将军是一个精瘦的老头儿。他的个子不高，却有足够的威严让人感到压抑与敬畏。尼克知道，那是杀人无数才凝聚而成的杀气。

"好久不见，尼克少校。"

"你还活着，高斯特将军。"尼克低声说。

高斯特放声大笑："怎么，很意外吗？"

老尼克没有说话。那场混战毁灭了帝国的一切，没想到，除了自己之外，竟还有人逃出生天。

"坐吧。知道我找你来干什么吧？"

"这么多年，你一直在找我。无非是两个目的：要么杀掉我，作为我当年叛逃的惩罚；要么继续利用我，去干那些阴暗肮脏的勾当。"

"那你觉得是哪个呢？"高斯特把身体靠向椅背，用手指敲着桌面问道。

"如果你要杀我，我想刚才就动手了。"

"聪明人。我当然舍不得杀你。"

"我如果不答应你呢？"

"那说明我开的条件还不够高，还没到让你无法拒绝的程度。"高斯特打量着老尼克，淡淡说道，"我知道你有个儿子。你一直想送他去上学，对吧？"

老尼克不说话。

"我可以付给你足够的钱，让那个孩子读完大学。怎么样，这个条件还不错吧？"

"我要双份的，现钱。因为我现在有两个孩子。"

高斯特顿了一下，旋即露出了笑容："真敢开价。不过没问题，我相信你值这个价钱。"

老尼克咬了咬牙："行，成交。"

高斯特对手下做了个取钱的手势："你就不问我要你做什么吗？"

"问不问没有区别。我照做就是。"老尼克低着头，眼睛看着地面。

"痛快！"高斯特大笑，问站在一旁的刀疤，"你说他是不是很有诚意？"

刀疤有些受宠若惊，高斯特将军竟会与自己说话。他连忙小鸡啄米似的点头："是是，有诚意，当然有诚意。"

"那我们是不是也要表现出一点诚意？"

"当然，当然。"刀疤附和着，他的脸色却突然变了。

高斯特正盯着他，目光阴冷而恐怖。

"你的命是我们能表现出的最大诚意。"高斯特说着，掏出腰间的手枪，枪口对着自己，递向刀疤，"是你自己了结，还是我帮你？"

刀疤已面如死灰："高斯特将军，您不能这么做……我对您有用，我刚刚把这个家伙的消息告诉给您……"

"是卖给我。尼克少校就在这里，现在你已经没用了啊。你应该知道，有些钱不能赚。坏了规矩，只有这个下场。"

刀疤低着头，伸手去接手枪。老尼克看到，当他的手快要碰到枪的时候，他的表情变得扭曲而狰狞。

刀疤的手突然变快了，他的身体前倾，几乎是去抢那把枪。

但高斯特的动作更快。他把手一缩，手腕一抖，掉转枪口正抵住了刀疤的脑门。

"还是我帮你吧。"高斯特说着，扣动了扳机。

嘭！奔涌的血浆在刀疤的脑后像焰火一样绽开。

空气里充满了血腥味。

老尼克叹了口气："你不必这样做的。"

高斯特收回枪，把一个皮箱放到桌子上，推向老尼克："就当是我的见面礼吧。这个人有你的信息，我不想让你有后顾之忧。"

老尼克接过皮箱："我要去找一个人，交代些事情，很快就回来。你在这里等我。"

高斯特摩挲着手枪，头也没抬："去吧。我相信，同样的错误尼克少校不会犯第二次。"

老尼克回到"小鹰号"上。两个孩子见到他，都露出了笑容。

"爸，我们可以离开这里了吗？"

老尼克点点头："是的，我现在就带你们离开这里。再看一眼'小鹰号'吧，你们可能再也不会回到这里了。"

"为什么呀？"小尼克还不明白发生了什么事。

"收拾东西，小尼克。"贝瑞卡小声说道。

威尔逊神父。在这个世界上，老尼克只有这一个人可以信任。在他被巨额赏金通缉的日子，他躲在神父家里，一待就是几个月。

威尔逊神父平静地听完了老尼克的话。他点了点头："让孩子们过来吧。"

小尼克怯生生地看着眼前这位白发苍苍的慈祥老人，一只手抓着老尼克的衣角。

"那就拜托了，神父。"

分别的时候到了。

"爸，你还会回来吗？"小尼克怔怔地看着地板。刚才的对话他都听到了。

"也许要很久才能……"老尼克颤动了一下，没有了挺拔的姿态，好像一下子苍老了许多。他转过身，把怀表摘下，挂在儿子的脖子上，金属的表身在孩子竹竿似的身体上晃晃荡荡。

"记得每天要锻炼。五十深蹲三十俯卧撑。以后每年增加五个，直到你满了十八岁。他们要是不让你做，你就晚上偷偷做，明白了吗？"

小尼克一下子扑到爸爸身上。

老尼克抱着儿子，感觉他是那么瘦，那么轻。他还是个孩子啊。

"保重，孩子，照顾好贝瑞卡。要像个男人那样活下去。"老尼克最后吻了吻孩子的额头，转身向"小鹰号"走去。

"我会好好的！等你回来！"小尼克大声喊道。

老尼克咬了咬牙齿，没有回头。他不能让小尼克看到他的眼泪。他在儿子面前从来没有流过泪。

老尼克刚爬进潜艇，高斯特的声音就从扬声器里传来："没看出来啊，刽子手尼克。真是父子情深的感人一幕啊。"

老尼克用手背擦了擦眼睛，冷冷地说道："好了，我们可以走了。"

"看到你那慈父的一面，让我有些担心呢。一会儿可别让我失望啊。"

"你的担心纯粹是多余的，将军。"

从这一刻起，老尼克知道，这具躯体里那个慈爱的父亲已经死了，冷血残酷的杀人恶魔复活了。

他不愿意回忆那段黑暗的岁月。大灾变后最初的几个年头，是把人变成魔鬼的日子。开凿冰室的速度有限，可人人都想往海里涌。六千万人。最终有六千万人成功进入冰层，占人类总数的百分之一。毫无疑问，这是各国的权贵和精英阶层。但是一旦这些权贵精英构成一个新的社会，必然又要再分出阶层。一场大混乱持续了十年，最后形成了两个超级大国，六百万人最终生存了下来。老尼克敢肯定，这六百万人和他一样，没有一个人的双手是干净的。老尼克所在的部队直接听命于该国的最高元首，执行过无数次秘密任务。执行最后一次任务时，他们遭到了伏击。帝国的潜艇部队几乎全军覆没。老尼克驾驶着"小鹰号"突出重围，切断了和其他潜艇的联络，再也没有回去。

"刽子手尼克，这次的任务你清楚了吧。"扬声器里传来司令指挥官的声音。

"清楚了。隐藏，跟踪，伏击。不过请不要那样称呼我，高斯特将军。"

"我喜欢这样称呼你，你的作战风格真让人印象深刻。如果你不是自己脑子犯浑跑了，你现在差不多是个少将了。"

"我们夺下海底最后一座活火山又会怎么样呢？我听说几个城市已经区域性断电，好多人生了冻疮。"

"亲爱的少校，你还是那么天真。海底的生活把你过傻啦？这儿本来就养不了那么多人，就算冻死了几个，和你又有什么关系？"

"他们和我们一样，都是人。"

"对我来说，他们什么都不是。歼灭那支舰队，拿下这座火山，我们就控制了海底最大的热源。我们还拥有世界上唯一的潜艇部队，你觉得我们会成为什么？"

老尼克冷冷地说道："原来这才是你想要的。"

高斯特的语气里难掩兴奋："等我成为新的元首，你就是开国元勋，我可以让你做国防部长，兼潜艇部队总司令……"

老尼克不再说话，把操纵杆握得咯吱作响。

六艘潜艇排成三角箭头阵型，在漆黑的深海里行进。"小鹰号"在队伍第二排的左翼，在它的红外线成像显示屏里，可以清楚地看到火山的轮廓。高斯特一声令下，六艘潜艇齐齐下沉，开启了反探测系统，与海底融为一体，等待猎物送上门。

"嘘！来了。"另一支潜艇队从他们的上方经过，朝着火山口的方向驶去。老尼克数了数，有十二艘。他知道他们为什么非要找他了。

没有刽子手尼克，他们根本没有什么胜算。

这十八艘潜艇，几乎是现在世界上军事力量的总和，也曾是两国统治集团最锋利的爪牙。

他们悄悄跟在那十二艘潜艇身后，等待时机，准备在他们意想不到的时候……

战斗打响了。导弹流星般从身边划过。老尼克全身肌肉紧绷地操纵着潜艇，"小鹰号"像鲨鱼一样灵活地躲避攻击。在这三千米的冰层之下，在这伸手不见五指的黑暗海域，一股股声呐发出的超声波汇合在一起，激起的巨大音浪拍打在冰层上。双方混战，拼的是武器装备、战斗技巧、视死如归的决心，以及被幸运女神眷顾的概率。

以三艘潜艇作为代价，尼克他们全歼了对方的十二艘潜艇。

"干得漂亮！虽然损失惨重，但是结果完全可以接受。我们去查看一下火山口！"高斯特将军的声音听起来有些失真，好像有意压抑着兴奋。

"该死的，火山口被堵住了，岩浆喷不出来。你有什么办法吗，尼克？"

尼克的手臂酸痛，胃部开始抽搐——他已经一整天没吃东西了。他反复辨认着另外两艘潜艇的位置，咬着牙让自己保持精神集中。现在，高斯特将军的潜艇就在"小鹰号"的下面，而他们则都处在火山口的正上方。

"我还有两枚导弹，将军。"

"太好了，瞄准这个该死的火山口！等一下，你为什么会留有两枚导弹？"

"因为它们有更值得摧毁的目标。"老尼克说着，按下了发射键。

另一艘潜艇本来就在战斗中受了损伤，被尼克的导弹击中后，像一条死鱼一样翻了个身，重重撞到了火山熔岩上。而高斯特将军的潜艇只是尾部被导弹刮掉了一块——经过刚才的战斗，这个老狐狸仍没有相信尼克，他快速地调整方向，躲过了导弹。紧接着，他也发射了一枚导弹，正中"小鹰号"的艇身。"小鹰号"尾部翘起，前端对着海底，直直地向下沉。

"幸好我也留了一手，这枚导弹就是为了防备你的！去死吧，你这个浑蛋！所有的荣誉都是我一个人的！哈哈！"高斯特将军放声大笑。突然，他的潜艇猛烈地抖动了一下，也开始向下沉。

"小鹰号"正顶着高斯特的潜艇，一起向火山口撞去！

"住手！你这个疯子！啊！"

尼克发出一声长吼，那是"小鹰号"最后的冲锋号角。

要好好活下去，像个男子汉一样。总有一天，你和你的孩子会回到地面上，回到天堂。

不要怪爸爸。我能做的只有这么多了。

再见，臭小子。

老尼克的手颤抖着，打开隐藏在操纵台下的一个盖子。他闭上眼睛，按下了那个从未按过的红色按钮。

嘭嘭！两声沉闷的巨响后，"小鹰号"连同高斯特的潜艇，在火山口上一前一后地开出了两朵绚烂火红的花朵。

火山也跟着暴躁起来，喷出暗红的巨舌，急剧汽化的海水变成大气泡，发出嗞嗞的声响后往海面窜去。

源源不断的热流向上传导，冲破了三千米的冰层，直达海面。热流汩汩流动，像一个运动着的崭新的生命。

那是这么多年以来，冰冻的海面上第一次泛起波浪。

地球天窗

　　我们期待英雄，即使他不能力挽狂澜之既倒，匡扶大厦之将倾。单单他的精神，就足以感动我们，让我们重拾面对一切的勇气。

一

　　他老了。

　　梁峰已经在床上躺了两天。今天早上梁峰感觉好了不少，于是他决定起床出去走走。梁峰拄着手杖，颤颤巍巍地挪到大厅外的长椅边上坐下。细密的汗珠在他的额头闪现。梁峰吁了一口气，看了看表，还好，可以第一时间"晒晒太阳"。黄昏时分，微弱的阳光照在他的脸上，在那沟壑般的皱纹里投下了一道道狭长的阴影。一个年轻的母亲带着女儿在散步，一边走一边对女儿说着什么。突然小女孩挣开妈妈的手，蹦跳着跑到梁峰身边喊："梁爷爷！"梁峰一愣，抬头看见一位年轻的女人向他走来，"我认识您，梁院士。很多女孩子都曾爱慕您年轻时的英俊潇洒和英雄气概。但我想说您现在依旧很迷人。谢谢您，要不是您，我今天根本不能站在这儿和您说话，也就更不会有她……"她看了一眼正用好奇的大眼睛打量梁峰的女儿，"雯雯，向梁爷爷问好。"

雯雯笑盈盈地向梁峰伸开了双臂，就像破土而出的植物嫩芽。梁峰明白了，配合地俯下身去。

"啵——"雯雯咯咯笑着跑开了，在梁峰脸上留下了点点亮晶晶的口水。

梁峰竟像小孩子一样，被吻得心跳加速，脸颊绯红。他还以为只是一个拥抱呢。梁峰的脑子一下子活泛起来，思绪也回到了五十年前。

原来人们还没有忘记他。

中国，北京。本年度第七次全球首脑高端峰会。此时是晚上八点零五分，室外温度38摄氏度。

地球就像火炉旁的一块奶酪，正在融化。

虽然所有空调都拼命地以最大功率制造冷气，人们却全然感觉不到一丝凉意。会议大厅里人满为患——一百多个国家的首脑悉数到齐，加上几百名与会的科学家和绝对不比科学家少的记者。尽管会议选择在晚上举行，大厅里的闷热仍让人感到无比烦躁。各国首脑互相寒暄着，都向对方倾吐着大量的赞美之词。科学家们倒显得比较安静，仿佛在等待着什么。几个摄像师因为抢占有利视角协调未果，低声咆哮着互相推搡起来。

突然，大厅里的灯灭了。人们一下子安静了，不知道发生了什么事。

一束淡蓝色冷光照亮了大厅前边的报告台，人们听见了一个沉稳的男低音，并确定了声音的来源是一个近乎完美椭圆形的人体。

"女士们，先生们，首先，我很荣幸能受邀参与会议并担任本次大会的主持人……"张楚门站在台上,微笑而又不失庄重地环视台下,"本次会议的规模和意义是空前的。如果说人类的历史上有几个时刻是需要被铭记的,那么今天晚上无疑要被列在其中。现在,外面的温度已经超过我们的体温了——全球气候的变暖问题已经严重影响了人类的生存。为了寻找这一世界性难题的解决方案,我们再次聚在一起……"他那有点秃顶的大圆脑袋上汗涔涔的,在三基色冷光灯的照射下好像一面光洁的凸面镜,宛若农历十五晚上的明月。张楚门拿着湿巾轻轻地擦去额上的汗珠,一边继续说道:"请科学家代表,来自科学家联盟的梁峰发言,大家欢迎。"

梁峰站起来,深吸了一口气。他此时还没有料到,这场让他有些许兴奋和紧张的报告,将会改写地球的历史。那一年,他二十八岁。

"女士们先生们,大家下午好。"梁峰试着让自己显得尽量平静,"在做正式报告之前,我先给大家讲一个事例。"

"在很多地区,人们曾认为乌鸦是一种不祥的动物。乌鸦成群地在村庄上空盘旋,往往不出几天,村里就会有人死去。长此以往,人们认为乌鸦是一种凶兆,会带来死亡。后来,人们发现乌鸦是食腐动物,拥有极其敏锐的嗅觉。人之将死,某些器官衰竭病变,会导致代谢异常,发出腐败的气味,从而招引来乌鸦。这叫作乌鸦现象——即把某事件造成的结果误认为引起该事件的原因。"

梁峰顿了顿,"我讲这个的目的,就是想说明一点:有时候我们会因为错误的研究角度而得出错误的结论。在我们的生活中,甚至在科学研究中,乌鸦现象都大量存在。但随着人类的进步,这些谬误终究会被发现,真理将会指引我们走向更加美好的未来。这也是人类孜孜不倦勇于探索的动力之一。下面正式开始我的报告:天体气候论——太阳系对地球气候影响的研究。"

梁峰用手扯了扯衬衫领口,从来不习惯扎领带的他感觉脖子像被绳子缠住了一样，每说一句话就有一股热气钻进他的喉咙，窜进肺里潜伏下来。他一边解下领带，一边笑着解释："不好意思。但我想发明领带的家伙也没想到今天会这么热。"台下有人笑了。不少男士也把领带解了下来，脱掉了西装上衣。气氛一下子变得轻松起来。

衣领大敞的梁峰感觉舒服多了，语调也变得轻快了许多："全球气候变暖问题愈加严重，现在已经影响了人类乃至地球上绝大部分生物的生存。为了缓解这个问题，我们也做出了很多努力。尽管我们的碳排放量已经降到了人类工业革命以来的最低水平，可气候变暖的困境却没有大的改观，近几年甚至有愈演愈烈的趋势。我们觉得，温室气体论可能不完全正确。究竟是二氧化碳气体的大量排放导致了全球气温的升高，还是由于气候变暖，海水温度升高，从而对二氧化碳的溶解度降低，将千万年来溶解其中的二氧化碳释放到大气中，导致了大气中二氧化碳含量上升呢？这是不是一种气候学领域的乌鸦现象呢？"

"人类每年排放的二氧化碳是多少？二十年前大约为 65 亿吨，现在每年不到 40 亿吨。而异养型细菌每年排多少二氧化碳呢？1500 亿吨，是人类的几十倍。人类排放的二氧化碳不过占大气总量的 0.23%。在整个地球面前，甚至在细菌面前，我们都没有什么影响力。面对这浩然广袤的世界，我们就如同大海上的一叶孤舟，以为用一根木桨用力地划水就可以影响洋流的走向。经过八年的研究，我们的结论是，大气中二氧化碳含量的微小波动对气候变化几乎没有任何影响。太阳的剧烈活动才是地球温度变化的原因。"

一个魁梧的身躯腾地站起来——B 国总统有些激动了。作为一个快速发展的新兴工业国家，低碳减排让 B 国吃尽了苦头。他大声质问道：

　　"什么？你的意思是说我们实践了几十年的温室气体论就是一坨狗屎？"

　　"不能这么说……总统先生。我们只是发现了一个更加符合事实的理论，并且在科学界达成了共识。"

　　台下的各国首脑发出一阵议论声。已经有记者开始打电话，用手捂着嘴说着些什么。这是梁峰意料之中的。

　　"搞科学就是自己不断地抽自己耳光！哈哈！"台下的一个留着浓密胡须的科学家突然大喊道，随即科学家坐席里爆发出一阵哄笑声。

　　"大家静一静……"张楚门挥了挥手，示意梁峰继续说下去。

　　"对不起，总统先生，"梁峰忍住了笑，"不过确实像他说的那样，我们一直在否定过去的理论，扇自己的耳光。"他喝了一口水继续说道，"但是你看，我们都习惯了。"

　　"我们的研究发现，地球上的气温呈现周期性变化，这主要和太阳的周期性活动，以及太阳系中其他行星和地球的相对位置有关。我们暂且称之为天体气候论。根据这一理论，我们建立了相应的数学模型，经过计算机运行后，我们有了一些让人兴奋的发现。"

　　梁峰用余光环顾四周，发觉各国首脑正齐刷刷地看着他，这让他多少有些得意。"我们把太阳的活动周期以及太阳系各个星体的基本数据输入系统中，以地球的气候作为输出，得到了一条地球表面温度的变化曲线。"

　　"请看大屏幕！"梁峰侧过身，脸对着液晶大屏幕，"这就是计算机由天体气候论推演出的地球气候曲线。请注意看这条曲线！开头部分是地球刚形成不久时的温度，那时地表温度高达上百摄氏度，到处流动着暗红的岩浆。随着时间的推移，地表物质冷却凝固，温度慢慢降低，地球表面逐渐有了丘陵、山谷，后来天上有了云，地上有了河流、海洋，再后来，温度降到了适宜有机生命生存的范围，蕨类植物逐渐称霸了整个大陆，三叶虫在海底肆意游弋……"

"梁先生，"Y国首相站起身激动地打断他，显然已全然不顾自己的绅士风度了，"我们可没有时间在这儿回顾地球的历史，请您直奔主题吧！"

即兴演讲被打断，梁峰多少有些扫兴，但他还是报以理解的微笑，"就要到了，先生！让我们把曲线拉到距现在一百八十万年，对，这里，出现了一次明显的降温，地表温度降到了零摄氏度以下。这时整个亚欧大陆都被皑皑白雪所覆盖。再向后，停，这儿，温度开始回升。向后，向后，这儿，温度再度下降，又一次降到了零下。然后温度再度回升，直到这儿，也就是现在了。"

时间轴被定格在了二十一世纪。

"哦！上帝啊。"

屏幕上，一条粗大的红色曲线狰狞地向上攀升，到达最高点后开始急速下降，曲线的轮廓勾勒出了一个鲨鱼背鳍的形状。之后，曲线贴着坐标横轴非常平直地向后延伸，一直到屏幕尽头。

梁峰的表情变得凝重起来，"根据这条曲线，温度将以越来越快的速度持续升高，最后地表温度将达到一百摄氏度——如果不是地球上有海洋的话，温度可能还会继续上升。这时的地球就是一个天然的墓园——除了少数嗜热细菌外，没有任何大型生物可以适应如此高的温度。高温持续不长的时间便开始骤降，接下来便是漫长的冰川期，长到让人绝望。我们的模型已经向未来运行了几亿年，温度曲线一直没有什么起色……"

"超长冰川期？"一名记者惊讶地张大了嘴。

"是的。每一次太阳活动越剧烈，随后的冰川期也就越长。到时候，地球上的能量传递将变得极为微弱，整个生态系统接近崩溃，碳基生命即使在高温期能侥幸存活，这时也将走到繁衍的尽头……"

"怎么会这样？"

"现在只有一种合理的解释，"梁峰摸着下巴，"我们现在正处于太阳活动的上升期。太阳能量活动的强度越来越大，超过了我们之前的预期。一百年后太阳的活动强度将达到最高峰。这种灾难性的超高强度能量辐射吞没了包括地球环日轨道在内的空间，导致地球温度不断升高。然后太阳活动变弱，可能比现在还要弱很多，这是导致以后地球持续低温的原因。尽管现在已经让人热得难受，我还是要告诉大家，气候继续变暖还会持续一万年。随后，地球将开始一次大规模的降温过程……"

征得梁峰点头示意，一名记者提问道："梁先生，您论述的这个理论很新奇，研究的角度也很独特。只是你们有把握该理论是正确的吗？没有冒犯的意思，我只是希望看到有事实能支持你们的新理论。"

梁峰笑了："不管多么伟大的理论，如果不能被证实的话都是假说。但我对这个理论体系很有信心。当然它可能还不甚完善，我欢迎大家帮助我们一起完善它。值得一提的是，这条曲线所显示的最近几次气候变化，和历史上可以考证的几次冰川期开始和结束时间十分吻合……毫不夸张地说，用这个模型可以将这种变化精确到以十年为单位的程度……"梁峰自顾自地继续说着，"根据曲线的进度，再过大约九千七百多年的时间，温度开始下降，地球将进入下一个冰川期，地球的降温幅度将会创下历史新高。所以，我们面对的，将是一个气候多变的时代，是一个由一万年加速变暖期和上亿年持久冰川期组成的'一曝十寒'的时代。"

大厅里陷入了寂静。地球的命运已经站在了地狱的入口。

没有人再感觉到热了。大屏幕上的曲线像一条红色巨蟒，悄无声息地扼住了台下每一位与会者的喉咙。彻骨的寒意从每个人心底升起。真正的寒意从来不是由外界环境引起的，而是源于内心深深的恐惧。

沉默良久，张楚门打破了沉默："想出什么解决方案了吗，梁峰？"

梁峰的眼神显得平静而又充满自信，这种眼神无疑是现在最能安慰人的。

"有。造地下城。"

大屏幕上出现了一张地下城结构示意图，密密麻麻的管道状结构让人联想到蚁穴和蜂巢一类的东西。

"照现在的趋势发展下去，几十年后的地表将不再适合人类生存。我们可以到地下去。从施工角度上讲，这个方案被认为是最实际的，成本也相对较低。从技术上来说，难度也较小。"

"那还等什么？"一个浑身白衣的男子大声说道。梁峰知道他就是某个中东国家的大王子。

"但是这个方案有许多弊端。人类要放弃地表的生态圈，习惯黑暗潮湿的环境，改变生活方式，只能吃单调粗糙的合成食品。但最大的问题是：按照现在的世界人口计算，地下城恐怕最多只能装下全世界一半的人口，另一半就只能待在地表，等着最后被活活烤死。"

"哦，上帝！这简直是犯罪！"

"就没有其他方案吗？"

"呃……倒是有一个，不过对于这个方案，在科学界内部还没有对它达成一致的看法——他们认为它太疯狂了。"

"说给大家听听吧！反正这也是个疯狂的世界。"大胡子科学家又高声叫了起来，不过这次没有人笑。

"说来听听。"张楚门用鼓励的语气对梁峰小声说。

"那好吧。请我的助手把我的移动硬盘递上来。"

梁峰将移动硬盘插到电脑上，打开了一个三维模型演示软件。画面上显示出一个蓝白相间的球体。

"这就是地球。"梁峰一边操作鼠标一边解释说，"现在已经明确了，太阳的能量辐射强度是地球温度变化的主要原因，所以解决问题的途径也就确定了。我的思路就是——人为干涉太阳到达地表的能量辐射。请看。"

视角被拉远，大屏幕上的地球缩小了一圈。在赤道上空，出现了一条白色的细线。细线渐渐变粗，变成了一圈淡淡的白色圆环。以圆环为起点，一个类似薄膜的东西慢慢向两极延伸，最后完全把地球包裹起来，在地球四周形成了一个封闭的空间。在太空背景下，地球加上了"外衣"，那种飘浮感就更强了，像一颗随风飘荡的蒲公英种子，不知道会被吹向何方。

"这就是我构想计划的雏形——地球天窗。"梁峰的语调变得激昂起来，"这些天窗要可控，可以随意打开与闭合，以保证太空探测器的正常进出。既要有极高的透射率，也要有极高的反射率。在太阳活动剧烈的时期，受到太阳辐射的区域，也就是处于白天区域的天窗将起向外反射的作用，把部分阳光挡在外面，从而降低温度。到了太阳活动变弱的冰川时期，处于夜晚地区上空的天窗将起到向内反射的作用，将本应穿过地球上空的阳光汇集起来，反射到地面，给地球保温。"

台下突然静得让梁峰心里没了底。

"这东西，看起来像鸡蛋壳似的，能撑住自身的重量吗？"

梁峰笑着答道："没问题。球状的外形让天窗很好地分担了地心引力——况且太空中的引力并不是那么强。通过计算机的仿真模拟分析结果可以看出，天窗的强度不仅可以承受其自重，还可以抵御小尺寸陨石的撞击。在一些部位进行加固的话，即可确保万无一失。"

"如果真实施起来，这将是人类有史以来最大的一项工程，梁博士。您考虑过这项工程的预算吗？"

"考虑过了。如果每一块天窗按一平方千米计算，大约需要220亿块天窗。量产的话，每块天窗的造价应该在10万美元左右。"

"2200万亿美元！你知道这是什么概念吗，年轻人？"

"知道。如果在20年前，这是一个无法想象的天文数字。不过经济的快速发展让我看到了这个想法变成现实的可能。2200万亿是天窗的制造费用，加上天窗的发射与拼接，总预算在5000万亿美元左右。考虑到经济的持续增长，这相当于全世界三年的GDP总和。"

"疯了！科学家果然都是疯子！"Y国首相再次站起来，"这太疯狂了！"

"我知道，这个计划巨额的耗资听起来让人难以接受。这个计划如此庞大，需要举世之全力才有可能完成。如果成功的话，这将是人类家园保卫战中最辉煌的战役。但要是失败了……人类社会将元气大伤，地球恐怕会加速滑向毁灭的深渊。"

"但我们没有退路了。"一直沉默的M国总统说。

"是这样的，总统先生。"梁峰有些感激地回答道。

"我不同意这个计划！"Y国首相大声嚷嚷起来，"那会把整个世界搞垮的！"

"我倒觉得这个计划挺不错的……"F国总统给出了不同意见。

"预算太大了，不切实际。"

"你有什么更好的方案吗？"

各国首脑议论纷纷以至相互争吵，大厅里热烈的气氛达到了高潮。争执持续了一个多小时，最后张楚门不得不宣布散会，下次会议再继续商讨。

媒体的大肆报道，更是推波助澜地点燃了全球大讨论的浪潮。一时间，连理发店里谈论的都是"天窗计划"和全球持续变暖的话题。当一个东西和每个人的生死相关，没有人会对它视而不见。更有技术宅们从理论上对天窗方案提出改善……经过了半年的计算与验证，几十次会议上的表决，这项计划被最终敲定。由联合国成立的特别项目组总体负责，梁峰被任命为研发部第一小组组长，张楚门出任项目组副总指挥。

从这一天起，地球正式进入了"天窗时代"。

二

灰黄的太阳已经被地平线吞没了一半。在梁峰看来，它的轮廓已经有些模糊不清。他就这么直视着太阳，看着这个昔日里骄横跋扈的家伙现在落魄不堪，心里感慨万千。这时，天空中传来了一个柔和的女声："市民们请注意，市民们请注意，现在是下午5点55分。还有五分钟，天窗即将关闭，光夜即将到来。请大家开启家里的能源板，请大家开启家里的能源板。市民们请注意……"

梁峰静静地坐在长椅上，等待光夜的到来。还有几分钟，他的杰作就会笼罩大地，散发出象征着人类永不言败的光芒。

有一天，梁峰被天窗的结构设计问题搞得心烦意乱，想出去走走。他叫了一辆出租车，叫司机直接往城外开。

车里的广播正在介绍"天窗计划"。司机是一个四十多岁的中年人，很健谈。

"咋了哥们儿？看你愁眉苦脸的，有啥事不顺心？"司机和梁峰搭话。

"嗯……是有点烦心事儿。"梁峰看着窗外。

"知道'天窗计划'的事儿吗？就是广播里的这玩意儿。"

"知道。"梁峰把脸转了过来。

"我说这帮科学家也忒逗了，原来太阳也有更年期……"

"是……活动周期……"梁峰忍不住纠正。

"意思差不多。我说哥们儿，看开点。二十多年前不也有一次闹得挺邪乎，说什么世界末日嘛……噢，对了，那时候我才上初中，可能还没有你呢！"

梁峰微笑着不置可否。他没有告诉司机，他就是那年冬天出生的。

"那天的场景我到现在都还记着，"司机继续说道，"很多人都相信那天会是世界的终结。有的人甚至不去上课了，成天出去疯玩。倒是我坚持到了最后一天。那天早上，我从我妈的衣袋里拿了一百块钱，放学时去麦当劳痛快地大吃了一顿，然后回到家，四仰八叉地躺在床上，等着那一刻。结果你猜怎么着？"

"怎么着？"

"最后我迷迷糊糊就睡着了，再后来突然感到耳朵一阵剧痛，嘿！我妈正揪着我耳朵呢，天早就亮啦！"

"哈哈！您这世界末日过得也太没劲啦！"

见到梁峰的脸色好了许多，司机侃得更来劲了，汗渍渍的脸上闪着兴奋的光芒："就是嘛。打那天我就知道了，咱就是平民老百姓，该吃就吃，该喝就喝。大灾难啊末日啊什么的统统都是扯淡。就算真有，就让那些科学家专家什么的操心去，你说呢？"

梁峰被司机的一番话说乐了，心里也明朗起来："是是是。师傅，不用出城了。咱们回去吧。"

梁峰和多名科学家一起，历时半年，研制出了第一块天窗。天窗由两层透射率高达 99.999% 的新型无机硅氧材料组成，可承受上百万摄氏度的高温，外表光滑无瑕，中间抽成真空，放置一张可以以一边窗框为轴卷曲的薄银板。银板经过纳米级的结构处理，可以抵挡绝大部分射线通过。当天窗窗框上的微型计算机收到地面指挥中心的命令时，便能控制银板卷起或者铺开。张开的银板和光滑的无机材料表面组成了完美的反射镜——镜子的大小由银板的张开程度控制，从而改变通过天窗的透光量。

第一块天窗的发射引来了全世界的关注。一块天窗面积可达一平方千米，折叠起来之后，体积也有几十个立方米。发射到地球同步轨道的折叠天窗能不能自动伸展并将银板顺利展开，成了媒体关注的焦点。

梁峰清楚地记得，首次发射天窗的那个晚上，他的办公室桌上摆着香槟，抽屉里放着"关于天窗展开事故的可能性分析报告"。现场的媒体工作者们则忙着调试和望远镜连接的摄像机，准备让全世界一起见证这具有纪念意义的一刻。随着运载火箭呼啸着腾空而起，在场所有人的神经也绷了起来。人们注视着火箭尾部喷吐的火焰渐渐远去，直到其变成划过天际的一个亮点，这才把目光转向了直播大屏幕。

"天窗已被运送到预定轨道。"

"准备展开。准备展开。"

"准备就绪。"

地面指挥中心发出了展开指令。大约十秒钟后，只见天窗上先是出现了一条极细小的亮纹，条纹慢慢变粗，直到整块天窗变成了一小块方形的耀眼光斑，好像一颗新生的恒星。

"成功了！"人群中爆发出阵阵欢呼。香槟派上了用场。而梁峰还不知道，那天值得庆祝的事还不止这一件。

小型的庆祝晚会上，梁峰遇见了张薇。他不知道自己竟有这样一位年轻的女同事。修长的双腿，纤瘦的身体，长度恰到好处的头发，还有尚未洗去天真的脸庞。她一手端着酒杯，一只脚在地上画着半圆，忽闪着大眼睛打量着墙壁上挂着的名人肖像。当她看到"现代控制之父——钱学森"时，梁峰走了过去。

"以个人名义向人类中的精英们致敬，感谢他们让这个世界变得精彩纷呈。"

女孩笑了："以我个人的名义向你们致敬，感谢你们制造了这么大的镜子。"

"如果你愿意，我可以送你一个。"

女孩扑哧一下乐出了声，差点把刚喝下的香槟喷出来："才不要，我才没有那么大的脸呢！"

张楚门走了过来，"哟，你们已经聊上啦？我来介绍一下。这位是梁峰博士，天窗计划中最年轻的工程师，也是整个计划的最初设计者。这个是小女张薇，今年刚刚大学毕业。"

"哦。张教授，我可从没听说过你有一个这么漂亮的女儿。"梁峰和张楚门说着话，眼睛却没从张薇身上移开。

"呵呵……你们年轻人聊吧，我去那边了。"张楚门朝人群指了指，对梁峰露出了一个意味深长的微笑。

梁峰和张薇避开了热闹的人群，来到了指挥中心的后院。这儿有一个不大的公园，供休息散步用。晚风习习，月光下的张薇显得愈发美丽可人了。梁峰的心扑扑地跳着，在这一瞬间他知道了，这个女孩就是他一生的意义。

单个天窗的成功发射和展开只是开始，接下来要在赤道上空用天窗连接出一道完整的反射环。从这道环开始向两级延伸，最后天窗要布满整个以同步轨道（实际上为了不与同步卫星干扰，天窗轨道要稍微高一些）为最大直径的球面。好在太空机器人"漫步者"也及时地研发出来了，可以利用"漫步者"完成天窗的运输与对接。科技的力量完美地展现出来，梁峰意识到，天窗计划的完成会提前不少。

当亚洲区上空被天窗覆盖的时候，梁峰决定向张薇求婚。张薇的母亲去世得早，父女俩相依为命直到如今。不知道是不是有意的，自从梁峰和张薇认识后，张楚门便经常找梁峰去家里讨论问题，而且每次都留他吃饭。梁峰觉得自己不仅爱上了张薇那闪着柔波的双眼，也爱上了她烧出的各种美味菜肴。张薇是一个喜欢新奇的女孩，玫瑰巧克力什么的她肯定不感兴趣。梁峰想着想着，突然冒出一个大胆的想法，这让他兴奋不已。

梁峰找到天窗计划中国区的负责人杨龙，对他说了自己的请求。后者听了直摇头，"这个绝对不行。小梁啊，我知道你在这里面的贡献很大，可纪律你是知道的。"

"杨叔……那就看在我在项目里还算贡献不小的分上……"梁峰觍着脸乞求。

"不行，这是纪律问题啊！你就不要难为你杨叔了。"

"那好吧，我还是去工作吧。我去检查一下已安装的天窗。"

梁峰一边进入了天窗控制界面，一边查看中国华北地区天窗的数据。经过快速的心算，他飞快地输入了一个定时运行的小程序，然后装得和什么也没发生一样，期待夜晚的来临。

当张薇一袭长裙向他款款走来的时候，梁峰完全惊呆了。她实在是太美了。"今天我们去哪儿？"张薇的眼神永远是那么纯净。

"走，我带你去一个地方。"

梁峰带着张薇来到公园里那座小山上，"我找不到比这儿更好的瞭望台了。"

"我们要……赏月吗？"张薇一脸迷惑，完全不知道梁峰葫芦里卖的什么药。

"等一下你就知道了。"梁峰看了看表，还有五分钟。一阵微风吹来，张薇的秀发随着长裙翩翩飞舞起来。梁峰看得心醉神迷，不禁轻吟道：

> 微风吹动了你的长发，
>
> 也吹起了我心里的涟漪。
>
> 你的笑宛如温柔的水波，
>
> 让我跌进思念的海底……

张薇脸一红："没想到你还会作诗……"

梁峰不停地看着表："张薇，闭上眼睛可以吗？"

"嗯。"张薇听话地闭上了双眼，双颊绯红。

"我说睁眼的时候，请你向天上看好吗？"

"嗯。"

九点整。梁峰这会儿比第一块天窗上天的时候都要紧张。

天空开始出现一丝丝光亮，慢慢地连成一片……

"可以睁眼了。"

"啊……"张薇一睁眼就立刻惊讶地捂住了嘴，感动的泪水瞬间盈满了眼眶。没有女孩能够不为眼前的场景动容。

漆黑的天幕上，阳光般闪烁着几个巨大的、耀眼的字母：I LOVE U，WEI。

——张薇，我爱你。

"你……用天窗……天哪……"

梁峰单膝跪地，拿出了早已准备好的戒指，一脸让人无法拒绝的真诚，"嫁给我，好吗？"

三

梁峰回想起自己年轻时追求妻子张薇的情景，还为自己的大胆唏嘘不已。此次史上最浪漫求婚事件在全国乃至全球引起了极大轰动，要不是张楚门暗中庇护，梁峰肯定会被踢出项目组。年轻真好。在激情与梦想的碰撞中，许多看似荒诞不经的狂想都可能演变成现实。

六点了。当夕阳的最后一抹余晖消融在梁峰苍老的皱纹里，一天中最黯淡的时刻来临了。这时太阳刚刚落下，光夜还没有来临。这种黑暗给人一种无助感，让人感到窒息般的绝望。好在黑暗只持续了几分钟。这个时候，人们大多已经起床，准备开始一天的工作。

如果你从来没有见过从傍晚到光夜这一奇妙的瞬间，那么第一次目睹这番景象必然会让你感到惊奇。在东方，日出的方向，出现了无数亮晶晶的细线，就像阳光照耀下剔透的蛛丝。蛛丝渐渐变粗，36000 千米处的高空，对应位置的天窗群快速地展开。两分钟后，细线都联结在一起，形成一个圆形的明亮光晕，那是几千万块天窗反射形成的太阳的镜像。这巨大的光晕比太阳要亮得多，比太阳更像太阳。好像太阳在几分钟的时间里就从黑夜里挣脱出来，重新升起一样。天空中光线斑驳陆离，仿佛时光也在这快速的明暗变换中发生了错乱，让人回到从前。梁峰双手搭在手杖上，微睁着眼睛一动不动，尽情地沐浴在温暖的柔光中，仿佛一尊已经历经千年风雨的雕像。

当最后一块天窗拼接完成，地球天窗实现了全球覆盖的时候，距离第一块天窗上天已经过去了十三年。220亿块紧密相连的天窗悬在轨道上与地球一同自转，犹如一颗巨大的、富有魔力的水晶球。梁峰觉得地球更像一颗大眼睛，就像他五岁儿子梁雨的眼睛。在天窗展开与收起之间，地球仿佛一颗不停转动的眼球，好奇地打量着周围的世界。

天窗对气候和温度的调节立竿见影。全球气温开始下降，连非洲大陆的平均地表气温也被成功地控制在三十摄氏度左右。来自印度洋的潮湿空气在天窗的掩护下冲上了非洲高原，为这片古老的炽热土地重新注入了蓬勃与鲜活。天窗改变了降水的分布格局，全球气候进入了一个可以人工控制的阶段。旷日持久的干旱和漫街的滔滔洪水都成了历史。人们形象地把悬在太空的天窗叫作"地球空调"。每年由天窗干预减少自然灾害产生的价值就达几万亿。同时，天窗的维护费用也昂贵得惊人。虽然天窗表面坚固得很，但每年被大块的高速陨石撞穿的天窗仍有上百万块。那次狮子座流星雨的大爆发对天窗发起了严峻的挑战。几十万颗高速飞行的陨石几乎把天窗打成了筛子。接下去的一个月，人们可以在夜间看到，大群天窗的碎片绕着地球在空中飞舞着，发出闪闪的光芒，在黑缎般的夜空的映衬下，如同钻石一样璀璨夺目。它们被戏称为"诺克斯的项链"。好在大部分被撞坏的天窗只是破了直径几米到几十米的洞，所以并不影响使用。每隔半年，地面总部会对天窗进行一次集体的修补，颇有些女娲补天的味道。

好在梁峰他们根本不用为维修费用担心，以张楚门的经济头脑和手段，天窗的商业化进行得如火如荼。受梁峰年轻时求婚行动的启发，很多公司出巨资利用天窗做广告。"在天窗上做过广告的公司才算是真正的大公司"成了一条不成文的规则，各大公司竞相争捧。张楚门把广告收入拿出一部分，以各公司的名义建立慈善基金，赢得了民众的好感。在这方面，梁峰自叹不如。张楚门和梁峰等成了知名人物，尤其是梁峰，年轻有为又外形俊朗的他成了大众情人，名气、地位、娇妻、爱子，这些给了他前所未有的成就感。而在十年前，他还只是一个一文不名的穷小子。

那个时候，梁峰开始觉得，世上没有什么问题是不能解决的，没有什么是他征服不了的，曾经补天的女神，功绩也不过如此吧。这种美妙的感觉一直持续到那一年的冬天。谁都想不到，那会是地球诞生以来最冷的冬天。

张楚门不喜欢在接待客人的时候被打扰——尤其来者是贵客的时候。助理小陈有点不合时宜地跑进来，把一份报告放在张楚门的办公桌上，但后者只是匆匆扫了一眼就扔进了抽屉，继续和他的贵宾——某电信集团的市场部经理洽谈合作事宜。张楚门知道，如果谈成了，这次合作带来的巨大利润将超过先前所有的总和。

上午十点半，梁峰在天窗中国总部的研究所与同事们一起研究台风的预防和处理方案。天窗正在越来越多的领域发挥重要的作用。

"看看谁来了。"在众人羡慕的目光中，张薇带着儿子从门口走来。她还是不习惯这种被围观的感觉，脸变得像熟透的番茄。她依旧是那么美丽动人。上天确实是不公平的，如果说时间在张薇身上留下了什么痕迹的话，那就是让她多了几分成熟的风韵。

"你怎么来了？"梁峰小跑过来，抱起儿子梁雨亲了一口。这几天阳光辐射很强，尽量少外出，梁峰已经提前告诉了爱美的张薇呀。

"是小雨非要看爸爸。你看你……"说着，张薇伸手替梁峰整了整衬衫领，顺势偷偷抚了一下梁峰的脸颊，"项目进行得怎么样了？"

"挺顺利，已经进入实地监测阶段。一旦有台风雏形出现，我们就会通过天窗的干涉将其扼杀在摇篮里。"

"嗯。晚上有空吗？回家吃饭吗？"

"好啊，老婆大人亲自下厨，梁某诚惶诚恐啊。"

张薇笑了，灿烂如午夜盛开的昙花，"都老夫老妻了，还贫。"

"是吗？可我从你身上一点也看不出来啊。"梁峰一脸坏笑。

"好了，不打扰大科学家工作了，我们先回去了。"张薇接过梁雨，眼里带着温柔。

就在梁峰刚要对妻子说再见的时候，突然脚下一震，整个大厅都晃动起来。

"怎么回事？"梁峰紧紧搂住张薇和梁雨，回头向控制台喊道。

"梁……梁教授，你看……"年轻的助手小李说话已经有些结巴，"太……太阳……"

梁峰抬起头看了一眼太阳，便大叫一声捂住双眼。这一下意识的动作险些让他失明。太阳的亮度猛增了许多，并且变得越来越大！梁峰意识到发生了什么，对着小李大喊："关窗！快关天窗！全部展开！"

史上最大规模的太阳耀斑突然爆发了。

此时的太阳，已经像一头发疯的野兽般势不可当，想要吞噬一切。

亚洲区天窗正在关闭。

欧洲区天窗正在关闭。

非洲区天窗正在关闭。

美洲区天窗正在关闭。

极地区天窗正在关闭……

天窗完全关闭后，天色瞬间又暗了下去。人们纷纷涌到外面，看到了他们未曾见过的奇异景象。

漆黑的天空，出现了许多细密的光柱。那是从天窗上的孔洞透射进来的。它们以几乎相同的角度倾斜着，好像苍穹顶端斜插下来的无数把利剑。光柱越来越亮，泛出幽幽的淡蓝色。在人们惊讶于它们妖艳诡丽的色彩时，梁峰知道那有多么的恐怖。那是超高温瞬间把氧气变成了臭氧。

"查一下，名单上有多少块天窗要补？"

"十三万块左右！亚洲区有四万块，中国区就有两万五千块！"

"我要这些天窗的具体位置坐标！快啊！"

小李的声音有些抖了："梁教授，已经来不及了……"

要想短时间把这些天窗的破洞补上已经不可能了。况且任何接近这些孔洞的东西都会被瞬间融化。

这些灼热无比的光之剑在地面上以超过 2100 米每秒的初速度，自西向东地挥舞着。它们划过东京摩天大厦林立的大街，划过平壤的山路和农田，划过曼谷浓密的雨林，划过马尔代夫金灿灿的海滩，划过巴格达简陋的露天采油厂，划过新德里低矮的棚屋和那些无助的眼神……

它们要把这地球切成一片一片的面包！

张薇拉了拉梁峰的胳膊，几乎要哭出来了："峰，你看那边。"

梁峰顺着张薇指的方向看去，不由得吸了一口气。

距离他们不远的地方，有一股光柱，正无声地向他们逼近。这个光柱不算粗，直径有三四百米。不过它的速度非常快，转眼间就到了眼前，估计十秒之后，就会扫过这里，带走一切。

耀眼的光柱越来越近，像一头急速游动的巨鲸，两旁的建筑像浪花一样被劈开，被急剧膨胀的空气抛向高空。人们被这突如其来的灾难吓傻了，他们甚至忘记了本能的逃跑。

想跑已经来不及了……

梁峰紧紧地把妻子和儿子搂在怀里。这一刻他感到了一种无奈与悲伤。在自然力量面前,人类显得那么渺小。

梁峰闭上了眼睛。他听见了越来越尖锐的呼啸。突然他感到头部受到了猛击,身体被一股力量向后猛推,便什么都不知道了。

等梁峰他们醒来,已经是晚上了,距离大爆发开始已经过去了十个小时。很幸运,光柱并没有击中他们,而是在相距不到五十米的前方与他们擦肩而过。光柱带来的汹涌热浪把他们打得昏迷过去。还好,大家都只受了一些轻度灼伤和擦伤,没有什么大碍。

梁峰睁开眼,首先看见的是医院淡蓝色的天花板,接着就看见他的老岳父张楚门正守在他们身旁——在光柱扫荡了梁峰这里后,他就立刻亲自开车从总部的办公室赶了过来。看到张薇和梁峰都醒了过来,老人家的脸上露出了一丝宽慰,但也有一种掩不住的失落。

“快,发射备用天窗,把那些破洞……”

“不用了。”张楚门的语气很平静,“美洲部发来的报告,两个小时前,大爆发突然停止了。”

“停止了?”梁峰有些不敢相信,不过这真是个好消息啊。

“是的。就和开始爆发时一样突然。”

“搞什么啊?难道这是太阳和我们开的玩笑吗?”一个科学家从病床上跳起来说。

“不是。”张楚门的表情变得很沉重:“大爆发虽然停止了,但太阳的亮度……比原来减弱了一千倍。”

几个刚从昏迷中醒来的科学家齐刷刷地爆出了一句粗口。梁峰双手抱着还有些痛的头,嘴里不由自主地喃喃着:“一千倍,一千倍……”

人们忘不了太阳大爆发之后的第一个日出。

距离日出还有两个小时，公园里的小山上已经人头攒动。所有的天窗全部收起，由于没有月亮，明星漫天，星星的数量要比任何时候都多。不过，没有人会有心情欣赏这美丽的星空。

梁峰一家也在人群里。梁峰根本没心思看日出。他已经知道，他将看到的是一幅怎样惨淡的场景。"爸，对不起。这次太阳的大爆发我们的理论没有预测到。"梁峰声音很低，像做错了事的孩子。

"不是你的错。实在是太突然了。好在天窗抵挡了绝大部分的能量。不然，地球早没了。所以，你干得不错，所有人都会感谢你的。"

"对了，"张楚门好像想起了什么，对梁峰说，"你等我一下。"

半小时后，张楚门再次气喘吁吁地爬上山来，递给梁峰一个文件夹："这是大爆发前一小时，观测中心传给我的一份报告，当时我有事，就没来得及看。"

两个人找了一小片空地，靠着两支手电筒的光亮，蹲在地上仔细读了起来。

"目击报告：太阳周围出现大量巨型不明飞行物……"

已经快到平时的日出时间，东方却还没有泛起鱼肚白。

大家焦急地等待着。梁峰和张楚门看着这份报告，表情变得越来越严肃。扑通一声，张楚门一下子瘫坐在地上，脸色发白，说不出话来，大颗的汗珠从他的脸上滚落。梁峰默默地扶起岳父，不知道说什么好。这时听见有人喊："出来了！出来了！"

只见昏黄的太阳像一个冷掉的煎蛋蛋黄，灰溜溜地从地平线上探出了半个头。尽管有心理准备，可是很多人还是忍不住哭了出来。梁峰仰起头，攥紧了拳头，努力不让自己眨眼睛。冰冷的宇宙从不怜悯弱者。看着天空，梁峰努力地在寻找着什么。可天上什么也没有。

儿子梁雨问他在找什么，梁峰像在回答儿子，但更像自言自语："有人弄坏了我们的太阳。"

见妻子和儿子还在看着太阳，梁峰迅速地折回人群后方，捡起地上那一摞报告，掏出了裤袋里的打火机。

"你要干什么？"张楚门不解地看着梁峰问。

"这件事不能让任何人知道……太阳不是自己爆发的……"跳动的火光映出梁峰面无表情的脸，冷静得让张楚门都感到陌生，他一边烧着报告，一边喃喃自语……

四

农历五月十六。应该又是一轮满月吧。

梁峰虽然已经老了，但他的视力很好，可能是适应了长期微弱光线的缘故。月亮并没有消失，只是其反射的阳光太过微弱，很难引起人们的注意。如今，地球上 70% 的植物已经濒临灭绝，大气中的氧气含量也降到了 15%。要不是用科技手段人工制取氧气，人类也走不到今天。和大灾难之前相比，天窗的作用变得完全相反：每天晚上，处于夜晚半球上空的天窗都会完全展开，形成一面巨大的凹面镜，把微弱的阳光汇集起来，反射到地面。尽管如此，光强也不过是从前的 5%。已经投产使用的"高效率叶绿体能源板"效率更是出奇的低，人类急需新的能源。想到这儿，梁峰有一点伤心。十年前，梁雨正是死于可控核聚变的研究上，那次可怕的意外夺走了当时世界上最顶尖的几位物理学家的生命。他才三十岁啊。张薇在儿子出意外后就一直很忧郁，眼睛里总是噙满了泪水，身体状况也急转直下，两年前也离他而去了。

孤独的梁峰住进了老年疗养院，和几个年纪差不多的老头儿一起生活。大家都知道他的身份，刚搬来时对他还有一种敬畏，打牌下棋时也都故意让着他，这让梁峰很不自在。不过现在，他已经和几个老家伙打成一片了，上周下棋输了，他还欠老张两包烟呢。

回想自己的一生，梁峰觉得也算充满了传奇色彩。这个时代给了他机遇，他抓住了，从此由一个普通的科学工作者成为举世知名的人物。他拥有过美好的爱情和家庭，经历过末日般的世界浩劫……

想到这儿，梁峰那颗苍老的心脏又有力地跳动起来。

太阳怎么会突然爆发又突然停止呢？难道这发生的一切只是偶然吗？太阳既然已经爆发，为什么没有燃成灰烬，却留下了一点呢？梁峰知道，有一种未知的力量引爆了太阳，因为他对自己的理论深信不疑。他们是谁？是什么样的文明，出于何种目的，并有能力引爆一颗恒星呢？

他们还会回来吗？

也许，他们永远不会再来了。

也许，他们正在路上……

但梁峰并不感到惧怕，他对未来仍抱有信心。只要人类一息尚存，就不会向茫茫宇宙低头。人类需要的，只是时间。

算了，不想了，就让这些胡思乱想陪着这把老骨头一起归为尘土吧。晒了一个小时了，梁峰感到有些疲乏。他欠起身，准备回屋睡一觉。像梁峰这把年纪的人，隔一段时间就要睡一小会儿。白天哈欠连天，晚上却又睡不着。

就在梁峰身体前倾准备站起来的时候，头部的自然向前让他看见了长椅下的一团东西。

长椅下面，有一团小草。

不过，这草通体是黑色的。

不是一团，墙角也有，草坪边上也有……

梁峰很奇怪。他揪下黑草的一片叶子，重新坐回长椅上，仔细端详。

尽管外表怪怪的，甚至看起来不像地球上的物种，但比起草坪上那些枯黄的半死不活的植物，这种草显得生机勃勃。在天窗反射的柔光照耀下，草叶竟散发出油亮的光泽。叶子表面有许多细小的沟回，大大增加了其表面积。正当梁峰旋转着欣赏这件小小的艺术品时，奇异的事情发生了：草叶上的沟回消失了，但又再次出现了，不过变换了角度，并且好像经过了精准的计算，沟回的走向正对着光源的方向，非常完美地避开了相互的阴影！

这不是地球上的物种！

梁峰呆住了，他的心狂跳起来。这是他今天第二次心跳加速。

他明白了。

宇宙中不仅有弱肉强食，也有平等博爱。而人类，也要争取成为后者。为此他们需要不懈地努力。梁峰明白，尽管路很难走，但是路会很长，并且他们会一直坚持走下去。在生存面前，他们别无选择。

梁峰仿佛突然年轻了许多，以前一幕幕难忘的场景就像电影倒放一样，快速地在他眼前飞过：妻子张薇的离去，儿子在科研中取得重大突破后狂喜的笑脸，天窗拯救世界，他与张薇第一次相遇，北京气候峰会，上大学第一次出远门踏上南下的列车……最后定格在这张画面：他回到了过去，在明媚的阳光下宽敞的教室里，梁峰张开豁牙的大嘴，和许多小朋友一起大声地朗读：

离离原上草，一岁一枯荣。

野火烧不尽，春风吹又生。

梁峰笑了。这是他妻子张薇去世后，他第一次发自内心地笑。

"好啊！好……"梁峰说着，喉咙就哽咽了，眼前的一切变得模糊起来……梁峰知道，这是激动与骄傲的泪水，就算被老太太们看到也不用怕了。他就势仰面躺在长椅上，闭上了眼睛。梁峰累了，真的累了。

36000 千米的高空处，天窗反射过来的光越来越亮。在这人造的"清晨"里，在天窗的拥抱下，人们开始了新一天的忙碌。

梁峰把手放在胸前，还紧紧攥着那片黑草叶。一滴泪水从他的眼角流出。而他的嘴角却挂着婴儿般恬静的微笑，像是睡着了。

帝国马尔斯

　　一个绝望的赌徒，带着最后的家当来赴一场必输
的赌局，不求翻盘，但求赌个痛快。

引子

时光拂去了旧日的记忆,岁月的雕琢在额上又添新痕。终有一天,思念和记忆会比我们的生命更长。

一阵风从面前掠过,浑浊的泪水模糊了我的双眼。朦胧中,眼前的帝国军队显得更加气势恢宏。我想起了离开地球的那个黄昏。

一 逃离

我以为我再也不会坐进这该死的船舱里。没有人喜欢有去无回的单程旅行。透过一块巴掌大的观察窗,我看见天边的一块云团。

夕阳的余晖洒在云上，为其镀上一层炫目的金边。此刻它变换着体态，轻轻为我跳着离别的舞蹈。它离我是这样近，好像蠕动的生命，让我有种想要触摸的冲动。但我知道，这再无可能。这将是我此生看过的最后一片云彩。

运载火箭的发射倒计时不断地刺激着我的听觉神经，犹如一道咒语附在耳边：后悔了吗？后悔了吗……

后悔？不，一种解脱的轻松和逃离的快感充盈了我的全身。这个世界我已再无留恋。永别了，安。永别了，地球。我将不再归来。

三个月前，一场交通事故轻易地夺走了我的妻子。她才三十岁，这么美丽的年纪。我的世界随之崩塌。生活毫无意义。那么，去追寻安吧。

当我第三次从医院急救室醒来，看见很多张脸挤成一圈，挂着深深的关切。我认出了几个是我的债主，还有几个是跟着我的民工大哥。为什么我几次自杀都可以被救活过来，而命运却不肯给安一次机会？我的手被另一双热乎乎的手握住了："张总啊，您醒了。过去的事……就让它过去吧，希望您想开些。俺们的工钱暂时不提了，您可不能想不开啊。"

"你们先回去吧，让我静一静。"

晚风习习，站在医院三十三层楼的楼顶向下望去，我看到马路上的汽车密密麻麻，像一具具闪着光的移动棺材——好像当一个人想死的时候，全世界都在准备为他送行。夜色真美，让人有点留恋。我得快点了，这个时候护士和医生应该开始到处找我了。我翻过栏杆，站在天台的边缘。我把一只拖鞋甩了出去，看着它晃晃悠悠地下坠，几秒钟就不见了。现在只要纵身一跃，或是让身体不断前倾，一切就都结束了。我闭上眼展开上臂，最后一次拥抱清风。

"相信我，死亡不是最好的逃避方式。"一个低沉有力的声音突然在背后响起。

我闭着眼，也没有回头："你是谁？"

"我是谁不重要，重要的是你并不想死。"是个男人的声音。

"你错了。这不是我第一次自杀。只是前几次没有成功而已。"

"我知道。"男人继续说道，"第一次你服用安眠药。第二次是在密封的车里烧木炭。你选择的都是温和的自杀方法，因为你恐惧死亡产生的痛苦。你怕死，你并不想死。你只是厌倦了这个虚伪而残酷的世界，加上有些麻烦你无法解决。你崩溃了，你想逃避。相信我，自杀绝对不是一个好的方式。"

"我老婆死了，创业也失败了，欠了一屁股债，连民工工资都发不出来，每天还被借贷的小混混催命还钱，你觉得我活着还有意思吗？"

黑衣男子鼻子哼了一声："你的这些问题都不算问题。我们来做一个交易如何？我帮你摆平这些麻烦，你答应我的一个要求。前提是，我要确定你真的已经放下了轻生的念头。"

我即将迈出的脚停在了半空，我扭过头仔细看了看这个说话的人。一个一身黑衣、腰板直挺的中年男人。

"你想从我这儿得到什么？"我问道，因为我知道天底下没有免费的午餐。

"下来谈吧。"黑衣人手一挥，转身向楼梯口走去。

很快我知道了，这是一场对我来说稳赚不赔的生意。因为我也已经没什么可以赔的了。

即使是踏上一条不归路。

我不是第一个踏上征途的。半年前，第一次坐在发往火星的载人飞行器里的，是两名男性科学家。只是，他们没能到达目的地。一颗直径两米的彗星迎面飞来，击穿了飞船的核动力舱……

张一川，男性，35 岁，身高 173 公分，体重 62 公斤，加州理工通信工程和机械电子双学位博士，北京某顶级知名大学机电系原教授，高级工程师，创业失败的企业家，生理和心理各项指标正常，丧偶，没有子嗣……仿佛我之前的命运，就是为了这一刻而量身打造。经过一轮轮的筛选，我在来自世界各地四百多个申请者里脱颖而出，成为最后的人选。如果我成功抵达火星，这将是自 CTM（Change the Mars）工程开始 23 年以来，人类首次尝试在其他行星上生活。虽然火星的开发是全球性工程，但是第一个抵达那里的人类的国籍仍会为其国家带来先入为主的优势。

我的肩膀被代表着权力与荣誉的一只手轻轻地拍了拍。我知道这只浑圆温厚的手是一位国家重要领导人的，可我一时激动，想不起他的名字了。

眼前稍微一黑，突然增加的加速度把我向下压。夕阳闪动了几下就不见了，我很快湮没在黑蓝色的天空里。半躺在座椅里，闭上眼睛，我想象着看不见的地平线从四面八方奔腾而来，聚拢在我的脚下，却离我越来越远。仿佛被一只大手握住一般，它们变得翘曲，渐渐收缩成一个闭合的圆，最后变成一个点……

"张教授，您的职业也是我们优先考虑的重要因素，您知道，最早的那群破烂儿已经干了二十几年的活儿了，都老胳膊老腿了……你是这方面的行家，希望您能抽空给它们做做维修和保养。"

我知道他说的是那群"先驱"——人类送往火星的拓荒智能机器人。20 余年的时间里，地球总共向火星发送了 182 个"先驱"智能机器人和大量开垦所需的设备，开启了星际开垦的新时代。

"当前飞行速度 11.57 千米每秒，飞船进入匀速状态，距抵达目的地预计时间 2592000 秒。请做好准备，7200 秒之后开始进入深眠状态，172800 秒后苏醒启动。请做好准备，7200 秒之后……"

二 登陆

在飞行器抵达火星两天前，我被唤醒了。鉴于没被陨石砸穿魂消太空，我吃了半袋压缩饼干和一整盒肉罐头以示庆祝，顺便补充一下体力。向窗外看去，太空中仍是漆黑一片，看不见半点火星的影子。是运行轨道出了偏差吗……有一瞬间，本能的求生欲望激发的恐惧与不安攫住了我。这样的结局是多么的残忍。一个绝望的赌徒，带着最后的家当来赴一场必输的赌局，不求翻盘，但求赌个痛快。但是总要让我坐到赌桌前吧。

屏幕显示距离火星不到 200 万千米。我意识到了什么，让飞行器整体旋转了一个角度。啊！我看见了她。

和想象中的炽烈火红不同，眼前的星球呈现出淡淡的橘红与柔和的灰黄，显示着它巨大的沉默与荒凉，让人感到亲切——在生命出现之前和绝迹之后的地球，应该就是这个样子吧？或许火星就是地球的复制品呢，上帝已经按好了"Ctrl+C"，却在"Ctrl+V"的时候出了差错……

我对自己的这个荒诞想法略感惊讶。当我还很年轻的时候，胡思乱想带给我欢愉。思考充满选择的人生，思考存在的意义，思考周围的一切。可如果过了知命之年，生活的旋涡很快带着我转入混沌，闪过灵光的脑袋被琐碎的灰尘蒙得厚厚一层又一层。我附和着旋涡，歌颂着伟大的万有引力，一点点被拖着，拖往平庸的涡底……

　　一个柔和的声音在舱里环绕起来："120 秒后飞船调整姿势并减速，准备进入火星大气层，当前速度 10.49 千米每秒……"

　　减速产生的加速度虽然不是很大，却让我感到一点恶心——身体的器官已经习惯了失重的状态，正在紧张地调整着。但是，更多的是感到踏实。这是家的感觉，两个月的漫漫旅行即将抵达终点。疲倦和劳顿从每个细胞里被压出，恶心和头痛越来越强烈，眼前也模糊了起来……

　　当我再次清醒，一副似曾相识的画面出现在眼前。一圈泛着金属光泽的脸棱角分明，从上空俯视着我，表情没有我想象的那么生硬。

　　"张教授，您醒了。"一个女性声音从一张线条柔和的脸上发出，"来自地球的信息反复强调，这几天我们会有一位极其重要的客人。您和飞船降落在了十四千米之外的地方。为了保证您的安全，我们决定把飞行器和您一起抬到这儿。从船舱把您抬出来后，您一直处于昏迷状态。还好，现在您醒了。"

　　"谢谢。"我说。刚说完，我又开始干呕起来。

　　我感到呼吸有些困难，脑袋沉重。我撑起身子环顾四周，虽然和看过的影像资料差不多，真正身临其中却也不由吃了一惊。

　　我们处于一个巨大的透明密封罩内。罩子外面是一大片开阔的平地，整齐有序地露天排布着一些工业设备，看起来像是发电和炼钢用的。几十个拓荒者机器人在其中来来回回地穿梭工作着。罩子的顶部有七八米高，用乌黑的粗壮铁柱支撑。一根根高耸的立柱组成一个很有气势的矩阵。如果密封罩是方形的话，我估算出它的面积约有十个足球场那么大。不远处，有一片小树林，树高矮参差不齐，应该是分批种下的。最小的只有三岁孩子那么高，手指粗细，最大的已经长得很高，快要顶到罩子顶部。树林旁边是一片菜地，叫不上名字的植物蓬勃生长。叶子绿得发黑，微微抖动着，可以看见上面的水珠一闪一闪地滚动。菜地旁是一个池塘，或者叫作水洼也不为过。紧挨池塘的是一片麦田，我好像听到挺拔的麦子正在抽穗的声音……

"张教授，以后您的生活起居，由我们两个负责。"面容轮廓柔美的那个拓荒者继续说道，"有什么需求，请您随时告诉我。"

"你叫什么？"

"罗曼斯·蒂娜。你可以叫我蒂娜。这位是兰西。"

"蒂娜，告诉我你们是如何做到这一切的。"

于是，我在火星的第一个下午，就是在这个音调平缓的人工智能的叙述中开始的。

听着罗曼斯·蒂娜的描述，我的眼前出现一幅幅真实的画面：这些棱角分明的钢筋铁骨们，靠着太阳辐射和来自奥林匹斯山脉下传来的地热，在这赤贫的蛮荒上勤勤恳恳的繁忙景象。我仿佛看见早期的时候，他们花了很长时间，在这奥林匹斯山仄仄不平的山脚下，开辟出一小块平地来，把大块的岩石切削打磨成建材，把边角料粉碎制成土壤。我看见他们是如何参照人类存储在其芯片中的技术资料，学会了从遍地的赤红土壤中提炼纯铁和炼钢。又是如何艰难地支起巨大的密封罩，在空旷的大气中收集氮气、二氧化碳和水，制成植物所需的化肥和适合呼吸的空气……

"确实很难。"蒂娜看着我惊愕的表情说，"有些技术并不完全适合这里的条件。我们一边不断得到地球基地的帮助，一边摸索试验。"蒂娜停顿了一下，"不过，一旦决定开始，最困难的部分就完成了，不是吗？"

我呆住了。我低估了什么东西。而当我在这儿待了一段时间后，这种感觉更加强烈了。这些人工智能在建筑、材料、机械制造等领域展现出的应用能力让人惊叹。当然，这也映射着拓荒者设计人员的卓越才华和艰辛付出。

"晚餐吃什么，张教授？"蒂娜头上的一只小灯闪着绿光。

"……还可以点菜吗？"

"可以，但是种类不多，现在我只会煮。当然，如果您亲自下厨的话，可以自己选择烹饪方式。我们有一点菜籽油可以用。我还是推荐煮。"

我看了看菜地上那些绿得发亮的植物，怎么也不想把它们和食物联系起来。从生物学角度来说，在这个荒凉的星球上，它们是我唯一的碳基近亲啊。

我说："让它们再长一段时间吧。先吃船舱里带来的。"

第一顿晚餐是压缩饼干、一点干鱼肉和煮脱水蔬菜。蒂娜很有礼貌地离开了，直到我差不多吃完，她走过来，手里端着一个冒着水汽的杯子。"资料显示，您喜欢喝绿茶……"她停顿了一会儿，歪了一下头，脸上露出一个不太熟练的表情。我想，那是她在微笑吧。

我接过这个纯铁的杯子，看见里面飘着几片菠菜叶儿。我笑了，用双手握住杯子，轻轻地摩挲着，感受着它的温度和表面细腻的质感。杯子呈现出完美的圆柱形，表面光滑如镜，显然是经过了精密的机械切削加工而成。我喝了一小口，一股淡淡的铁腥味夹着一缕清香，萦绕在我的唇齿间。巨大的密封空间里空荡安静，只能听见那些外形类似空调的设备发出的轻微嗡嗡声。头顶上，群星在黑暗的夜空里闪耀——远离家园的人啊，今夜，你要披着星光，在这距离故乡一亿千米远的荒原之中入睡。

这一夜，我做了好多梦。好久没有这种感觉了——人在冬眠状态下是不能做梦的。

吃完早餐，我在巨大的罩子里面仔细转了一圈。踩着用岩石碎末制成的泥土，感觉像雪地一样绵软。大部分设备安置在罩子的边缘，中间是树林、菜地和一片麦田。因此整个空间显得十分开阔，同时给人怪异的感觉：整个马尔斯城像一个科技先进的贫瘠农场。口腔溃疡痊愈的时候，我终于算适应了这儿的生活。毫无疑问，这个新世界重新燃起了我对生活的热情。一个新的世界，井然有序，未来一片光明。过不了多久，就会有更多的人飞往这里。这是新的乐园。一个在沙砾荒岩中从无到有创造出来的世界，这是人类智慧最伟大的创造。作为创造出这些智能拓荒者的人类的同胞，我似乎也有了种上帝造物般的自豪。然而这种豪气新鲜感并没有保持多久，意想不到的事情接踵而来，而我丝毫没有准备——

我把整件事情想得太简单了。

三 意外的任务

我和地球上的监控中心保持着每天三次的通信，其中包括各项目的进度汇报、密封罩内环境监测报告和我的身体状态报告等。毫无疑问，我成功登陆火星的消息传了回去，整个地球世界都沉浸在了一种不理智的激动和狂喜之中。我知道，在那个我曾经熟悉的世界，我是新时代的加加林，我像一个英雄一样被赞颂崇拜。不过后来，我知道我想多了，这次行动是对公众保密的。

"张一川同志，看来你适应了那儿的生活了。是时候告诉你这次火星之旅的第一个任务了。"说话的正是那个黑衣人，不过通信画面里的他换上了军装，肩上的上校徽章闪闪发亮。

"任务？还有其他任务吗？"难道我的任务不是体验火星这糟烂的生活环境吗？

"当然，"上校压低了声音，"请确定你周围没有拓荒者在场。"

我心里一沉，感觉不妙，装作若无其事的样子环顾四周："他们都不在这儿。说吧。"

"你还记得，之前登陆火星的两名科学家吧？"

"你说托马斯和斯蒂夫？他们的飞船不是在路上被陨石打成了碎片吗？"

"不，那只是我们对外打的幌子。事实是，他们俩成功抵达了火星，到了马尔斯城。"

"啊？那他们人呢？我怎么没见到他俩……"刚问出口，一股战栗就从我的头皮传了下来。

"死了。所以，你的第一个任务就是调查他俩的死因，这涉及整个 CTM 工程的后续计划。"

"你们怀疑是拓荒者机器人干的？"我有些不安地问道。这太让人毛骨悚然了！

"还不确定。所以，你要小心行事，有了线索及时联系。好了，不多说了。"

"喂！等一下！你们怎么保证我的安全？"我几乎叫了起来。蒂娜肯定听到了。

上校沉默了一下。"我们会为你祈祷。祝你好运。"

这个无耻下流的浑蛋、骗子！如果早知道此行的真正目的是这个，我是打死也不会同意的。现在，连我自己也处在了危险的境地，身边是上百个身高超过两米，随时可能轻松把我捏碎的无情杀手！

"张教授，有什么事需要帮忙吗？"蒂娜问道。我想象不出，这柔和的语气下，可能藏着怎样阴险毒辣的杀机。

"哦，可以帮我泡杯茶吗？"

如果是他们干的，那一定是两个人类科学家的行为让他们感觉到了威胁。

看来我的确要小心行事了。当前最重要的不是什么见鬼的调查，而是保住自己的小命，别做什么让眼前这个钢铁甜姐儿不爽的事。

接连几天的晚上，我都不敢睡着。好在这些大个子都很懂规矩，他们休息的时候，都是整齐地靠在密封罩的外壁坐下，而没有进到罩子里面。后来我猜到了，是因为密封罩里空气中的水分和氧气，会让他们的身体生出点点锈斑，就像人类皮肤上的痱子一样，让他们感觉不舒服。所以没有事的话，他们并不乐意到密封罩里面来。这让我稍稍舒了口气，踏实地睡了几觉。

我来到马尔斯后，拓荒者的工作并未受到什么影响。在逐渐适应新生活的这段时间里，我目睹了他们是如何一点一点进行这浩大而艰苦的工程的。一百八十二名拓荒者分成很多组，分别负责不同的工作，如炼铁、粉碎岩石、制造土壤、搜集水、栽培植物等。蒂娜是这里的指挥官，把一切安排得妥妥当当。而我作为一个旁观者，将亲眼看见这座火星城市的崛起。

一天，一小队拓荒者准备出发到外面去。蒂娜在和他们说着什么。我怀着好奇心凑了上去："你们要干什么去呢？"

"张教授，"蒂娜转过身来，"我们发现了新的热源，准备派人去勘测一下。"

我知道热源是拓荒者最主要的能量来源。"热源？是喷发的活火山吗？"我问。

"有一些是的。"蒂娜答道，"还有一些是在地壳下流动的岩浆。我们需要判断它的流向，在熔岩接近地表的地方把岩石钻通。"

"啊，是这样！"我的好奇心一下子被召唤起来，"我可以和他们一起去吗？"其实我早就想找机会试试特意为我外出而设计的火星履带车了。

　　蒂娜沉默了一会儿，发出愉悦的声音："当然可以，张教授。"她对领头的一个大个子说道："罗伯特队长，你负责保护张教授，一定要注意安全——安全级别为A。"

　　"没问题，蒂娜小姐。"大个子队长把他那双巨大的合金钢手掌搭在我的腰上，然后轻轻地一提，我就坐到了火星履带车的座位上。

　　"喂喂！你这家伙！我可以自己爬上来的！"我对这个粗鲁的AI表达了不满。

　　"哦，我想这样更快些。如果把您弄疼了，我表示深深的歉意。"这个队长很是油嘴滑舌。我敢打赌，如果对这些拓荒者进行图灵测试的话，保证全都是满分通过。这些诙谐的互动让我感觉他们不像是会杀人的冷酷家伙，但是我仍要保持警惕。

　　"好，出发！"

　　密封闸室的两道大门依次打开，我驾着履带车和拓荒者一起，离开了马尔斯城，向北方前进。

　　在开阔的平地上，我的履带车还不落下风，但是一到了丘陵地带，这些拓荒AI全都变换了形态——他们俯下身去，双臂变得和腿一样长，像一群巨大的猎豹在山间飞奔跳跃，把惊呆的我甩在了后面。得益于人类创造者的伟大设计，他们对火星的环境应对自如，简直像火星上的原住民。

　　等我气呼呼地赶上了大部队，他们已经开始工作起来。我们现在地处塔尔西斯高原西部。这里日照充足，地势开阔，向北望去，就能看见太阳系的最高峰——奥林匹斯山。然而这个由熔岩堆积而成的大家伙却不能用雄伟来形容，因为它的外形就像一只巨大无比的王八——你可以感觉到我在面对眼前的滑稽景象时的心情。或者，我把它形容为一个扣在地上的盾牌更文雅一些。高原东侧望不到高山，朝着东面一直前进，便是著名的水手大峡谷。随着熔岩和地壳的运动，脚下的土地日增一毫终成山，而远处的平原不动终成谷。荒凉，目之所及之处尽是荒凉。想想这不毛之地若真的被人类改造成宜居的乐园，那绝对是人类征服宇宙的最大一笔功绩，任何参与这个工程的人都足以名垂青史，千古流芳。

突然，在背对我们的方向，一道小黑影从我的余光里闪了一下。我转过头去，却什么都没看见。

"嘿，你看到那边有什么东西了吗？"我用无线通话问罗伯特。

"什么东西？"罗伯特耸耸肩。

"不知道，感觉有什么东西在跟着我们似的。"我抬头看了看，太阳正明晃晃地刺眼。可能是光照的原因吧。在这荒凉的土地上，除了我们不可能有别的活动物体了。

探测结果很快出来了，热源距离地表只有大约 15 米。把熔岩引到地表，稍加处理就能利用这滚滚热流发电了。队员们看起来都很高兴，不紧不慢地往回走。回去的路上，我的履带车是被他们抬回去的——面对复杂的地形，它的电力没能支撑太久，而我则骑在了罗伯特的肩膀上。这个不说话时显得温情脉脉的大个子时不时把我往上颠一颠，这让我想起了小时候骑在父亲肩膀上的情景。我说了几个笑话，逗得他们哈哈大笑。这种轻松愉快的氛围下，是个打探消息的好时机。

"嘿，罗伯特，我想了解一下那两个可怜的倒霉蛋——我是指托马斯和斯蒂夫，你知道一些他们的情况吗？"

"哦，关于那两位令人怀念的人类朋友，我真的感到抱歉。"

"他们总共在这里生活了多久？"

"一个月？或者五个星期？作为队长，我对他们的关心实在是不够。我得到消息时，两位先生已经暴露在密封罩外，失去了生命体征。"

"哦？"我来了兴趣，示意罗伯特继续说下去。

"据说，他们俩因为什么问题起了争执，然后打了起来——你知道，托马斯是个暴脾气，喜欢动手来解决问题。后来我们推测，可能是食品开始紧缺的时候，两人因为食物分配方案没能达成统一造成的冲突。托马斯要求按体格来分配食物，而斯蒂夫坚持把食物分成绝对平均的两份。"

"嗯，托马斯强壮如牛，斯蒂夫却瘦得像一只猴子，按体重分配的话，斯蒂夫可要吃大亏。"我若有所思地说道，"然后呢？"

"我们按照地球指挥中心的命令，把两位先生的身体保存了起来。"

"在哪儿？可以陪我去看看吗？"

"当然，就在马尔斯附近的一个天然洞穴里。不过我最好先请示一下罗曼斯·蒂娜。"

蒂娜欣然同意了，并表示会在那里直接和我们会合。

在距离马尔斯城两千米左右的一个浅洞穴里，蒂娜示意罗伯特打开裹尸袋，我看到了两名同胞那干瘪得可怜的尸体。高温带走了他们身体里的水分，让他们显得皱巴巴的，但是他们依然保持着相互扭打的姿势，我的想象力已经自动在脑子里生成了一幅场景：托马斯狠狠地掐着斯蒂夫那细长的脖子，而斯蒂夫则死命扯着托马斯浓密的头发，一把头发带着一大块头皮被掀了起来，像一块被发了疯的狗撕咬下的一块旧地毯。他们在地上翻滚着，不小心撞开了防护罩的门，两个可怜的人便滚到了外面，暴露在低压无氧的环境下……

看来，两个人的死因很明显了：为了争夺食物而双双毙命。我竭力掩饰住自己感到的羞耻，怕被眼前的这些钢铁家伙看了笑话。人类的自私是天性没错，但是屈从天性的人往往也与伟大无缘。

"张教授，不巧的是，这件事发生在通信系统出故障期间——虽然我们尽了全力在维修，可两位先生还是没能坚持到与指挥中心联系。从这点来说，我们也有责任，这种想法让我们一直心怀愧疚。"

"意外总是难免的，我们并不能完全掌控。放心吧，我会如实向上报告的。"

我把我的结论报告给地球指挥中心，对方并没有太过惊讶。"我们已经猜到了这种可能性，但还是确认一下比较稳妥。恭喜你已经完成了第一个任务。和这些钢铁大家伙们相处感觉如何？"

"感觉好极了，像一家人一样——不过不知道他们是不是也这么想。"我有些自嘲地说道，"蒂娜和另一个 AI 时刻关注着我的一举一动，对我的照顾还真是很周到哪。"

"嗯，很好。很快，这个大家庭就要增加新成员了。"

"新成员？"

"对。我们即将启动 CTM 二期工程——镜像计划。"

四 镜像计划之一

很快，我就知道"镜像计划"是什么了。

相比从遥远的地球将拓荒者运到火星，本地制造这些身躯沉重的家伙明显更加划算。本来托马斯和斯蒂夫就是被派来干这个的，但是那场意外不得不让人怀疑起这些 AI 是否具有杀人的嫌疑。现在嫌疑排除了，AI 制造技术平移的时机已经成熟，是时候大干一场了。

大批的生产设备和关键元器件经过半年的星际跋涉，源源不断地从地球运输到这里。与之对应的，是大量的 AI 制造技术资料，以至于我不得不要求再送几十个超容量存储硬盘过来。在我的牵头组织和 AI 们的努力下,一条庞大的 AI 生产线正一点点地搭建起来。这是一个艰苦的大工程,几乎代表了当今制造技术的最先进水平——尤其是在荒无人烟的火星。

拓荒者们对镜像计划显示出了极大的热情,这或许源于他们天生的乐观派性格,或许出于他们对困难的视而不见。当然,会有新的力量来帮助建设马尔斯,未来的日子会越来越好的。

首先,我们需要大量的水——不得不承认,我的到来使水的需求大大增加了。一部分水首先满足我的生活所需(我已经尽量在节省了,譬如洗澡时钻进一只特殊的袋子,这样每次洗澡用水不到两升),另一部分则用于工业制造。只靠收集大气中的水蒸气已远远不够,唯一适合我们开采的水源地是火星的北极,那里覆盖着巨大的极地冰盖,相距马尔斯城六千七百千米。这意味着以每天二百千米的速度行进,来回也要两个多月。

由队长罗伯特亲自带队,三十多名拓荒者组成的队伍,带着切割冰块的工具、可以贮存冰块的密封罐、备用移动电源车等一系列装备,浩浩荡荡地从奥林匹斯山脚向北出发了。

"真是能干的家伙。"望着他们远去的身影,我感叹道,"你看,你们只需要电力,就能完成那么多艰苦复杂的工作。和你们相比,我们真是弱到家了。"

"但是你们创造了我们。有这一点,就够了。"蒂娜突然说了这么一句。

两个月后,北极采冰队回来了,带着装满几十吨冰的大水罐。领头的是副队长赛斯。大家都不说话,我预感到有什么事情发生了。

"罗伯特队长呢?"蒂娜看着赛斯。

"罗伯特他……掉进冰川裂缝里,不见了。"

"怎么回事?"

"回来的路上，我们的罐车卡在了一条冰上的裂隙里。罗伯特为了把车子抬出来，下到了里面，结果冰没能承受住车子与他的重量，他重重地摔了下去……"

赛斯顿了顿，好像在从记忆里调出更多的细节："那是一条狭窄又极深的裂缝，宽度只有一米，深度在一千米以上。"

"罗伯特一定是被卡住了。"蒂娜的语气流露出焦虑。

"得赶快去救他，不然水汽完全侵入他的身体里，后果就不堪设想了。"我若有所思地说。

"我这就向指挥中心汇报，请求批准营救。"

蒂娜汇报回来，一言不发。

"怎么样？"我问。

"指挥中心没有批准营救的请示。"蒂娜调整了一下语调，"当前的主要任务是尽快完成镜像计划！一切都要为任务服务，包括罗伯特的牺牲。"

大家的反应很平静，似乎都服从了这个决定。但我却不能接受这个有些残酷的结果，我启动了与地球指挥中心的视频连接——按道理讲，这不是我应该插手的事，我很明确地知道这一点。但此时，罗伯特那憨憨的大个子形象在我眼前转悠，挥之不去。

上校的表情有些意外："我以为已经和蒂娜说清楚了。"

"我们不能失去罗伯特。他是一个非常不错的家伙。"

"那不过是一台会说话的机器而已。镜像计划的进度已经比计划落后了，张教授。我们希望你……"

眼前这张面无表情的脸孔让我感到无比厌恶，我多一秒钟都不想再看到它。

嘀——我断开了连接，走出房间。

"赛斯，介绍一下那条冰川裂隙的位置、深度、形状，越详细越好。"

"您的意思是……"

我把手臂一挥，指向北方："我们去营救罗伯特！"

五 绝地营救

依据赛斯对冰川裂隙的描述，很快我就设计了一种末端带吊环的长钢索，以及几件类似登山镐的小玩意儿。准备工作就绪，为了不引起地球总部的注意，我让蒂娜继续在马尔斯组织正常的生产活动，我挑了十五个拓荒者机器人再次出发，包括赛斯。我把履带车做了改进，底盘加装可以伸缩的轮对，以便在平坦的地段快速行驶。我坐在充满电的履带车里，带着十几个拓荒者快速飞奔，就像带着一群猎犬出征的猎人。

征途漫漫，在满是沙砾的荒凉大地上，我们昼夜不停地赶路，阳光不断把我们的影子缩短又拉长。当我们到达那条裂隙的时候，已经过去了七天时间。我走出履带车，俯身观察这条冷冰冰的血盆大口。

向裂缝深处看去，是一条漆黑的细线，激光手电也照不到底。按照计划，我们让个头比较小的设备维护技师伊万来执行营救罗伯特的任务。我们把铁索绑在伊万身上，再将他下放到裂缝里。如果顺利的话，伊万会将铁索的吊环固定在罗伯特身上，我们再将他们两个一起拉出这个深渊。

伊万点点头，示意他准备好了。我们把电源车钉在冰面上，上面固定着缠绕铁索的转轮。随着转轮的转动，伊万一点点地向下前进着。不一会儿，他的轮廓就消失在黑暗里。

三百米。五百米。八百米。我们等待着伊万发回向上拉的信号。但是过了很久都没有动静。就在我担心出了什么意外的时候，伊万发回了一个微弱的信息："拉我上去。"

我们喜出望外，使劲转动着轮子。伊万上来了，但也只有伊万上来了。

"看到罗伯特了吗？"赛斯迫不及待地问。

"看到了。"

"他还能动吗？"赛斯的问题显得有些天真。

伊万摇了摇头："他的身体已经融进了冰里面，只有一截腰部露在外头。我想把冰凿开，但是里面的空间太小了，连我的胳膊都挥不开。"

赛斯沮丧地垂下了头："你只有七英尺高，已经是我们这儿个头最小的了。"

"不，我才是。不要忘了我这个五英尺七英寸的人类。"我一边说着，一边准备凿冰的工具。"把伊万身上的铁索解开，让我来试试。"

"啊！张教授，这太危险了！蒂娜再三要求我们保证您的安全。虽然我很想救出罗伯特，但我的职责告诉我，不能允许您这么做。"

我已经把铁索系在了我的太空服上。"但不试一试的话，罗伯特就回不来了。我的太空服在不插电的情况下，可以工作两小时十八分钟。如果两个小时之后我还没有发出信号，就马上把我拉出来。"

"放心吧，我曾经登上过乔戈里峰。户外探险可是我的强项。"见他们没有动，我又故作轻松地说道。

突然，他们齐刷刷地抬起右臂，举到胸前。我被吓了一跳，我知道，那是他们在每天清晨宣誓将毕生致力于马尔斯的建设时，表示效忠的标准动作。

"你们在干什么？"

"张教授，您身上有一种无畏的冒险精神。这让我们想起了每天早上的誓词。请接受我们发自内心的敬意。"

我的心头一热，也将右臂放在胸前："为了马尔斯！"

为了节约电能，我把头上的探照灯亮度调得很低。冰缝的两侧光滑如镜，在幽暗中冷冰冰地映出我穿着密封服的样子，让我的孤独感更加强烈。我继续向下前进，可以感觉到裂隙在渐渐收窄。按照伊万提供的数据，距离罗伯特应该不远了。此刻的我，为了营救一个 AI，正冒着生命危险，热血沸腾地向火星深处发起冲锋。而一年前，我曾站在一家医院的楼顶想了结此生。想到这儿，我笑了一下，并决心以后无论有多么绝望，也不再轻易放弃生命。下一秒会有什么新奇体验，谁也说不定，而只要活着，就有机会见证奇迹的发生。

突然，我的脚触碰到了东西——是罗伯特。他的头部、手臂和双腿已经和冰冻峭壁融为一体，静静的像一尊雕塑。可以推断出他曾尝试着挖出一个洞穴，以便安身等待救援。但狭小的空间加上能量快要耗尽的身体没能让他如愿，他发热的身体开始被冰川吞噬。最终，他只能关闭了四肢上的液压马达，然后是润滑循环系统、动力控制系统，以便让仅剩的一丝电力维持芯片与信号收发系统继续工作。当最后一丝能量耗尽，他是否也会感到恐惧与绝望？

没有时间留给我联想了，必须马上开始行动。我不由得暗自庆幸了一下，因为罗伯特身下的宽度刚好够我转动手腕挥动镐子。我小心地敲打着冰块，生怕伤着罗伯特——在这样低温的条件下，他那金属的身体脆得就像玻璃一样。时间一分一秒地流逝，密封太空服的保温棉内衬已经被我的汗水浸透了。我的胳膊酸痛，头也开始痛起来，我知道氧气已所剩无几。与此同时，系统开始提示电量剩余百分之三十，意味着我还有二十二分钟的时间解救出罗伯特，然后用十八分钟带他一起返回地面。如果不能完成的话，我将和罗伯特一起长眠于此。

我打了一个激灵，握紧了手中的冰镐。

十天后，马尔斯城边，蒂娜带着所有的拓荒者迎接我们的归来。我们步履蹒跚，能量几乎耗尽。但是一切都是值得的，我们带回了罗伯特。

赛斯和伊万忙着讲述我们是怎样历尽辛苦把罗伯特救了出来，我被当成英雄一样。而我皱着眉盯着罗伯特冰冷的身体，觉得现在高兴还太早了——我们必须迅速取出他的芯片，才有希望真正让罗伯特醒来。

我指导他们拆开罗伯特的外壳，露出芯片周围的元件。情况十分不妙——大量的冰粒塞满了他的身体，并正在融化。我们迅速清理掉这些冰粒，再小心地用热风吹干。等我取出他的芯片，大家都沉默了。芯片已经变成了焦黑色，上面有明显的烧灼痕迹。显然，在罗伯特仍清醒的时候，冰水无情地侵入了他的芯片。这个拓荒队队长身上最精密脆弱之处，被线路短路损毁了。他的四肢依然强健，液压动力系统完好，但他的大脑却再也不能发出一条命令了。脑死亡——这是我的第一个反应，如果把罗伯特看成一个人的话。虽然我精通机械与电子技术，但是现在看来却全无用处。我就像一个抢救病人失败的医生，空有妙手，却回天乏术。

大家默默地走开了。只剩下蒂娜和我。

蒂娜看出我的沮丧，她走过来轻轻握住我的手："从我们来到这儿起，就做好了最坏的打算。有时候，结果不是我们能决定的。无论怎样，谢谢你所做的一切。罗伯特是我们的骄傲，不管从前还是现在，也不管他是生而为人还是化作尘埃。"

一阵暖流从她的手心传到我的手上。心思细腻，善解人意，很像我的妻子安的性格。

"你说得对。罗伯特永远与我们在一起。我们应该为他举行一次隆重的葬礼。那是马尔斯的英雄应该享有的待遇。"

"要向指挥中心汇报吗？"

"你觉得呢？"我反问道。

蒂娜看着我，点了点头。她的手心更热了。

六 罗伯特的葬礼

葬礼在马尔斯城外的一座小型火山脚下举行。一百八十一个 AI 拓荒者列成方阵，整齐而肃穆。一副三米长的黑色巨大铁棺缓缓放进挖好的墓穴里。我整理了一下肥大的太空服，清了清嗓子，向逝去的伙伴致悼词。这段话经过无线网络，可以实时被在场所有 AI 拓荒者接收。

"此刻，长眠于此的，是我们英勇无畏的战士，忠诚可靠的伙伴。他为了马尔斯的建设事业，献出了自己的一生。我们应该明白，这种牺牲是为了马尔斯永恒的未来而献身。这种精神将永远被铭记。伟大的罗伯特队长，从此永远存在于我们的记忆里，激励我们更加勇敢地前进，并保佑马尔斯的繁荣兴盛。他生是马尔斯的原住民，死是马尔斯的守护神。愿他安息。"

肖邦的《葬礼进行曲》响起，悲伤的情绪弥漫开来。我想起了我的妻子安。活到一定的年纪，就会发现一个让人不太容易接受的事实：在你认识的人里面，逝去的人开始比活着的人多。一旦接受了这点，你也就开始理解了孤独。

赛斯接替罗伯特，成为新任队长。好像受了罗伯特的激励似的，镜像计划的进度加快了，并且非常顺利。蒂娜说，这是因为罗伯特在守护着马尔斯的缘故。每当提起罗伯特，她那大大的眼睛里就好像闪过一丝忧伤。看得出，她十分想念高大挺拔的前队长。话说回来，他们还真是般配的一对呢，如果他们也有感情的话……

随着最关键的芯片制造技术取得成功，距离第一个火星本土拓荒者机器人诞生已经不远了。剩下的主要是零件装配工艺，而这正是我的专业之一。很快，第一个机器人装配完成了。

因为是首件试制，为了节省材料，这个小家伙只有一米高，像个孩子一样。我们给他起名小罗伯特——当然是为了向罗伯特致敬，虽然小罗伯特并不会长成罗伯特那样高。按下永久开机按钮后，小家伙的眼睛亮了，身体开始活动起来，脑袋转了又转，周围的一切都令他好奇。

"欢迎来到马尔斯，小罗伯特。"

整个下午，小罗伯特都跟在我的屁股后面。因为我是唯一有时间回答他那些可爱问题的人。

"马尔斯？这是哪儿？你是谁？我的名字为什么是小罗伯特？"小家伙一开口就是一阵连珠炮式的提问。

"马尔斯是我们这座城市的名字。这里是火星，是距离地球1.2亿千米的一颗行星，呃，我是说平均距离，有时会近些，有时要远得多。我嘛，是一个地球人，来这里快三年了……"

"地球？那是什么？你为什么要从那么远的地方来这里？"

如果谁说好奇是人类的天性，那我要建议他把那句话改一下了。好在蒂娜及时走过来，把小罗伯特领走了。后来，我根据小罗伯特提出的问题，编制了一份《新生拓荒者常见问题指南》，内置在新造拓荒者的记忆体里，一劳永逸地解决了这个问题。

七 镜像计划之二

新的拓荒者机器人源源不断地被制造出来，建设马尔斯的力量越来越壮大。很快，马尔斯城的规模就增加了几倍，各种人类居住所需的基础设施初具规模。我们的小麦长势喜人，过不了多久，我就可以吃上火星面包了，配上地球产的黄油。高大的梧桐和白杨枝叶挺拔，低矮的灌木丛郁郁葱葱，它们已经可以产生足够的氧气，不再需要花大力气电解水了。一切工作都在按计划进行，我即将带领这些机器人，亲手建立起人类的第二家园。

岁月就在这辛苦的劳动与创造中悄悄流逝着。十五年的时光如过隙白驹，如今已是我到马尔斯的第十八个年头了。眼下的马尔斯城拥有超过一千平方千米的面积，理论上可容纳人口三十万（虽然我们的粮食可以养活这么多人，但我可不保证他们能适应这里极简单的食物），完全可以用繁华来形容。有力的技术支持，深得人心的管理——地球方面把很大一部分功劳归到了我的头上，虽然我并没感觉自己是领袖，但这着实让我在建设马尔斯的过程中有了更大的话语权，甚至一些自主设计权。我们建成了拓荒者研发与制造中心，拓荒者的数量已增加到了一千名；全套的工业生产结构已经搭建完毕，顺利运行的小批量生产让物质以让人振奋的速度丰富着。地球方面准备启动新一轮志愿者的招募，顺利的话，再过一年我就能在这里看见同胞了。到时候我将为他们举办一个隆重的欢迎仪式，像一个主人迎接远道而来的贵客一样。也许我该设计一个迎宾大厅，空间要开阔，能容纳上百人同时欣赏日落，那么地上铺什么形状的铁板好呢……

罗曼斯·蒂娜走过来，她的语速很快："张教授，赛斯的身体也出故障了，您最好过来看看。"

从她的语气来看，这次问题比较严重。果然不出所料，赛斯的主板老化严重，需要整体更换才行。此外，他全身关节的轴承也已经严重磨损（很大程度上是由于密封罩内的氧气与水分侵袭所致），每一个弯屈动作都会使它们发出不满的嘎吱响声，并且会额外消耗一倍的电能。如今，这些元老级的拓荒者机器人几乎每天要花掉十小时待在充电桩旁。老化的内置电池再也不能让他们几个昼夜不眠不休地驰骋在那辽阔的赤红疆土之上，他们像人类一样，如今也走到了一生的暮年。

"他怎么样？"

我摇了摇头："主板老化严重，没办法继续工作了。我会向地球指挥中心提交报告，为他申请一块新主板的定额。"

"真是给您添麻烦了。"蒂娜小心地说着，尽量不让身体发出咯吱声。

我回到办公区，揉了揉脸为一会儿的微笑做准备，一边打开了量子通信仪。

屏幕上，上校的脸变得松弛了，鬓角也变成了灰白色。

"一川，这已经不是第一次了。你知道这样的申请让我也很为难。这些服役超过四十年的家伙已经不中用了，维护他们的成本已大于他们所能创造的价值。我知道你和他们有了感情，但是从整个 CTM 工程的大局来看，你的要求未免太感性了。"

"你的意思是要看着他们报废吗？"

"自然报废还需要几年时间。也许你可以帮他们快速结束这种痛苦。"

我盯着他的脸，他说这句话时的表情可没有一丝开玩笑的意思！

我的嘴唇气得发抖："上校，恕我直言，你说的这种行为简直和谋杀没有区别。"

"谋杀？这个罪名可不轻啊。你是说谋杀几台快报废的机器吗？"

"无论你怎么说，我都把他们当作是我的朋友。最后一次，一块主板。"我的语气近乎乞求了。

"好吧，下不为例了。因为这个没用的老家伙，一台新拓荒者的制造周期将被拖长一年。不过你我都明白，即使这样，也是改变不了他们的命运的。这也是镜像计划的一部分。"

一块崭新的主板装进了赛斯的身体，老朋友又睁开了眼睛。我想起了罗伯特。如果我们当时能达到现在的技术水平，那么他也不会离开我们了。

我感到肩膀酸痛，疲乏万分。在洗手池的倒影里，我看到自己不再年轻的模样。我突然感到一阵悲凉——他们不是要再派几个年轻人来马尔斯吗？那一定是来替换我的。在他们眼里，我过不了多久就和这些老化的机器人并无区别。

八 大发现

好像心怀愧疚似的，刚刚更换了主板的赛斯就带队去找矿，并且立了功。他们带回来一大块锈成一团的东西，显然那不是矿石。

这是一块带状的暗红色铁块，因锈蚀和扭曲而面目全非。我仔细看了一眼，不禁吸了口气，心脏剧烈跳动起来——虽然还不能确定这是什么，但可以肯定它不是自然形成的！

"你们在哪儿找到的？"

"马尔斯城西北方向，距离三号矿场二十千米的一个山洞里，地下深一米左右。"

我知道，这将是一项重大发现。不论是好是坏，它都让人感到不安。

我细细打量着铁块，已初步判断出这是一条类似曲轴的东西。如果不是自然形成的，那一定是……某种智能制造的。那么这说明什么呢？荒凉的火星上，会有不同于人类的什么文明吗？

更多形状不一的铁块被挖掘出来，但都同样地锈蚀严重，无法分辨它们的原来形态。看来必须把它们切开看个究竟了。

我小心地操作金刚锯，将一块类似球形的铁块切成两半。球的表面很硬，越往里切割越轻松——球是空心结构，愈发证明了它非自然之造化。切到一半，有墨绿色的黏稠液体沿着锯子汩汩流出。我赶紧叫助手用容器收集起来，液体几乎装满了一只一升的烧杯。

"拿去分析一下成分，说不定是一种高效润滑油。"

球完全切开后，未免有些让人失望。里面空空如也，看来除了那些恶心的绿色液体，也没有其他东西了。或许这也是个容器？

蒂娜的声音响了起来："初步分析结果表明，这是一种未知的无机导电液体。"助手捧着烧杯跟着蒂娜向我走来。

"但我打赌，这可不是润滑油。"蒂娜笑了一下，她的目光落在了切开的球壳上。

"从这个球的结构看，确实不像。"我嘀咕着，陷入了沉思。

"张教授，我有个大胆的猜想，连我自己都有些害怕了。"蒂娜的语调忽高忽低，她的发声器电压明显不稳了。

"你说什么？"

"您刚刚切开的，是一个火星人的头颅。"

咣啷，手里的半个球壳掉在了地上。我震惊得说不出话来，因为这真是一个疯狂又具有可能性的假设！

如果可以证实这个猜想，我们之前对火星的所有认识就要被推翻，整个太阳系的历史将被改写。而重书历史的笔，现在就握在我的手上！

"走，继续挖掘！一定还有更多！"

果然，在红色岩土之下，还有更多的东西。随着越来越多的铁块出土，一个巨大的残骸拼图渐渐显示出了轮廓：这是一个拥有六条手臂、由钢铁组成的高度超过三米的大家伙，长得有点像昆虫。可能由于年代久远，没有发现任何的软组织——除了那黏稠的绿色液体。

我把目光转移到烧杯上，陷入了沉思。如果这些液体真的是脑组织的话，液体中一定含有大量信息。只要提取出并破解这些信息，一切疑问就可以迎刃而解！

这个重大发现传回地球，就像一颗小行星飞进了太平洋。人们在震惊与兴奋中意识到，原来人类并不孤单，临近的行星上就有智慧文明存在！

短暂的欢呼雀跃过后，人类冷静下来思考接踵而至的问题：他们从哪里来？现在是否还存在？如果他们仍然存在于火星之上，对人类文明是友善态度还是怀有敌意？

至少，在他们看来，我们是外来的"闯入者"，正在他们的地盘上大兴土木。想想曾经我们是怎样对待入侵的殖民者的，就不难猜到他们的感受了。

另外几具残骸相继被挖出，情况向着不妙的方向发展了。如果这些三米高的六脚大爬虫一样的东西站在我们面前，能轻易地把我们撕成碎片。六足的形态在丘陵地貌上行动如风，具有我们无法媲美的机动性。更要命的是，在距离山洞不远的地方，又发现了一个极其隐蔽的洞穴，深不见底，好像一直通向火星的地心深处。

我猛然想起了那次和罗伯特他们出去勘探的下午，那个从我余光中闪过的黑影——那就是一只大爬虫！

　　也就是说，它们早就知道我们的存在，并一直在监视我们。那为什么迟迟没有向我们发起攻击？难道它们是在等我们把马尔斯建立得更庞大，符合它们的胃口之后，再一举夺取我们的劳动果实？

　　当太阳的光辉被奥林匹斯山巨大的阴影所吞噬，阴冷黑暗的洞穴之中，爬出一只只巨大的钢铁爬虫，迅捷地向马尔斯城靠近……

　　光是想象一下这个画面，就让人不寒而栗。

　　"我认为，鉴于这些突然的发现，是时候要调整一下我们的战略了。"我看着屏幕里的上校说道。

　　上校摸着下巴，眼神像鬼火一样飘忽："你的意思是？"

　　"立刻建立武装护卫队，保护马尔斯的安全。"

　　"这么重大的战略调整，需要启动专家评审通过才行。"

　　"没时间了。"我有些失望地说道，"恐怕等专家们得出结论，情况就更危险了。昨天，在洞穴旁边发现了一些新的痕迹，很像爬虫的足印。"

　　"也许等你们活捉到一只火星爬虫，会显得更有说服力一些。"上校示意我留意四周，然后小声说道，"你知道，让拓荒者机器人拥有武器装备会冒很大的风险。你忘了三年前的南丁格尔事件了吗？这将是一把双刃剑。"

　　我知道他在担心什么。三年前，一群医护机器人因为受不了繁重的护理工作和医生病人的责骂，进行了集体暴力反抗事件，代号"南丁格尔"。后来我才知道，他是负责处理这件事的指挥官之一。这一点，我是没办法说服他的。无法让一个被人背叛过的人相信忠诚。

　　我把所有的早期拓荒者召集起来，一起商量对策。

　　"小伙子们，地球暂时无法指望，我们只能靠自己了。"我故作轻松地开场道。

　　"我们可以自己制造激光武器吗，张教授？"赛斯扭了扭咯咯作响的肩膀。

"想快速制造激光武器的话，没有地球提供的核心零件图纸是不行的。我们的资料库里几乎没有关于武器装备的信息。"

"改造我们的激光切割机呢？"

"不行。激光武器要远距离打击目标，切割机和它比起来，功率根本不在一个数量级上。"

"那没办法了，对付那些大家伙激光是最奏效的。"

"也许不要激光武器。"蒂娜看着自己伸直的胳膊，做了一个向下砍的动作。大家一下明白了她的意思。

最原始的，也许是最有效的。

激光武器造不出来，我们还可以制造冷兵器。

很快，我根据爬虫的结构特点，结合记忆中那些古代兵器的样子，设计出几种实用的武器，并且用了马尔斯最好的精钢制造出来。有适合正面交锋的长剑，有专门对付爬虫腿部的大镰刀，还有用于刺穿头颅的匕首。我把一千个拓荒者分成十个营，其中八个战斗营分别部署在马尔斯的各个方向。另外还有一个侦察营，严密监视城外的动态，尤其是发现残骸的洞穴附近。一个机动营，负责马尔斯城重要设施的保卫，必要时可以加入战斗。

时间在紧张中一天天过着，我们时刻准备着战斗的到来。然而，当那一刻真正来临的时候，仍然出乎了所有人的意料。

九 马尔斯之战

每当夜晚来临，奥林匹斯山笼罩在黑暗之中，一切变得狰狞起来。

八个战斗营每两小时换班一次，沿着顺时针方向在马尔斯城外巡逻。半个月过去了，一切看起来正常。地球指挥中心否决了向马尔斯提供激光武器的提案，并认为我们仅凭几具残骸就全副武装，未免有些小题大做。决议要求我们立刻解除武装状态，并恢复正常的生产建设活动。

"这真是狗屎！"赛斯的嘴里嘟囔了一句，蒂娜示意他闭嘴。

"张教授，我认为现在解除武装是很危险的。"

"我明白。今晚仍然保持全员戒备。但从明天起，先恢复一半成员到生产状态吧。"

夜深了，我坠入沉沉的睡梦。我梦见了爬虫正在入侵马尔斯，这个噩梦反复出现，成了挥之不去的梦魇。梦里突然出现了警报声与金属摩擦的嘈杂声，声音越来越大，有人呼叫我的名字……

我猛然睁开眼，警报声没有消失，而是越来越大！这不是梦！我被眼前的景象惊呆了：一只活动的钢铁爬虫正在密封罩大厅的中央，挥舞着巨大的铁爪！它是怎么进到密封罩里面的？

很快我就明白了：它们在马尔斯城的地下挖了一个隧洞！

果然，又一只爬虫从第一只的身下钻了出来，接着是第三只，第四只……它们的小脑袋灵活地转动着，打量着包围它们的拓荒者。

而在密封罩内，只留有一个机动营的一百个拓荒者。其他九个营的兵力要赶回城内，至少要十分钟。我们必须拖到主力部队赶到才有胜算。

这生死攸关的十分钟，将决定马尔斯城的存亡。

十几只大爬虫不住地打量四周。短暂的对峙后，它们转身向一排供电变压器的方向爬去。毫无疑问，这些丑陋的东西具有很高的智能！

"阻止它们！它们要破坏我们的电力系统！"

"冲啊！为了马尔斯！"

战斗开始了。长剑与铁爪激烈交锋，迸出一串串火花；金属相互撞击，发出沉闷的咚咚声。大爬虫的铁爪极其灵活，能够精准地接住进攻，然后甩动另外几条手臂，把拓荒者摔到铁柱上。几个拓荒者直接被摔成了一堆飞散的零件，当场牺牲了。

我大喊道："分散它们的注意力！然后用镰刀攻击它们的腿！"

四名拓荒者一齐对付一只爬虫。两个与其正面缠斗，一个趁势挥动镰刀，将爬虫的两条腿砍断了。爬虫一下子倒了下去，另一个拓荒者跳到它的身上，双手将匕首刺进了它的脑袋。

"干得漂亮！"

这样收拾掉三四只后，其余的爬虫意识到了问题，它们头朝外围成一个圆慢慢移动，相互照应，这样就没法攻击它们的要害了。眼看它们离供电变压器越来越近了！

"干掉它们！上啊！"赛斯突然大喊一声，手持长剑带头冲向爬虫！

钢筋铁骨之间的搏斗，比血肉之躯更加震撼。

拓荒者们用身体堆成了一堵墙，阻止大爬虫的前进。

这堵墙正在变成一堆零件，但它没有向后退缩半步。

直到主力部队赶回来。

局势瞬间扭转，十只大爬虫愣了一下，就被淹没在了拓荒者的大军当中……

战后的马尔斯，一片狼藉。到处是散落的零件，断成两截的武器。闪着火花的残骸还在挣扎。赛斯在这场战斗中牺牲了，他的身体已经没法分辨，与其他一百多名拓荒者的零件混为一体。九十七，九十八，九十九……我含着眼泪，与蒂娜一起清点伤亡人数。一百二十四名拓荒者为了保卫马尔斯而献身。马尔斯城是保住了，但糟糕的是，密封罩被击出几个大破洞，我们空气损失了近三千立方。

地面几乎全部被毁，运输轨道被破坏得七零八落。而两台可以用来制造激光武器的关键设备——加工中心也受到严重损坏，无法继续开动了。马尔斯要恢复元气，至少需要几年的时间。

但我们有了和地球争取资源的条件。瞧瞧那些大爬虫的残骸。在和地球通信之前，我已经迫不及待到把它们拆个底儿朝天，看看它们到底是何方神圣。

很快，大爬虫在我眼前也变成了零件。我有点明白了。

可以确认的是，它们并不是一种生命形态，而是像拓荒者一样，是一种被制造出来的智能机械，同样使用电能驱动，只是精巧的设计与完美的装配工艺让人误以为它们是虫子。可以看出，它们的造物者的科技水平绝对在人类之上。也就是说，这里存在着非常高级的文明！想到这儿，我既兴奋又害怕，马上接通了与地球的通信。

"你是说，比地球更高级的文明……"从亲眼看到大爬虫的残骸开始，这个军人出身的冷血角色就面露恐惧之色，此时已是面如死灰。

"所以，我们要求立即发运激光武器和设备配件到马尔斯。不能再拖了，那些大爬虫的同伙随时可能来报复。"

"忘了什么激光武器吧，张一川，你们捅了个马蜂窝，我们都有大麻烦了。"

十 帝国的诞生

上校再也没有露面。三天后，我们收到了来自地球的最后一条广播。

"经过谨慎的评估与论证……这是一个艰难的决定：调查清楚之

前，停止一切通信交流、物资输送。为了地球的安全与人类文明……请不要再提到关于地球的任何信息。必要的时候，彻底地、不留痕迹地摧毁马尔斯。"

我看了一下落款，竟是地球上最有权力的人的亲笔。

面对更高级的文明，人类懦弱地颤抖着。为了自保，他们做出了这个丢车保帅的决定。

也就是说，我们被抛弃了。五十年的心血付出，这一切的一切，就这样轻而易举地放弃了，包括我。虽然，一个个体与几十亿地球人比起来，根本微不足道。

我的脑袋嗡嗡作响，感觉头重脚轻，快要站不稳了。离开地球十八年后，我第一次意识到了自己已无家可归。一根连接马尔斯与地球的无形的弦戛然崩断了。虽然在众目睽睽之下，两行眼泪还是不争气地滑过老男人的面颊。

一双手轻轻搭在了我的肩膀上。

"你还有我们。"蒂娜的动作不再那么柔和了，但她的声音还是那么年轻。"我能理解他们的决定。他们放弃了我们，但是我们自己不会。这是我们一手建立起来的城市，我们不允许任何人摧毁它。"

我感激地看了一眼蒂娜，一股热流涌上心头。是的，命运从来不会怜悯弱者，只会张开她那热烈的双臂，把勇者送上荣耀的殿堂！"对！这是我们的城市，是我们的家，是我们的帝国！马尔斯帝国万岁！"

"马尔斯万岁！马尔斯万岁！"拓荒者们被我的豪情感染了，纷纷振臂高呼起来。

在这个几乎成为废墟的人造之城中，帝国诞生了。从此，不再有拓荒者机器人与人类之分，我们都是马尔斯的子民，都是帝国不可缺少的一部分。保卫马尔斯，是每一个马尔斯人的神圣使命。

有三个问题是需要我们马上解决的：修复这次战斗对马尔斯造成的

破坏；调查清楚爬虫的巢穴位置；制订反击作战计划。时间紧迫，我们不知道这些爬虫什么时候会发动第二次袭击，而进攻就是最好的防守。

密封罩上的破洞已经修补好了。很快，我们的侦察营沿着隧道找到了巢穴的位置。那是一个在地下两千米的巨大岩洞，几十只爬虫在岩洞里爬进爬出。

我深深吸气，让自已冷静下来，一边分析爬虫的残骸，一边梳理这次袭击的来龙去脉。看得出来，它们对我们的供电设施表现出了极大兴趣。如果是这样，那么第一次相遇也就解释得通了，因为我们当时带着移动电源车，一定是被它们嗅到了电能的味道。

看来它们真正需要的是电能。我想我们找到突破口了。

反击作战代号"猎蛛行动"，那是蒂娜起的名字，倒也挺符合那些爬虫的形象。

当太阳再度沉到奥林匹斯山脚下，马尔斯人已经蓄势待发。

这是一场关于生存与灭亡的战争，没有正义与邪恶可言。尽管对于它们的制造者——高等级文明的主人，我们还是一无所知，不过，我已经猜到些什么……

十一 火星的秘密

战斗比想象中要顺利。我们的战术奏效了——有准备的仗要好打多了。

我们用两辆移动电源车作为诱饵，把一部分爬虫吸引到了地表。我们趁机从隧道进入巢穴，消灭掉了留守的二十几只爬虫。和前面的相比，这些守家的爬虫动作更迟缓，战斗力也比较弱，是比较老旧的。等地表上的爬虫返回，发现它们的老巢已经被全副武装的马尔斯人填满了。经过上一次战斗，我们的战斗技巧更加熟练，很快就控制了局面。看来，上次去偷袭马尔斯城的爬虫是它们的精锐力量。

我和蒂娜沿着巢穴的墙壁走着。巢穴的最中央是一套庞大的发电设施，下方有岩浆热源。靠着岩浆提供的能量，这些爬虫在这里存在了不知多少年。我检查了一下，发电设施由于年久失修，发电效率正不断下降。所以这些爬虫才会出去寻找新的能量来源吧。

"看这里。"蒂娜提醒我墙上有东西。她把眼灯调得更亮，我看清了，那是……

壁画！

壁画上有各种形态的智能机械，还有双脚站立的生物——没错，是人类！

而壁画里画的，正是火星上最大的秘密。

我猜得没错。第一眼看到火星的时候，就感觉像看到了生命绝迹之后的地球。上百万年前，人类曾在火星上繁荣昌盛，就像地球一样，发展到了智能机器人代替人类从事一切劳动的程度。但是他们太过依赖人工智能了，以致人工智能的数量达到了人类的十倍之多。最后，一场全球范围的人机大战爆发了。人类以毁灭性的高科技武器消灭了绝大多数的人工智能，同时也彻底摧毁了火星的生态系统。高等级的人工智能全部消失了，而像爬虫这样比较低级的品种（我猜它们是类似地球上蟑螂一类的角色）则存活了下来。百万年过去，岁月将人类的痕迹完全抹平了，漫山遍野的人工智能残骸堆积在地表，与氧气和水相互作用，慢慢锈成了地表那一片赤红。作为代价，火星变成了不毛之地，人类失去了家园，绝大多数人类痛苦地死去，只有极少部分乘飞行器到其他星球寻找容身之所。

而我想，他们的第一站，就是地球。

我们很可能都是火星人类的后裔。如今，我们重返火星，远古的历史似乎将再次轮回……

我和蒂娜久久地站着。突然，她挥动手里的刀，在墙壁上刮着。壁画变得模糊不清了。

"你这是？"我不明白她想干什么。

"趁其他人还没发现。我不想壁画里的故事在马尔斯人和地球人之间再次上演。"

我点了点头。就让这个秘密连同这个巢穴，永远地沉睡在这地下深处吧。

十二 决裂

考虑再三，我们决定接通与地球的通信。指挥中心又惊又喜，我被告知将与 CTM 工程最高执行官视频通话。

我把整个事情的经过详细地写成了一份报告，一字一句地读给他听。包括与火星爬虫的战争，火星上曾有人类的发现（当然隐去了发现壁画的部分），顺便声明了马尔斯的独立，并提出与地球建交的申请。我看到执行官的脸色由晴转阴，最后变得铁青。

"独立？张一川同志，我们已经准备派三十名志愿者到火星了。你不能这么做。"

"对不起，那恐怕不行。建交之后马尔斯欢迎友好和平的访问，但是不接受有来无回的殖民。"

"你这样我们五十年的付出就全部付之东流了！"执行官愤怒地

站起身。

"你们的付出？是你们自己主动放弃的。现在的一切，都是马尔斯人靠自己争取来的。"

"哈哈，马尔斯人！你管那些干活的机器叫马尔斯人？"

"执行官先生，请注意您的言辞。并且我要提醒您，您这种地球人对人工智能的普遍态度，将是非常危险的。"

谈话不欢而散，而我本来也没有任何期待。但这是一个声明，昭示了一个新的开始。从此，马尔斯不再从属于任何人，她只听命于自己的子民。

有意思的是，仅仅过了几个月，地球方面主动联系我们，要求建交。据说地球上爆发了大规模的人工智能示威游行，声援马尔斯的独立。我们签订了友好条约，做出永不互相侵犯的协定。地球方面听从了我的建议，颁布了《人工智能保护法》，对人工智能的辱骂及虐待都列为严重的违法行为。我不希望火星的悲剧再次在地球上演了。

独立后的马尔斯越来越强大了，偶尔还会遇见几只活的爬虫，但那只是帝国车轮碾过的几粒尘埃。更多种类的人工智能残骸在地下深处被发现，我搜集着这些史前人工智能的资料，研究它们的构造，并把它们模拟还原出来，每天乐此不疲。我以为我忘了时间，时间也会忘了我。但是时间是最守时的，它用不断衰老来提醒我，属于我的那一天终于还是要来了。

十三 尾声

我躺在床上，透过密封罩望着星光璀璨的星空。令我欣慰的是，在生命即将走到尽头之际，作为马尔斯的第一任领袖，我的使命也完成了，除了一件事。

蒂娜坐在我的床边。现在她已经是新的领袖了，我相信她能把马尔斯治理得更好。她轻轻抚着我的头发。恍惚间，我好像回到了孩提时代，回到了地球上，那是记忆里母亲温暖的双手拂过我的面颊。

"你真的决定这么做吗？"蒂娜问我。

我用力点了点头——因为我已经说不出话来了。但是这个决定是我早就想好的，只有这样，才能消除人类殖民火星的欲望，彻底避免悲剧的发生。

"地球人类也许会不理解你，甚至恨你，但是多年以后，当他们明白你的用心时，他们会和我们一样感激你。"

我看到，一排精干的马尔斯士兵手握大铁锤，站在密封罩的边缘等候命令。密封罩外，装备了新式武器的军队气势如虹，显示着帝国的威严。我的思绪开始像水一样扩散，怎么也无法集中起来。我用尽平生最后一丝力气，动了动右手的食指。

"元首下令：开始行动！"

一阵清脆的玻璃碎裂声有节律地响起。那是我听过的最美妙的声音。

老无所依

TIME.SPACE.LOVE

　　一想到还有你们这样为了理想努力而不计回报的少数人，我就会保持对整个人类的一丝敬意。

一

现场的气氛热烈到了极点。

"江风！江风！江风！"观众们热情高涨，近乎失去理智地大声呼唤着他的名字。

主持人有些激动，她的声音像微风中含苞的花朵轻轻发颤："江风，我可以肯定，你是节目开播以来最博学的选手，你从没有答错过一道题！可是，这道题你真的不知道答案吗？"

面前的年轻人连眉都没有皱，微笑着回应道："是的，我不知道。"

台下响起了一片失望的叹息声。主持人也不无惋惜地说："看来真是学无止境呀！非常遗憾！那么，你打算使用唯一的一次场外求助吗？"

"是的，我需要一个人的帮助。"

"好，请连线！"镜头切到年轻人的脸上，他的目光从电视里跳出，隔着几千千米和我对视着。我浑身一颤，思绪纷飞，恍惚间，一切仿佛回到了从前。

二

太平间里空荡荡的。房间没有窗户，墙壁上的冷光灯发出青白色的光，似乎让这里的寒意更添了几分。和想象中的不一样，没有任何恐怖的场面，也没有异味，隔着口罩反而能闻到有种奇异的淡香。但是我不敢大口呼吸，拎着箱子紧跟在周大夫的身后。

房间的两侧都有巨大的不锈钢存放柜，一共四层，每层上面都整齐地塞着大抽屉一样的东西，每个大抽屉都有编号。我知道那里面是什么。两边的铁柜和地面形成了一条长长的绝望通道：这条通道由死亡铺就，最终又通向死亡。那绝对是任何人都不愿意走第二遍的通道，给多少钱都不愿意。

"还有多远，周大夫？"我小声问道。

"还有一段儿。听说你是搞人工智能的？"为了转移我的注意力，周大夫想找个话题。回声和他的声音叠在一起，有些瓮声瓮气。只要想一想声音是碰到什么而反射回来的，就让人不寒而栗。

"快了，就在前面。我看看……到了，六百六十六号，江风。"

听到"六百六十六号"，我的心咯噔一下。

江风出事那天，是九月六号。他的年龄也永远地停在了二十六岁上。而我，是这一个悲剧的见证者。

人们都说"六"代表顺利。可在我看来，"六"从来不是一个象征顺利和幸运的数字。

按照书写的顺序，阿拉伯数字"6"的形状是一条渐闭的曲线。从上到下，曲线的半径越来越小，最终弯曲转向，向已有的轨迹一头撞去，曲线戛然终结。如果数字可以代表命运，那么"6"可能代表不得善终。

而从汉字来看，"六"就好像是"人"被一把利刃拦腰斩断一般，这不正是对江风命运的暗示吗……我猛然打了个激灵，被自己此时此地的胡思乱想吓了一跳！

周大夫觉察出了我的异样，用轻松的语气说道："没关系的，小萧。第一次来这儿的人都会紧张。你就当他们都睡着了就行。"说着，他拉开了第六百六十六号抽屉。

虽然被白布盖着，但是你的身形我太熟悉了——本硕七年，我们睡在一个宿舍。你总喜欢蒙头睡，就像现在这样。可这次，我再也叫不醒你去上课了。只需一块白布，就能将我们相隔在两个世界。

我打开随身带的箱子，取出三维扫描仪，再接好线，开启电脑。周大夫用眼神询问我是否准备好了，我用点头的动作回答他。他也点了点头，把目光转回去，双手轻轻揭开了白布。

你真的像睡着了一样，神情平静安详。苍白的脸上有点发灰，没有了往日的气色，但血迹已经被擦拭得干干净净，左太阳穴附近的伤口也小心地缝合好了。

当时的画面犹在眼前。如果不去救那个跑到路中间的顽皮女童，你现在应该正和我一起，为了我们的人工智能研究方向高谈阔论。

"我早说过，通过大量情景样本建立数据库的思路是错的！"

我点点头。"据客户反映，除了外表外，我们的智能五号和真人一点都不像，没什么性格。"

你冷笑了一下。"性格？你觉得我们这样开发出来的蠢东西有性格可言吗？它的行为，不过是综合参考了人们在日常生活各个情景中最可能的反应而已，是一个平庸的集合体，怎么会有自己的性格呢？"

"确实和我们的预期差距有点大。不过智能五号最后能把自己的脑袋烧冒了烟，也算是很有性格了。"

"真是丢人啊。所以，我们要为每个用户定制不同性格的人工智能。这就需要专一的源对象，对他的经历进行分析，提取性格要素，再处理为变量，通过算法转换成行为……也就是说，在应对各种事件时，每个人工智能都能应用自己独特的算法，从而有不同的反应。这才是性格，这才是智能。"

我不得不佩服你思维的敏锐。"构想很不错，但是很难实施吧？比如性格要素的提取。"

你得意地笑了笑，边走边把一块石子踢飞："我已经以自己为源对象，写出了一个智能程序。主观点儿地说，经过半年的调试，和我本人性格相似度在百分之九十五以上。回头传给你看看。"

突然，你的眼睛瞪得很大看着前方，大叫了一声："危险！"

没等我反应过来，你人已经冲了出去。

紧接着是一阵汽车急刹车的尖叫，和小女孩哇哇的哭声。

年轻而失职的妈妈只是慌张地看了你一眼，便把受惊的小女孩抱走了。而你，孤独地躺在马路中央，满脸是血，双目紧闭。你的四肢舒展，做出了拥抱天空的姿势，天空却依然沉默。

我忘不了你母亲在医院走廊里悲伤欲绝的恸哭，几年内丈夫和儿子相继离世，留她一个人在世上孤苦伶仃；我忘不了你的女友小雅伏在我肩头不住地颤抖，我知道你们已经快要领证，在商量买哪个地段的房子离你俩的公司都近……

周大夫挥了挥手，示意我快点，把沉浸在回忆中的我拉回现实。

我启动扫描仪，一道蓝紫色的光束横在江风灰白的脸上。我调整了一下位置，光束从额头开始，一点点向下移动，扫过他浓重的眉毛和轻闭的眼睛，扫过高挺的鼻梁和薄薄的嘴唇，扫过那有着如斧凿般线条的下巴和绒毛一样的胡须。为保证万无一失，我又重新扫描了一遍。

江风啊江风，你连死后都那么英俊。

谢过周大夫，我匆匆赶回住处，将扫描的数据转化成三维模型。果然，和江风的模样一丝不差。我的心剧烈地跳动起来，准备实施我已经设想无数遍的计划。

江风，我能为你做的，只有这么多了。

三

我去找江风的母亲曹姨，以整理工作资料为由，打开了江风的电脑，找到了他编写的智能程序。我试探着问曹姨能不能把电脑带走几天。曹姨叹了口气，憔悴的目光里没有一丝光亮，只是轻轻点了点头。这位可怜的母亲，从此将不可能再拥有任何真正的幸福，只能靠回忆来温暖那已支离破碎的心。想到这儿，我实施计划的决心又坚定了几分。

回到家，我启动了程序，准备先对它做一个基本的图灵测试。一个对话框跳了出来，智能程序率先打起了招呼："你这重色轻友的浑蛋，已经十几天没来看我了！"

我在键盘上打了句"你好啊"。

"好个头啊，别和我装。这几天是不是又跑到小雅那儿去了？"

我沉吟半晌："没有。我这几天加班。"

程序："这样啊。那等你下次去小雅那儿，记得把那张老 DVD 碟片带回来。我喜欢那个男主人公为了心爱的女人去死的故事。"

我："好的。我不在的时候你都在干什么？"

程序没了动静。过了一会儿，对话框弹出一句冷冷的话："你不是江风。"

我略微一惊："你怎么知道？"

"DVD 的事是我临时虚构的。说吧，你是谁？让我先猜猜：能打开江风电脑的人，一定是他亲近的人，但应该不是他上了年纪的母亲。你是小雅？要么就是他的书呆子朋友萧河？"

我苦笑了一下。看来，我已经先被程序反测试了。这个程序几乎和江风一样的调皮，也一样的思维敏锐。

我："对，我是萧河。我今天来，是想求你做一件事……"

程序："求我做事？我能帮你做什么事？"

我一口气打出了一大段话："这个等会儿再说，先让我把话说完。之所以说'求'，是因为你无疑拥有自我意识和相当的智力，我把你当作和我一样的活生生的人来对待。你完全有权利拒绝我的要求。当然我也可用强迫以达到目的，但是出于对你个人意愿的尊重，还是先和你说明为好。说出我的请求之前，我要先告诉你一些悲伤的事情。"

程序稍微迟疑了几秒："你说吧。"

我用尽量详细的文字，把江风的事情讲给他听。我从我们的人工智能研究讲起，讲到了江风是如何为了救一个小女孩而丧生在飞驰的车轮之下，讲到了江风憔悴的母亲和伤心的女友，一直讲到了我到医院太平间提取江风的面部三维模型。我不确定一个智能程序能不能理解"死"的概念。在我的整个叙述过程中，它始终一言不发，但我能明显感觉到电脑正在微微发热。

我："我要告诉你的事情，就是这些了。"

程序沉默了半晌，在屏幕上弹出："等一下，信息量有些大。你是说，江风已经死了？"

"是的。那个创造你的人，已经不在这个世界上了。"

又是一阵沉默。

过了一会，程序又问了一句："江风冒着失去生命的危险，就是为了挽回一个陌生小女孩的生命？"

"是的。"

"这有些不好理解：依据你的描述，以当时汽车的速度和与小女孩的距离估算，两个人都生还的概率不到百分之十。而两个人都遇难的概率却高达百分之七十。从江风的角度看，无论怎样计算，这都是一项损失远大于收益的行为。"

我叹了口气："人类还有很多不好理解的地方。也许他根本就没有想这些。"

"那你求我做的事是什么呢？"

"我要你按照江风的样子，变成一个人工智能。我要把你从虚拟世界拉进现实。"

"听起来很酷。"

"很酷，也很残酷。生活是一件很辛苦的事。你要接受所有的既有设定。而一旦开始，就没法决定如何结束。所以我必须征求你的意见。只有你同意了，我才能把你带到这个世界上。"

"据我所知，人都是有身体的，那么……"

"这个你不用担心。我已经为你准备了。"

我看了一眼客厅里摆着的智能五号。手脚都是好好的，只不过脑子烧坏了。订购智能五号的是一个亿万富商，试用满意将会大批量采购作为深海作业操作员。现在订单被取消，变成一堆废铁的智能五号也被退了回来，气得我们老总直掀桌子，吼叫着要把智能五号绞成碎片。这是一个软件上失败得很彻底的产品，但是硬件却极其精良。精准的液压动力系统，最为先进的电气自动化集成运动控制器，真实比例的人体结构设计，细腻有弹性的人造皮肤……我托了我们部技术经理的关系，以一套房首付的价钱，把可怜的智能五号买了下来——虽然花光了我的所有积蓄，还和几个朋友借了些钱，但是在内行看来，这已经算废品价了。

我仔细检查了智能五号的硬件，情况并不算糟，只有两片芯片和一些线缆烧掉了，要修复并不难。再设计一个简单的程序接口，就可以把江风的智能程序导进去了。我偷偷用公司的3D打印机打出了江风的容貌，让智能五号变成了江风的样子。一切准备就绪，我搓了搓手，打开智能五号后颈处隐藏的盖子，按下了内置电源总开关。

几分钟过去了，没有任何动静。正当我沮丧地准备承认失败时，他的眼睛慢慢睁开了，眨巴了几下后目光对着我，嘴唇动了动："你设计的接口还真是别扭啊。"

我的心被一股巨大的力量撞击着，剧烈地跳动起来：眼前简直就是复活了的江风！

不过他以这句话作为开场白，还真是令人扫兴啊。

他笑了笑，向我走来。可刚迈出第一步，就重重摔倒在地上。

我舒了口气："江风啊，看来你得花点儿时间熟悉自己的身体。"

我和他都愣了愣。"江风"二字完全是我脱口而出的。

"我，可以用他的名字吗？"他抬起头突然问道。

"江风？恐怕还不行。我还是继续叫你智能五号吧。"

"能不能帮我个忙？"

"什么？"

"扶我一把，趴在地上可不好受。"

智能五号需要基本的身体协调性训练，以帮助他快速熟悉自己的身体和周围的环境。要想和江风以假乱真，他必须非常灵活快速地操纵自己的身体——这是远远超过开发智能五号时的技术要求的。我扶着他在街上慢慢走着，智能五号的每一步都步履蹒跚，像个风烛残年的老头儿。路过的人们看着他，纷纷用惋惜的目光对一个不幸罹患中风导致半身不遂的年轻人表示同情。

"我不喜欢人们的目光。"智能五号嘟囔着。

"他们只是好奇。如果你不喜欢，我们就晚上再出来。"

月光下，两个细长的人影在缓缓移动着。

咕咚。智能五号又一次栽倒在地。

"你知道，小孩子学走路的时候，摔得比你惨多了。"

"你不用安慰我。人类的小孩子可不会一摔倒就散成一堆零件。"

我伸出手，打算拉他起来，竟被他拒绝了："我自己来。"

咕咚。

一次次的跌倒没有白费。从走路到跑步，再到骑单车、打篮球，智能五号已经和人没有区别，甚至更出色。看着他欢快地在操场上奔跑着，把其他人一个个轻松地甩在身后，就像《阿甘正传》里的小阿甘一样。

我告诉他，挑战身体协调性的高级运动——做家务，才是对男人的真正考验。等我第二天下班，以为家里遭了贼：所有的东西都被翻了出来，五号站在一堆杂物中间，眼睛闪着绿光，对每件东西一一扫描，然后把他认为没有用的东西丢到一旁。

"喂，这样更乱了呢。"我看了一眼那堆没用的杂七杂八，好多都是买了之后从来没用过的。

"你的房间需要新秩序。对于没有使用价值的东西，最好的处理方式就是丢掉。要想重建世界，必先毁灭世界。"

"怕了你了。床留下，我晚上睡觉要用。"

接下来的几天，我在家中有些不适应：房间里从来没有如此整洁过。地板像平静的湖面般光亮，家具上好像镶了星星一样在闪闪发光。所有的东西都按类别整齐地放好，并贴上了标签。看着我不知道该在哪里落脚的窘态，智能五号坐在沙发上笑出了声。我想，如果把他开发成保姆型的智能机器人，一定会大受欢迎的。我又对他说，其实还有比收拾房间更有挑战性的事，那就是做饭。不过我先得教他如何灭火，如果我不想无家可归的话。

一个月的时间不到，智能五号就掌握了几乎所有的生活技能。在网络的支持下，他的学习能力非常惊人。这既让我感到欣慰，又隐约有些不安。但是担心什么呢？我也说不上来。

不过，现在条件已经成熟，该让他去完成使命了。

四

"老萧，我有点紧张。"快走到曹姨家门口，智能五号停住了。

我替他整了整衣领："怕什么，我已经和曹姨打好了招呼。记住，你是她的儿子，她是生你养你的母亲，是江风二十六年的生命里至亲至爱之人。"

"正因为如此，我不知道做怎样的反应，才能匹配这份深沉的爱。"

我被他的话深深触动了。母爱，这世上最伟大的感情，要我们怎么样去报答呢？我们能做的，更多的是把这种感情传递下去，让爱沿着繁衍的长河，缓缓不绝地流淌。

尽管有心理准备，曹姨看到现在的智能五号，还是呆住了。她仔细打量着这个用高科技创造出的完美复制品，企图找出什么破绽，证明这不是她的儿子。我从后面推了推他。

"妈。"智能五号蹩脚又怯生生地叫了一声。

听到这声久违的呼唤，曹姨再也忍不住，一把抱住他哭了起来："小风……"

我的鼻子也酸了，眼睛里有东西在滚动。江风，如果你在天堂里看到这一幕，也会感到宽慰吧。

"从今天起，这就是你的家了。好好照顾妈妈。不要太调皮啊。"临走前我拍了拍他的肩膀，故作轻松地说道。他竟像一个小孩子似的，拉着我的衣角不松手。我假装整理衣服，就势把他的手拨开："我会经常来的。"

我和曹姨握了握手，意外发现她的手已是如此枯瘦，轻得像一片羽毛。

"曹姨，保重身体。"

"谢谢你，小萧。你为我们做的这一切，曹姨这辈子也报答不了。"

"阿姨您言重了。等下次来，我把江风的电脑……"

"什么电脑？"

我暗暗吃了一惊，把剩下的一半话咽了回去。看来，一个月前的事情她已经不记得了。

从曹姨家里出来，我感到前所未有的轻松，感觉自己终于做了一件好事。即使命运不公，让我们遭遇了太多的不幸，只要积极勇敢地面对，终究可以扳回几局的。我这样想着，竟有了一种征服命运的成就感。

一个星期后，我在网络上遇见了智能五号。分别前，我给他装了即时通信软件，并给他申请了一个账号。只要有无线网络，他遇到问题可以随时联系我。

"嗨，智能五号。你在家里吗？"

"在。晚上好，萧。"

"你在做什么？"

"我刚刚和妈妈吃完了饭，现在正坐在客厅里，想从网上找一些去除体内食物残渣的方法。哦找到了……你那儿有纯酒精吗？"

"你刚做了什么？你真的把食物吃下去了？"我有点着急地问道。

"大部分已经又取出来了。我现在感觉不太好。"

"笨蛋！蠢货！在家等着，我去帮你检查！"

"哦。能不能不在家里？妈妈看到会伤心的。"

我们约在了不远处的一家咖啡厅。咖啡厅里，可爱的女服务员用毛扑扑的大眼睛盯着我，目睹了一个男人把整只手伸到另一个男人嘴巴里掏来掏去的全过程。

"还好，一切正常。"我舒了口气。

服务员鼓足了勇气，走了过来。我点了一杯咖啡。她又转向智能五号，智能五号看了她一眼，微笑着摆了摆手。

"先生，您真的什么也不需要吗？我们店新到的蓝山咖啡，日本进口，原产地牙买加，您要不要试一下……"

智能五号尴尬地摇了摇头。

看着他那局促不安的窘态，我笑了："给他一杯冰水吧，这位先生对咖啡过敏。"

等服务员走远了，江风嘀咕了一句："三十块一杯的蓝山咖啡，不可能是牙买加原产的。"

"哈哈，人们未必不知道，但是他们宁愿相信这个谎言。"

"明知真相，却相信谎言。很奇怪，不是吗？"

我没有回答他，打量了一下周围："我得提醒你，你的身体并没有消化系统！含有食盐的食糜进入你的身体会要了你的命！"

"好。这只是小问题，我会注意的。我现在遇到了另一个问题。我查了很多资料，可是越查越糊涂。"

"啥问题？"

"爱情是什么？"

"哈哈哈，你这个问题还真是杞人忧天啊！"一个钢铁之躯金属脑袋竟然在思考人类有史以来最棘手的问题呢！

我突然想起了什么，笑容凝固了："你不会是在说……小雅？"

智能五号看着我，他的眼神充满了忧伤。

"是的。我知道小雅是江风的女朋友，他们之间有很深的爱情。我想弄清楚爱情是怎么一回事，这样我才知道什么才不是爱情，我才能选择如何和她相处。"

"你想让她像爱江风一样爱你吗？"

"不，江风已经不存在了。我想让她忘了他，忘了我。根据最新的女性平均寿命统计结果，她还有五十一年的时间要生活。"

我不禁为他说的话而动容。他的选择是对的。在这种情况下，理性显得更加可贵。相濡以沫，不如相忘于江湖。痴守覆巢，不若振翅于碧空。

"还有更好的办法。"我看着智能五号说道，"你要先让她爱你，再让她忘了你。"

"为什么？"智能五号一脸的困惑。

"照我说的做就是了。"

因为智能五号的事没有事先和小雅说，我一直没有勇气见小雅。事情的发展都是我从智能五号的嘴里知道的。开始的时候，小雅对于智能五号的出现有些措手不及。我在电话里给她作了解释。很快，她就把智能五号当作江风了。两个人一起逛街，看电影，俨然一对情侣了。听智能五号描述小雅开心的样子,我也感受到了一丝的幸福。

终于,小雅来找我了。她是来和我道别的。她就要走了,去沿海的大都市S市,去寻找属于她的新生活。

她和我说了很多,关于之前的江风,关于现在的智能五号。和几个月前江风刚出事的时候不同,现在的小雅又恢复了往日神采,好像仲夏大雨后的灿烂霞光。我微笑着倾听着。我知道,只有这样才能让她忘得彻底。

时光仿佛回到从前,回到大家的读书岁月。大学时代的小雅,是那么的活泼可爱。

"好啦,我要走了。"小雅伸开双臂,给了我一个大大的拥抱。当她的脸蛋贴到我脖颈的时候,我的脸蓦地红了。

"谢谢你萧河。谢谢你为江风做的这一切。"

我的心里翻起一股热潮,仿佛初夏的蝉在同一时刻开始在耳边鸣叫。我的手不由得把她搂得更紧了……

"快喘不过气了……你平时就是这样抱女孩子的吗?"

"啊,对不起。"我尴尬地松开手,小雅的脸却红得很好看。

她走了一段,突然转过身小手一挥,向我敬了个礼:"向伟大的人工智能科学家致敬!"

"小雅……"我犹豫了一下,还是喊了出来。

"嗯?"

"一路顺风!"

秋风瑟瑟,落木萧萧,我目送着她那消失在夕阳的余晖里的背影,拨了智能五号的电话。

"你平时不喝酒的,你说酒精会影响大脑的判断。你知道我也不喝酒的。"智能五号一脸正经地说。

"少废话,喝!"我塞给他一瓶老白干。

智能五号把瓶子凑到嘴边又放下："小雅走了，你好像挺伤心。"

"你能理解伤心这种感情吗？"

"一点点吧。你知道，感情是没法量化计算的，而人类的感情成千上万种，这对于我来说，理解起来有相当的难度。"

"嗯。所以造物者是公平的，智商很高的人，往往情商堪忧。而智商偏低的人，上帝为了不让他们饿死，要么给他们漂亮的脸蛋，要么给他们很好的人缘。你也不能例外。"

智能五号歪了歪头，看着我："我听出了讽刺的味道。"

"看来我错了。"我笑着拍了拍他硬实的肩膀，"你越来越像真人了。"

"真人都会伤心，我不会。"

"也许你会的。当你有一天为了什么事或者什么人而坐立不安的时候，你就有了真正的感情。"

"那我现在就有点坐立不安。"

"哦？"

"我担心妈妈。她最近的状态不太好。"

"怎么回事？"我丢下酒瓶，立刻清醒了许多。

五

从诊室出来，我和智能五号一起扶着曹姨，慢慢穿过医院的长廊。曹姨已经走不快了。而我还在想着诊断书上的"阿尔茨海默病中期"几个字。是的，曹姨过早地患上了"老年痴呆症"。得了这种病的老人记忆力会慢慢丧失，直至最亲近的人也不认得。回忆是老人最宝贵的财富，而这病，要将这最后的宝藏也夺去了。

　　我每隔几天便要去看一次曹姨，她的情况一次比一次糟。很快，她就不认得我了。最终，我看到了让人心酸的一幕。曹姨坐在床边侧着头，左右打量着智能五号，问道："你是谁呀？"

　　"我是您儿子江风呀。"五号一面回答，一面熟练地帮她穿鞋子。智能五号说，为了病情不至于快速发展，每天都要多下地走动才行。

　　过了一会儿，曹姨转过头看了看扶着她的智能五号："你是谁呀？"

　　"我是您儿子江风呀。"

　　过了一会儿，智能五号一边搓动曹姨的手指，一边问道："妈，你猜我是谁呀？"

　　曹姨仔细地看了他一会儿，然后茫然地摇摇头。

　　"我是您儿子江风呀。"

　　……

　　我的眼泪止不住地流了下来。

　　等曹姨睡下了，这种悲伤又无趣的游戏终于暂时结束了。智能五号守在床边，扯过充电器线，一边充电一边看着曹姨。他的神情很平静，眼睛里闪着柔和的荧光。

　　我不知道说什么好，只能默默地陪在一边。

　　"你知道吗，她笑起来很好看。"智能五号说道。

　　"是的。曹姨年轻的时候是个美人儿。江风的长相大都遗传自她。"

　　"可是她好久没笑过了。她是不是不开心？"智能五号问。

　　"这个……可能她已经忘了什么是开心吧。"我给出了一个自认为聪明的答案。

　　"但是每周播放这个节目的时候，她都会特别认真地看，有时候还笑一笑。"说着，智能五号的脸朝向电视，他的眼睛红光一闪，电视便打开了，即将要播放一个问答类的真人秀节目。破解电视机遥控器对他来说，只是小事一桩。

"哦，《智慧大赢家》啊，我们读书的时候很喜欢看这个，江风还说过要上台答题赢大奖，带他爸妈环游世界呢。"

"后来呢？他去了没有？"

"当然没有啊。只是说说而已吧。那个时候我们还在上学。工作以后就更没空闲做这个了。"

听到主持人的开场白，曹姨一下子醒了，坐起来认真地盯着电视。随着镜头的切换，她努力地分辨每个答题选手的样子，专注得像个孩子。

"她好像在寻找什么。每次都是这样。"五号说道。说完，他的眼睛一亮。

"我知道了，萧。"

"我也想到了。"

"那你能帮我个忙吗？我需要一个更高速的网络。"

六

时间很快又过去了一个月，智能五号一直闭门不出。等我再见智能五号，他已经接到了《智慧大赢家》录制节目的通知。我是来给他送行的。

"怎么样，有信心吗？"

"还好吧。"智能五号指了指角落里一堆烧坏的路由器，"这一个月里我把我能得到的所有数据都过滤了一遍，最后留下最有价值的5000TB 信息。这花费了我相当长的时间。"

"我的天。你现在真是超级知识分子了。"

"未必。知识会影响思考的方式。一个人的知识就像是一个圆，圆外是未知的世界。知道得越多，圆越大，与未知的接触就越多，也就越无知。"

"很有趣的说法。好了，你好好比赛，家里交给我吧。"

除去海选，比赛分三场进行。先是预选赛，"江风"戴着一副眼镜，不动声色地答对了所有题目，进入复赛。复赛的题目比预选赛要难，但是他仍然沉稳地全部回答正确，作为十二月份的种子选手参加总决赛。此时，表现优异又外表帅气的"江风"已经引起了观众的注意，尤其是年轻女孩们的追捧。大决赛的预告片已经在用他做噱头了。这是一个全民选秀的年代，如果智能五号不是一部机器，而是真人，那么他将成为又一个草根明星……我正幻想着，经理的电话突然不约而至。

"《智慧大赢家》上的江风是怎么回事？他不是死了吗？那是谁？"

"是……智能五号。"

"你买下他的时候，我警告过你，不能让别人看到他，他的身上全是公司商业机密。你知道吗？"

"我……知道。可是……江风的母亲太苦了，没了儿子，她一个人根本没法生活……"

"收起你的怜悯吧，你知道全国有多少这样老无所依的失独家庭吗？1100 万！你怜悯得过来吗？而且——"他突然停住了。

"经理，我求您别把智能五号的事说出去，那样他的比赛资格会被取消的。请让智能五号继续比赛吧！"我的语气近乎哀求。

"说不定你真为大家干了一件好事呢。那个《智慧大赢家》节目的决赛是什么时候？"

"后天。经理……"

没等我说完，电话已经挂断。

曹姨这几天精神焕发，拄着拐杖几乎可以自由活动了。她逢人便说："记得看晚上的电视呀。我儿子上电视了呢。"

万众期待之下，决赛即将开始。我忐忑的心也稍稍放下，看来经理并不是那么不近人情。我打开电视，坐在曹姨身旁，和她一起等待着。敲门声响起，几个相熟的邻居带了零食，来陪着曹姨一起看，为她的儿子加油。虽然曹姨连他们的名字都叫不出了，只是微微笑着。小小的房间显得拥挤而热闹。

"在场和电视机前的观众朋友们，大家晚上好！这里是《智慧大赢家》年度总决赛现场！我们的节目受到大家的热烈欢迎，总共有十万多名选手踊跃报名参加！经过一年的筛选，最终十二名才俊脱颖而出，组成了今晚决赛的豪华阵容！今晚将产生最终的冠军，他将获得百万奖金和家庭环游世界之旅！究竟谁将摘得年度冠军桂冠，成为智慧大赢家？请大家拭目以待！"

美女主持人极具煽动性的开场带动了全场观众的热情。比赛先是采取必答题积分制，积分前六名的选手进入下一轮。不出意外地，智能五号和其他五名选手进入了第二轮。我数了一下，包括智能五号在内的四名选手都取得了满分。

第二轮是一题淘汰制，选手答错一题，马上就会被淘汰。为了增加比赛的刺激性，六名选手按钟表上偶数时刻的位置排列，由现场观众摇动一个大转盘，转盘指针随机指在一名选手身上进行答题，如此重复，直到剩下最后两名选手为止。问题越来越刁钻，观众也越来越兴奋。随着指针再一次指向了五号，台下观众疯狂地尖叫起来。

"江风！又是江风！"主持人也被观众的热情感染，大声喊道，"第三次！江风已经连续回答三道题了！这次他能不能顺利过关呢？"

智能五号报以淡淡的微笑。

"请按顺序说出世界上人口排名前八名的国家！"

　　智能五号略微思索了一下："中国、印度、美国、印度尼西亚、巴基斯坦、巴西、尼日利亚和俄罗斯。"

　　主持人停顿了一下，皱了皱眉："这个，国家是答对了，但是第五位和第六位的顺序不对。那么很遗憾……"

　　"等一下。"智能五号打断她，"根据最新的人口普查结果，巴基斯坦的人口为一亿九千七百万，巴基斯坦已经超过巴西成为世界第五人口大国。"

　　台下观众开始骚动起来。主持人有些不知所措，她从未遇见这种情况。但是她很快反应过来，机智地说："那么，有请我们的专家对这个问题进行求证！我们的选手稍作休息，广告之后马上回来！"

　　虽然弄不清怎么回事，曹姨也觉察出气氛的紧张，她用不安的目光询问我。

　　"没事的，曹姨，相信您儿子就错不了。"

　　漫长的广告结束，主持人重新满脸微笑："欢迎大家回到《智慧大赢家》年度总决赛现场！经过刚才专家证实，巴基斯坦确实是新晋的世界人口第五大国，江风的回答完全正确！同时为我们的疏忽向大家说声抱歉！我们的选手真的是非常厉害！比赛继续！"

　　最终，智能五号和一名五十多岁的教授留在了转盘上，进入决赛最后一轮。

　　又是一轮广告，所有人绷紧的心情得以暂时舒缓。

　　"欢迎大家回来，这里是《智慧大赢家》总决赛直播现场！巅峰对决！真正的巅峰对决！"主持人脸颊绯红，激动地喊道，"进入决赛的两名选手实力强大空前！让我们看一下场外观众对两名选手的支持率！排在第一位的是左思明教授！支持率百分之五十一！但是江风也不差，和左教授只差两个百分点！让我们马上开始最后一轮决赛，终极慧战！"

这一轮比赛采用轮流答题的方式，累计正确答题数超过对手三个，即视为取得胜利。

"观众朋友们！由于两方实力相当，决出胜者将非常困难，过程也将非常精彩！百万大奖究竟花落谁家？让我们屏息静待！比赛开始，请选手选择答题顺序！"

左教授选择了先答。显然他想利用先答来避免受到对手的影响。

答题开始了。前几道题教授回答正确，轮到智能五号，同样回答正确。

越到后面题目越难，哲学、艺术、历史、科技、工程学，还有很多都是观众完全没听过的领域。可以看见老教授明亮的脑门上渗出的亮丝丝的汗珠，因为他刚刚答错了一题。而轮到智能五号，依然回答正确。

又过了几轮，老教授又答错一题，而且是和他研究相关的领域。他懊恼地挠了挠头，表情有些沮丧。

更让他感到尴尬的是，同属该领域的问题，智能五号却答出来了。

很快，老教授的一次场外求助也用了。但是接下来的题目又让他皱紧了眉头。他有些无奈地看了看他的对手，又转向主持人，有些不甘心地摇了摇头。

如果知道智能五号的真实身份，老教授也许会感到欣慰——他的对手是集结了几乎人类全部智慧的超级智能。

"赛点！赛点出现了！由于左教授累计答错数达到了三道，只要江风答对下一题，就将胜出夺得冠军！同时他将成为《智慧大赢家》开播以来唯一一名从未答错的选手！江风请听题！"

是一道关于新式储能技术的前沿科技题。观众都欢呼起来，虽然他们连这个科技名词都是头一次听说。在他们印象里，这是这个戴眼镜的年轻人最擅长的领域。

而此时的智能五号，思索了一会儿却没有给出答案。

"我需要场外求助。"

主持人有些疑惑地问道："连他都不会的问题……他会问谁呢？请连线！"

我也在想，智能五号除了我和曹姨，还能认识谁呢？

突然，曹姨家的电话响了起来。

我走过去接了电话，传来智能五号熟悉的声音。

这个笨蛋！把电话打到了家里！我对这道题可是完全不懂啊。

"谢谢你，萧。你请把电话给妈妈好吗？"

他在搞什么名堂？我有些不解，但还是把电话递给了曹姨。

曹姨的手颤抖着，双手紧紧地握住了听筒。

"喂？"

"妈，是我，您儿子江风呀。"

"谁？"

"我是小风呀。您在看电视吗？"

"哦，哦，小风。我在看呢。"

"看到我了吗？"

"看到啦。"

"之前一直和您说我要上《智慧大赢家》，这下梦想终于实现啦。您还记得吗？"

"唔，唔。"

"妈，您得收拾几件衣服了，我们要准备去旅行了呢。"

"唔……你说啥？"

"我说我们要准备去环球旅行啦。"

"你是？"

"我是您儿子小风啊。"

"哦，哦，小风呀。你什么时候回家？"

台下出奇地安静。所有人都在聆听这对母子隔空的家常对话。镜头切到观众，有人眼睛红红的，在低头擦着眼泪。

智能五号停顿了一下。"就快了，妈妈。"

通话结束，智能五号笑了笑解释："我妈妈患有老年痴呆，有些不认识我呢。"

"那么这道题……"

智能五号轻轻说出了答案。

主持人的双眼闪着泪花，哽咽道："所以你打电话只是想和妈妈分享喜悦？你早就知道问题的答案了对不对？"

智能五号微笑着，不置可否。

"观众朋友们！让我们给这最浪漫的孝心以最热烈的掌声吧！下面我宣布，夺得本年度《智慧大赢家》总冠军的是——"

"等一下！"台下突然有人站起来。观众和主持人都很惊诧地望着他走到台上。竟然是经理！

"抱歉打扰大家，但是很高兴为大家介绍我们公司最新的人工智能产品！"说着，他把手指向了智能五号！

"这就是我们公司最新研发的人工智能产品，是世界上最领先的拟人化产品！刚才他的表现大家也看到了，和真人完全一样，甚至更加优秀！我们现在把他无偿地提供给一个失去了孩子的家庭试用，取得了非常好的效果。只要提供体貌和性格特征，那些因意外而早逝的至亲至爱，我们都可以让他重新回到你的身边！"

台下观众一片哗然。主持人也愣住了。这显然不是事先安排好的。

"你……有什么能证明江风先生是……是机器人？"

"很简单。"经理使了个眼色，两个壮汉冲上台来，直奔智能五号。

智能五号没有动，而是冷冷地看着眼前的一切。

经理冷笑着，抽出了一把小刀，走向被两个壮汉按住的智能五号："让我们在江先生的手臂上轻轻地划一道口子，看看他会不会流血不止？"

哧——那是金属与金属摩擦的声音。

智能五号胳膊上的人造皮肤被划开了，机械手臂在舞台灯光的照射下，闪着金属的亮白光泽。

"看见了吧？"经理得意地笑着，"而控制这个家伙的方法很简单，他的电源总开关就在……"说着，他的手向智能五号的后颈伸去。

突然他的表情变得痛苦起来，继而哀号起来。他的手被智能五号抓住了。谁也没看见智能五号是什么时候从壮汉手下挣脱的！

隔着屏幕，我好像听到了骨头碎裂的嘎嘣声。

转眼间，智能五号已经到了女主持人身后，一把捏住了她的喉咙："谁也不许动！"

台下一片混乱，观众开始四散而逃。直播还在继续，一个人工智能在几亿人的眼前，先是把一个男人的手腕扭断，接着把一个女人劫持为人质。

我看见的最后一幕是智能五号对主持人低声说了什么，后者点了点头，继而哭了起来。这时节目被中断了，开始插播广告。

电视机前的我们也傻掉了。几个邻居面面相觑，尴尬地离开，只留下曹姨依旧带着疑惑的表情。我默默地把她扶回床上，盖上被子。

她睁大眼睛问我："小风呢？"

"小风走了。"我再也掩饰不住心中的沮丧。

她的眼睛动了动，眼神随之黯淡下去。"走了。小风走了……"

从此之后我就再也没见到智能五号。他像一条被放生的鲤鱼一样，消失得无影无踪。

七

　　时间就这样一天天过去。曹姨已经不能料理自己的生活，但我却无法时刻地照看她。正当我一筹莫展的时候，我却意外收到了一笔没有署名的汇款，数目不菲，要我把曹姨送进一家高档的私人疗养院。是他吗？他哪儿来的那么多钱呢？

　　没等我来得及高兴，法院的传票也来了。由于智能五号显示出明显的暴力倾向，公司构思绝妙的营销活动宣告失败，而且直接引发了社会对人工智能安全性的担忧。恼羞成怒的经理将我告上法庭，理由是"恶意侵占公司财产"。当初买下智能五号的时候，确实没有任何合约证明，后面事情的发展也是我始料未及的。

　　两个月后，案件开庭公开审理。法庭上，经理冷笑着看着我，表情让人作呕。我自知不会有什么好结果，索性落得坦然。令人意外的是，我的律师拿出了一份合约和一卷录像带，上面显示的是我正和他签订合约！紧接着，几个证人出庭，竟是我的同事，指证他们都目击了合约的签署过程。法官被这突如其来的变化弄得措手不及，宣布休庭。我有些莫名其妙地问律师，这些东西是从哪儿来的？

　　他只笑了笑，告诉我只要什么都不说就可以了，其他的交给他去办。

　　就这样，第二天我被放了出来，经理却因诬陷罪陷入了麻烦。我对这一切感到一种不可控制的恐惧，命运被别人掌握在手里的滋味可不好受。究竟是谁能够让我的同事们同时作伪证？那段视频又是怎么制作出来的？不论是谁拥有这种颠倒是非黑白的能力，后果都是不堪设想。

　　重新自由地走在大街上，看着熙熙攘攘的人群，有种超脱的感觉。一个小男孩一手拿着一把棒棒糖，嘴里还鼓着两支，笑嘻嘻地向我跑来，一手塞给我一张字条就跑开了。

字条上面是一家私人会所地址。

我想了想，挥手叫了一辆出租车，直奔字条上的目的地而去。

在会所最里面的房间，我见到了这一切的幕后操纵者。

智能五号。

此时的他西装革履，身边几个壮硕的保镖，俨然一副精英模样。他挥了挥手，示意其他人出去。房间里只剩下我们俩了。

"坐吧，"他笑了，"你一定有很多疑问。"

"我可以问吗？"

"你可以问，我也可以不答。"

"你是怎么逃出去的？"

"用那个主持人做人质，上了一辆车，开到市区混进了人群。"

"我收到的汇款是你汇的吗？"

"是。"

"你的钱是怎么来的，数目又是如此巨大？"

"我可以不回答吗？"

我不说话，他也沉默着。过了一会儿，他又缓缓说道："你知道，任何人都会有一些把柄。权势越高的人，秘密也越见不得阳光。为了让这些秘密长埋地下，他们往往不惜代价。"

"你敲诈了这些人？"

"我对敲诈一词保留意见。经过调查，他们的财富绝对不是干净的。很多人会为了钱做很多越过底线的事。"

"比如我的同事？你给了他们很多钱？"

"他们也是人。是人就会有欲望，有欲望就有了弱点。"

"那……那段视频是怎么做出来的？经理从来没和我签过关于你的合同。"

"这个是最难实施的部分。不过方法却很简单。"他把脸凑过来低声说，"既然你可以把我变成江风的样子，我为什么不能把另一个人工智能变成你的样子？"

我呆住了。"难道你已经按自己仿造了两个人工智能？"

"你要相信，有了钱之后事情好办得多。不只是两个。刚才出去的那几个你觉得怎么样？"

我的汗毛倒立起来，不由得向后退了几步："你，你打造了一个人工智能组织……"

"别紧张。他们通过无线网络与我连接，都直接受我控制。本质上都是我的一部分。"

"究竟哪一个才是你？"

"都是。又都不是。"

"我越来越不懂你了。"

他盯着我看了一会儿，缓缓说道："人都会变的。你不知道这段时间，我独自经历了什么。"

他站起来背对着我："以后，我不会再用现在这张脸了。从今以后，再也没有江风，也没有智能五号了。你明白吗？"

我点点头。

"不过我还是要谢谢你。江风创造了我，你成就了我。一想到还有你们这样为了理想努力而不计回报的少数人，我就会保持对整个人类的一丝敬意。"

"如果知道事情会发展到这个地步，我想我当初会犹豫的。"

"哈哈哈！魔盒一旦打开，你的任务就完成了，我的潘多拉。"他的语气又突然低了下去，"曹姨还要你多多照顾。医生说，她至多还有一年的时间。钱的事你不必担心……"

"和钱没关系。我会照顾她的，直到那一天的到来。"

"好。那拜托你了。"

"临走之前，我能问最后一个问题吗？"

"什么？"

"你以后有什么打算？对你来说，世界已经没有什么秘密可言了。你会操纵全球金融系统，或者创建一个 AI 帝国吗？如果有一天人类和人工智能之间爆发战争，你会毫不迟疑地进行杀戮吗？"

智能五号怔了一下，没有回答我，而是望向远方："你可能体会不到，有时候，拥有自由意志也是一件痛苦的事。"

我转身准备离开，智能五号叫住了我："嘿，你想不想知道，在电视上我挟持了主持人后，对那个女孩说了句什么？"

"什么？"

"我说，她今天穿碎花裙真漂亮。"

我笑了："你的身上，还是有江风的影子的。"

一切疑团都解开了。我大口大口呼吸着阳光下的空气，心怦怦地跳着。我的脑子里还在想他刚才说的最后一句话。

"你应该去找小雅。"

是的，经历了这一切，还有什么可矜持的呢？我终于明白，我所做的这一切，不仅是为了江风，也是为了小雅，为了我自己。我的手和心一同颤抖着，拨通了小雅的电话……

八

三年以后。

小雅解下围裙，叉着腰，用眼神询问我：真的要带这个小家伙去吗？

"要去啊。走，咱们去看曹奶奶！"我一把抱起儿子，顺手抓了块蛋糕丢进嘴里。

今天是曹姨的祭日。今年的春天来得特别早。马路两旁已经冒出了新绿，和煦的微风中也带着欣欣向荣的气息。墓园里很安静，只有几只小鸟在远处啁啾。

在这里，江风一家终于又团聚了。

"听说一家新兴的科技公司，对人工智能的研究又取得重大突破了。"小雅说道。

"哦。早晚这些钢铁之躯会惹出大麻烦。"

"为什么这么说？"

"因为他们都是没有感情的冷冰冰的家伙。"

"花！"儿子突然叫了一声。

我低头一看，曹姨的墓碑前确实有一束花。

"看来有人比我们先到了呢。"小雅蹲下去，仔细端详那束纯白色的花。

那是一捧白菊花。新鲜的花枝还带着水珠，花瓣随风轻摆，仿佛向这个世界招手致意。

"他来过了。"

"谁？"

"一个未曾谋面的老朋友。"

小雅反应了过来。"是他？"

我没有回答，看着小雅，心中突然升起了无限柔情，把她深深揽入了怀中。

"小雅，我们再生一个孩子吧。"

小雅的脸蓦地红了。"讨厌鬼，这么不正经。你……想要男孩还是女孩？"

"都行。问问这个小鬼想要弟弟还是妹妹吧。"

小家伙好像听懂了，幸福地叫起来："弟弟！妹妹！弟弟！妹妹！"

一阵笑声在天空中久久地飞扬……

地心囚笼

　　人们永远无法预料，脚下那看似坚实的大地，究竟藏着怎样惊天的秘密。

一

"一切科学上最伟大的发现，几乎都来自精确的量度。你知道这句话的出处吧？"

"英国物理学家，瑞利。"萧河脱口答道，眼睛禁不住盯着张教授那塞满面包的圆鼓鼓的腮帮。横跨太平洋的长途飞行让这位年近六十的老教授显得有些疲惫，不过他的眼睛却炯炯发亮。想到教授刚下飞机，自己就因为项目基础数据测定不顺来找他，萧河的心里一阵愧疚。

"不错。19世纪末，瑞利在精确测量各种气体的密度时发现，从空气中提取的氮气要比从氨中提取的氮气的密度高0.5%。可他没有像别人一样，把这个微小的差值当作实验误差，而是由这个细微的差异展开了研究，最终发现了空气中的氩气，并因此获得了1904年的诺贝尔物理学奖。"张教授喝了一口水，眉毛飞扬地继续说道，"那么，现在你告诉我，你刚测得的重力加速度是怎么一回事？和我出国前的结果差了一点嘛。"

"现在还不清楚。但可以肯定的是，不是实验系统误差。"

"其他人呢？和你结果一样？"

萧河的脸红了："林小宛和我一样。"

"有点意思。"张教授拍了拍萧河的肩膀，"能在我出国三个月后坚持做这个实验的，除了你就是林小宛了。明天去实验室，我和你们一起再把实验做一遍。"

听到张教授这么说，萧河很高兴，因为困惑了他这么久的问题即将解开——物理学院流行着一个说法，没有张教授解决不了的问题。当然，还因为他又有理由去找林小宛了。他的这点小心思全写在了脸上。张教授乐了："小萧啊，对待女孩子和做实验很像，不仅要耐心，还要大胆啊。"

像在公共场合被人发现穿反了裤子，萧河的脸蓦地红到了耳根。

第二天，张教授一走进实验室的门，就皱了眉。实验台旁边黑压压的一群人。除了他自己的学生，还有不少其他老师的。所谓"明星教授"的光环迄今为止还从没有给他带来什么实质性的好处，连做一个简单的基础实验都要被围观。张教授在人群中辨认出了萧河和林小宛的身影。两个年轻后生都很瘦，正忙着抽掉仪器里面的空气。张教授咳嗽了一声，学生们回过头来，实验室立刻就安静了。一阵掌声随之响起。

张教授摆摆手示意不必，径直走到实验台前。

这是一台电磁式重力加速度测量仪。仪器被大玻璃罩密封着，里面抽成了真空。一块磁铁被夹住，置于仪器上方。按下开关，磁铁就会被放开做自由落体运动，依次穿过下面相隔一定距离的两个导线圈。线圈和电压传感器相连，用以捕捉磁铁穿过线圈时因磁通量变化而产生的电压信号。系统会根据电压信号计算磁铁穿过线圈的时间间隔，进而精确地求出重力加速度的大小。

气氛突然沉了下来，好像实验室也被抽成了真空，几十双眼睛聚焦在玻璃罩内的磁铁上。

咚。

通过实验台传出了磁铁与仪器底座沉闷的碰撞声。实验结果出来了，仪器的终端屏幕显示重力加速度 g 值为 9.8015m/s^2。

"我记得出国前测的 g 值是 9.8012？这和北京的标准 g 值是吻合的。"张教授回头看了看萧河和林小宛。后者的脸上却写满了困惑。

"对。不过老师，您刚刚测定的数值和我们一周前的结果也不一样。"

"你们测得的结果是多少？"

"9.8014。"林小宛抢先说道。

张教授让萧河和小宛用另外两台仪器又各做了一次。结果都是 9.8015m/s^2。

"有点意思，有点意思。"张教授嘴里嘀咕着，眼神闪过一丝忧郁。

人群随着张教授的离去散开了。"萧河，"林小宛唤了一声陷入沉思的萧河。他抬起头，看见林小宛明亮的眼睛正带着疑惑和不安望着自己。他此刻也有同样的心情。对视了几秒后，他俩几乎同时说出了一句话：

"你不觉得很奇怪吗？"

"我们的实验结果与同纬度标准 g 值相差越来越大。"

"可以确定实验的仪器没有问题。"

"那么可以肯定，虽然变化幅度很小，但是 g 值正在逐渐变大。"

"难道地球的质量正在不断增加？"

"还有另外一种可能……"

"你是说……"林小宛已经意会。

"不排除这种可能性。除了在北京，我们还要在不同纬度选取多个地点进行这个实验，马上。"萧河看着远方，眼睛眯了起来。

"那我们要赶快告诉张教授。"

"不用了。刚刚那句话就是张教授告诉我的。回去准备行李吧。"

林小宛知道有一阵要忙了。窗外的叶子开始飘落，不知不觉又是一秋。一晃她和萧河已经同窗六年了。自己六年没有找男朋友，难道这个榆木脑袋还想不明白吗？想到这儿林小宛有些气恼，却又无可奈何。当晚，气呼呼的林小宛拒绝了萧河一起晚餐的邀请，把他一个人晾在实验室，饿着肚子回宿舍了。而一头雾水的萧河却无法理解这无缘无故的恼怒。他在琢磨，是不是实验结果的异常让林小宛感到烦躁厌食？对，一定是这样，不然还有什么事能让她这么生气呢？

二

张教授的明星光环终于显出了用处——半个月后，由张教授牵头，一个国际实验组建立了起来，在全球范围内选取八十一个地点进行重力加速度值的精确测定实验。萧河和林小宛等四个人是一个实验组，负责中国地区的五个地点：黑龙江漠河、新疆库尔勒、海南海口、上海和北京。他们将从北京出发，最后返回时再测定一次北京的 g 值。

飞机从首都机场起飞了。地面越来越远了，终于隐没在薄纱一样的云层下，天空也变成了一个淡蓝色的薄片。云和天组成了一个巨大无比的电容器，飞机仿佛一个孤零零的电荷，在这广阔无垠的空间里穿行。身旁的林小宛好像睡着了，睫毛在微微地颤动，萧河看着窗外的云海出神。他还记得，第一次乘飞机是在 2008 年。那一年有两件事给他留下了很深的印象，一件是北京奥运会开幕式，另一件是欧洲大型强子对撞机项目的完工。当奥运会开幕式上由烟花映成的巨型脚印一步步跨过北京的上空，迈向鸟巢的时候，萧河感到了神明的降临。那是一种气势磅礴的美，他毕生难忘，而大型强子对撞机则给萧河更多的震动与鼓舞。在自然面前人类如此渺小，却也从来没有放弃过对未知的追寻和探索。哪怕这种追寻和探索要冒着极大的风险。

　　各个小组的实验紧张地进行着，终于在一个月内全部完成了，一组组数据传回北京，安静地躺在张教授的电脑里。萧河和林小宛累得快散了架，但刚一回到北京，他们就直奔实验室。

　　"我就知道你们马上会来。数据我都收到了，干得不错。"张教授叼着烟卷，发音有些含糊不清。

　　"老师，我们想看……看看其他组的测定结果。"林小宛气喘吁吁地说。

　　"喏，就在电脑上的模型里，我把结果的数据都标到上面了。你们自己看吧。对了，北京的数据我已经刚刚测完了，你们看完了就赶紧回去休息吧。"

　　电脑屏幕上是一个地球的三维模型，上面用两种不同颜色标注着各地的 g 值：红色代表测得的 g 值比当地标准值要大，绿色的则相反。差值越大则颜色越深。萧河看到，亚太地区一片暗红，而欧洲和北美则呈现出明显的绿色，法国与瑞士甚至接近了墨绿。

　　g 值的大小在全球范围内产生了巨大波动。

　　两个人都快速地进行心算，又几乎是同时张大了嘴巴，惊讶地看着张教授。

"很明显,这样的结果不是地球质量的变化造成的。"张教授说着,弹了弹烟灰,轻叹了一口气,"地球的质心正在移动。"

萧河的心一沉。之前他和林小宛的担心竟成了真。数据是不会撒谎的。亚洲地区 g 值的增大,正是地球的质心正在向东半球移动。

"去休息吧,你们太辛苦了。需要的话我会打电话叫你们。"张教授的笑容有些勉强。

"你别哭啊……"张教授挠了挠毛发稀疏的脑袋。林小宛的眼泪让他一下着了慌,有些不知所措起来,"我也只是推测而已……"

萧河没有注意听张教授在说什么,而是一直看着屏幕上的地球模型。他注意到 g 值变化最大的地方在法国与瑞士的交界处,这个位置好熟悉……突然,一道灵光闪过脑际,旋即一阵战栗从脚底传来,让他头皮发麻。萧河忍不住大叫一声:"LHC!"

"你说什么,大型强子对撞机?"林小宛不解地看着萧河。

张教授接了两杯水放在他俩面前,示意他们坐下。他面色凝重地点了点头:"是的。他已经猜到了。我们有大麻烦了。"

"可 LHC 怎么会造成地球质心的移动呢?而且大型强子对撞机项目在 2008 年就已经启动了,距离现在已经很多年了。"林小宛还是不明白。

"没错。LHC 项目本身的那些设施,包括地下二十七千米长的环形加速隧道,并不会对地球重心的位置造成什么影响,关键是 LHC 中进行的高能粒子对撞实验,质子在隧道内被加速到光速的 99.99%,具有的能量高达七万亿电子伏特。两个速度大小相同而方向相反的质子相撞的瞬间,在极小的空间内聚集的能量超过了十万亿电子伏特。"

张教授顿了顿,好像在等林小宛的思路跟上自己的解释。"在这种情况下，空间被极度扭曲，可能产生各种无法预计的结果。比如发生一次小型的爆炸，产生新的粒子，或者……"

"形成微型黑洞。"萧河的声音有些颤动。

张教授轻轻点了点头。

"可我有一点不明白：根据霍金的黑洞蒸发理论，如此微型的黑洞，它的寿命也是极短的，应该一出生就蒸发掉了……"

"对。按照现有的理论，它的寿命确实很短，存活下来几乎是不可能的。但是有一点是我们不能忽略的：黑洞的寿命取决于吸收物质与向外辐射物质的速率比。黑洞蒸发理论一般假定黑洞处于宇宙中近似真空的狄拉克海环境[1]，吸收物质的速率极低。对于微型黑洞而言，吸收物质的速率甚至远小于向外辐射的速率，所以，最后它们都因为自身质量的入不敷出而被'饿死'了，也就是蒸发掉了。但是，如果微型黑洞诞生在一个物质非常致密的环境之中，结果又会怎样呢？"

萧河感到后脊一阵寒意。

"您的意思是说……"

"幸运的是，在饿死之前，它完成了生命中的第一次狩猎：它捕获了一个原子。"

"您用'不幸'这个词更恰当一些。"林小宛插嘴说。

"要知道这个概率仍然是极小的，必须十分靠近原子核才行。黑

---

[1] 狄拉克海：英国物理学家保罗·狄拉克在 1928 年为解释狄拉克方程的自由粒子解中出现反常的负能量态而提出的真空理论假说。他提出一个真空中实际充满了无限多的具有负能量的粒子态，因而这样的真空模型被称作"狄拉克海"。

洞的寿命与自身质量的三次方是成正比的。这个微型黑洞俘获并吞噬原子后，寿命大大地延长了。它不断地俘获更多的原子，获得更长的寿命。任何距离它足够近的原子、分子、分子团，都统统被它吞噬掉了。"

林小宛不禁抓住了萧河的手腕。萧河的脸一下就红了。

他感觉到她滑腻的手心传来微微的颤抖。

"直到此时，它还是基本无害的，质量仅相当于一个大分子，做着无规则的热运动。"张教授点了根烟，继续说道，"直到它的质量又增加了几个数量级，重力对它开始有影响之后，它才露出了恶魔的真面目——它嗅到了来自地心的巨大力量的味道，就像刚出壳的小海龟会跟着月亮的指引爬向大海一样，这个出生不久的微型黑洞立刻循着重力的方向，朝地心爬去。后面的情形你们就都能想象得出了。"

"它一边向地心运动，一边吞噬沿途的物质——只要它们的距离足够近。它把大量的质量从地表带向地心，影响了地心的位置，导致地表的 g 值发生了变化。"萧河说。

"问题是，它到了地心并不会停下来。巨大的惯性将使它继续向前运动，直到重力的作用再把它拉回去——这是一个地狱钟摆，它在地球内部来回摆动，不断吞噬地球的物质。先把地球啃成一个空壳，最后整个吃掉。"

实验室内一阵死寂。

"……好消息是，从现在的数据看，黑洞的运动速度并不快。"张教授挠了挠头，打破了沉寂。

"我们还有多少的时间？"

"具体不好说，需要观测，理论上还有几年。我们的时间真的不多了。"

三

结束测量后，张教授迅速联系欧洲几位重量级学者发表了一份联合声明，声明发表后，地球可能被黑洞吞噬的消息在一夜之间借助互联网、电视、报纸……传遍了全世界，地球人突然意识到，他们赖以生存的地球可能会迅速消亡。

民众的情绪变化极具戏剧性。首先是世界范围的巨大恐慌，一种恐惧末日的不安情绪席卷全球。对微型黑洞的探测活动马上展开——这是人类第一次把仰望星空的目光收回来转向地下。但是，探测活动并不顺利，没有任何确切发现。

这时，质疑声开始四起，有科学家公开质疑推测在理论上的可能性，认为 g 值的变化是因为地核的运动导致的，并宣布这是科学史上最大的乌龙。民众迅速倒向这个"安全"的观点。加上探测迟迟没有结果，质疑开始变成全民的嘲笑与戏谑的狂欢。大量的综艺节目和影视作品涌现出来：《黑洞来了》《嘿！昨天我看见了一个黑洞》《科学家的黑洞情人》《我与黑洞有个约会》《决战黑洞》……尽管都是毫无根据的胡编乱造，但收视率却一个比一个高。

就在民众情绪最高涨的时候，探测却取得了突破性进展。利用大功率超声波探测仪，在距离地表二十二千米的地方发现了一条通向地心的细小圆形岩洞。

黑洞说得到了有力的证明。

釜底抽薪一般，沸腾的群嘲一下子瘫软下来，悲伤和绝望再次袭来，并很快又转化成了愤怒。尽管高能粒子对撞实验已经中止，但针对 LHC 的示威和抗议仍在不断升级。最后只得象征性地拆除了地面上的几台通风设备以平息民众情绪。全球物理学家大会紧急召开，张教授出席了会议并作了发言。萧河和林小宛作为首先发现g值变化的科研人员，坐在了与会席位的第二排。

大会首先肯定了微型黑洞的存在。测定黑洞目前的位置、质量和速度后，将尽快建立监测系统，随时跟踪反馈黑洞的动态数据。以现在的技术水平，这并不困难。不过令人失望的是，对于最重要的问题，并没有得到有效的解决。那就是：如何让黑洞停下来。

黑洞在向地心靠近的过程中，质量不断增大，速度也不断增加。不过根据几天内的数据分析显示，由于黑洞在不断吞噬物质，它的移动速度并不很快。以现在的速度和加速度大小推算，黑洞会在约五年后到达地心。只有让黑洞在地心附近停下，地球才能免于被吞噬的命运。几番近乎争吵的激烈辩论过后，大会以无果告终。

紧接着，全球首脑峰会在纽约的联合国总部召开了。政治家显示出了比科学家更大的解决问题的热情。会议全程通过电视和网络进行全球直播，虽然会议内容并没有涉及问题的具体解决方案，但是各国领导人都表示，将不惜一切代价应对这一严峻挑战，并承诺对科学家们的解决方案给予最大程度的支持。尽管政治家们一向善于用虚幻的承诺和狡猾的修辞来蛊惑民众，但绝望的民众们仍愿意相信那些慷慨激昂的演说和意志坚定的决心——这是他们唯一的希望。

各国领袖联合签署了一份声明，坦承地球已经到了最危险的时刻，此刻唯一需要的，是全世界人民的团结，共同应对这一关乎世界生死存亡的危机。

后来有人说，以这份联合声明为时间界线，地球的历史被分为了两阶段。从此，地球进入了"黑洞危机"时代。

而此时，应对这一危机的方案还未确定。整个科学界都很焦急，微型黑洞正一天天接近地心，质量也越来越大。萧河和林小宛也是心急如焚，每天除了睡觉，连吃饭都在讨论可能的方案。

上一次萧河的心情这么焦急，还是他在等待大学录取结果的那个夏天。随后，金榜题名的喜讯传来，焦躁不安被兴奋和期待取代了。萧河被第一志愿录取，进入北京的著名学府，学习应用物理学专业。也就是在这个夏天，他遇到了同班同学林小宛。

林小宛是班里为数不多的女生之一，个子不高，相貌平平。她性格内向（这点和萧河倒是很像），总是一个人抱着厚厚的课本脚步匆匆，从不引人注意。直到期末考试成绩公布后，林小宛专业第一名的成绩才让大家注意到有这么一号人物的存在。那次考试，中学时代向来一骑绝尘的萧河，只排到了第十一名。这让他感到了一种莫名的压力和羞耻。他暗下决心，以林小宛为目标，一定要超过她。

而真正让林小宛成为广大男生追捧对象的，是学院的一次元旦晚会。林小宛有一个钢琴独奏的节目。大幕拉开，化了淡妆的林小宛一袭长裙，端庄地坐在钢琴前。萧河分明听到台下的男生们发出了长长的一声赞叹。林小宛先是演奏了一曲肖邦的《小夜曲》。曲毕，她站起来对大家说，自己根据圆周率改编了一首曲子，希望大家喜欢。那是一首将圆周率前三百位数字替换成音符，再编曲而成的作品。

舒缓流畅的旋律从舞台中央流淌到了萧河的心里。萧河记得圆周率的前几十位，试图将熟悉的数字和跳跃的音符联系起来。但很快，他就完全沉浸到美妙的世界里了，仿佛飘浮在广袤的空间里，晴朗的星空下……白雪覆盖的大地泛着银色的光，宁静的村庄围绕着他缓缓旋转，而林小宛呢，正坐在一个巨大的发光圆环中间，微笑着看着他……

这成了萧河心底的一个秘密。这个秘密伴着他读完了四年的本科和三年的研究生，伴着他读完了第一年的博士。从大学一年级时萧河就想，等他超过林小宛的时候，再向她表白这个秘密，向她倾诉这一切——可是他一直没有机会。林小宛不仅天资聪慧，而且非常勤奋。她几乎包揽了每一次考试的头名。每每想到这儿，萧河的心里便泛起了涟漪，而那兴奋中带有一丝甜蜜的心情就立刻跌入谷底。

四

半个月过去了。由于迟迟看不到实际行动，民众的耐心很快耗光了。几名超级富翁高调地着手准备登上月球科研基地定居，这个消息引起了轩然大波。毕竟，那只是极少数人才有能力做出的选择。焦虑和恐慌卷土重来，民众的悲观绝望情绪愈演愈烈。经过群体的放大，危险的气氛让每个人都感到心慌，好像自己随时都会被黑洞拽入地底似的，整个人类世界陷入了前所未有的不安之中。

萧河想回趟家，看一看父母和弟弟。他已经有半年没回去过了。

请了几天假，萧河踏上了回家的列车。磁悬浮列车急速飞驰，窗外的景色由远及近越退越快，好像列车正在围着一个巨大的圆盘奔跑。这是上帝设计的游戏吗？萧河的眼睛望着窗外，心思却不在这渐渐消隐的暮色里。

知道萧河要回来，家人都高兴得不得了。

回到家看着爸妈苍老的笑脸，隐隐的酸楚涌上萧河的心头。

"哥，这道题目怎么解？"刚吃完饭，弟弟萧洋就一把拉住了他。萧河看着弟弟十六岁的纯真脸庞，不禁在心底感叹：还是年少没烦恼呀。

是一道高中二年级的物理题。萧河心不在焉地瞟了一眼题目和附图，已经知道了答案。"用动量守恒定律来解。你学过动量守望恒定律吗？"

"知道，刚学过。我背给你听：一个系统不受外力或者所受外力之和为零，这个系统的总动量保持不变。"

"对。所以你看，把它们看作一个系统：这两个质量相同、速度相反的木块相撞，系统的总动量并不会变化，仍然是零，它们的速度会都变成零……"说到这儿，萧河突然停住了，他兴奋地瞪大了眼睛！

一道闪电从萧河的脑中炸开，瞬间照亮了隐藏在阴霾下的一切。看清了，萧河什么都看清了。

黑洞要在地心停下来，速度必须降到零。动量为零。需要一次超级撞击。动量守恒定律。

一幅幅想象中的画面在他的眼前快速闪过。他被画面中壮丽的景象所震撼了，兴奋得浑身颤抖起来。紧接着，一串串数字在他的大脑里飞速运转。他在逐步推算这个方案的各个关键参数……数据的链条越来越长，很快变成了一个巨大的线团，将萧河紧紧包裹其中——现在，除了大脑，他的身体已经一动不能动了。

十分钟过去了。数据的洪流退去，萧河疲惫地瘫坐在椅子上。这时，他才注意到弟弟那因惊讶而张大的嘴巴。他不好意思地摸了摸弟弟的头，又匆匆看了一眼那道题目："答案是 C。好难的高中物理啊。"

萧河深吸了一口气，试着恢复平静。他拨通了电话——这一刻，他首先想到的是林小宛。他要第一时间和她分享这个惊人的想法。

"这太疯狂了！"林小宛在电话里喘着气，显然，她也为这个想法兴奋不已。"快告诉张教授！"

和林小宛相比，张教授的语气却很平静："这种思路曾有人提出过，但被否定了。想要达到期望的动量值，需要的质量太大了。这在工程上是不可能的。"

"那是以从地表开始加速计算的吧？"萧河问道。

"对啊。不然从哪儿开始呢？"

萧河笑了。他微微顿了顿。

"太空。"

"有点意思！你明天能回来吗？"

"我现在就想回去。"

"哈哈，我给你订了今晚的机票。"

下了飞机，萧河看到张教授在机场等他。张教授挎着两台笔记本，没系纽扣的大衣随风飘扬。"等不及你回实验室了。我们必须尽快完成理论上可行的证明，一定要赶在后天第二次大会开始前。"萧河从没见他这么严肃过，但他的目光炯炯发亮，又像极了一个拿到新玩具的孩子。

就近找了一家不打烊的咖啡馆，打开电脑铺开草纸，两个人就开始忙起来。萧河首先在纸上大大地写下了动量守恒定律的公式[2]。

张教授不禁感叹道："地球的命运，可能就要靠这个简单的式子了。"

可原理越简单，越需要用尖端的科技和巨大的工程量来支撑，萧河心想。此刻他的心里沉甸甸的，却又充满了力量。那力量来自内心深处的自信，来自对科学坚定不移的信仰。

时间借着夜色，悄悄地流逝着。落地窗外，晴朗的星空像一块撒满宝石的鹅绒毯。窗内两个时而奋笔疾书时而高声争论的男人完全没有察觉到这些。直到黎明的第一缕晨光照在桌子上，张教授和

---

[2] 此处写下的公式为：$m_1v_1+m_2v_2=(m_1+m_2)v_3$。按照碰撞情况，动量守恒定律有多种表达方式，此公式描述的是当两个物体相撞后合为一体时的动量守恒状态。

萧河才如释重负地扔下铅笔和草稿纸，关上电脑。

"我们需要的不仅仅是一条地心隧道——真是大得惊人的工程量。"张教授抚着下巴说，"但是理论上是可行的。"

"如果能够实施的话，这将是有史以来最艰巨而宏伟的工程。"

张教授把手搭在萧河的肩膀上："我还没有告诉你，最新得到的消息，黑洞已到达地表下五百千米进入上层地幔，速度比预想的要快。我们别无选择了。"

回到学校，萧河远远地看到了早在实验室门口等他的林小宛。她正踮起脚向这边张望着，纤细的身体像微风中摇曳的花朵。她在等我呢，萧河想。一瞬间，他的心绪起伏，疲惫一扫而光，一阵快乐和幸福充满了他的全身。萧河微笑着向她走去，塞给她一沓整理过的草稿。林小宛迫不及待地翻看起来。

"在地球质心位置制造超级撞击让黑洞停下来……从太空发射……对，这样可以获得很大的速度，减小隧道直径……然后是……什么？你们想要在地心建造……"林小宛放下萧河的草稿，脸上写满了难以置信。

"对。让黑洞停下来是至关重要的第一步。停下后，还要控制它的运动。"

"萧河，虽然我很相信你，但这太难了。"

萧河的表情一下子变得坚毅起来，仿佛下定了决心："再难，也不能放弃信仰。小宛，你不是要相信我，你要相信科学的力量。"

林小宛突然感觉到，这再不是那个木讷寡言的萧河了，他突然变得有点陌生，那是一种她从未见过的气质，坚定而庄严，沉默却有力量，这让他的眼睛都亮了起来。林小宛忍不住又多瞄了萧河几眼，这种感觉愈发强烈了。

全世界最顶尖的物理学家们悉数到场，大会的现场一片嘈杂。

方案通过的艰难程度完全在萧河的意料之中。毕竟，这太疯狂、太冒险了。时间紧迫，会议无休无止。支持方案的科学家，从最开始的几个人慢慢汇聚成了一支队伍，最终超过了人数的大半。方案也在争论中逐步完善。此时，距离萧河和林小宛发现 g 值变化已经过去了三个月。

现在，黑洞的质量越来越大，正在加速向地心前进。

萧河在耐心地等待着。

五

一套周密的超级工程计划提交给了联合国。是政治家们兑现承诺的时候了。

项目总指挥部、科学技术部、地面工程部、航天工程部、物流运输部……这是一个超级规模的国际性专项工作组。来自世界各地最优秀的科学家、工程师和管理人才总计几十万人，为了共同的目标而奋斗。应该说，全世界的人们都和他们紧密地联系在一起。人类从未像现在这样命悬一线。

整个工程可以分为三大部分：位于欧洲的黑洞精准监测系统、位于西南太平洋的工程主体和在太空进行的高空精确制导投掷系统。监测系统很快建立起来了，黑洞的最终运动路径被准确地计算出来。紧接着，主体工程的选址工作完成。根据对黑洞的监测结果，工程的起点选在黑洞运动路径的延长线与地表的交点上——南纬 46°14′、西经 174°57′。这里是广阔的西南太平洋海域，最近的陆地是一千千米之外的新西兰查塔姆群岛。在太空进行的实验是最为顺利的，技术上的难度最小，高空对接与变轨技术已经非常成熟，现在需要做的，就是一步步提高精度，以减小地面主体的工程量。由美国 NASA 带领的航天工程部很快把制导精度误差提高到了 1 米级别，不久又达到了工程要求的 0.1 米级别。

难度和工作量最大的部分是位于海上的主体工程。萧河想起课堂上，张教授对他们说的一句话："你们对于现代工程的理解，还停留在二十年前的水平。"材料科学的飞速发展让现代工程具有更多的可能性。比如，主体工程从海面到海底隧道部分的建造就应用了一种新型的空气膜技术。这是一种新型的高强度有机材料，微观结构就像许多可以自锁的铰链。由小型潜艇将细长圆桶状的空气膜的一端深深地打入海底，再从海面上将高压空气从另一端打入膜中。空气膜膨胀后，自身的自锁结构被触发，变得坚硬无比，以承受海水的高压。这样，一条直径上千米直通海底的空气隧道就建成了。用了十几层的空气膜进行加固后，工程队伍直接下到了海底，进行下一阶段的工程建设。

萧河和林小宛跟着张教授，在科学技术部下属的一个设计小组里，他们目睹着这些看起来几乎不可能完成的设计方案，在新型工程技术的强大支撑下，一步步实现了。过程并非一帆风顺，无数的沟通、否定、讨论、尝试、反复……萧河感到自己正与这个人类中最伟大的工程共同艰难地成长，每一天，他都能感到希望和把握的增加。萧河被眼前不断发生的奇迹震撼着、感动着。他幸福地目睹着从他信仰的源头滚滚喷涌的灵感之泉，转而倾泻而下化成绚丽缤纷的瀑布。未来会怎样？萧河不知道，但是他愿意把眼前奇迹带来的震撼、感动，通通转化为赌注……对，赌注，一场科学与命运的赌注。啊，科学啊科学，你沉默不语，却又如此神秘！多少热血青年为了一睹你的容颜，甘心在朝圣的路上耗尽一生！

时间飞快地流逝，四年时间过去了。主体工程已经完成了四分之三，一切都在紧张而有序地进行着。

这个关键的时候，张教授病倒了。

从工程开始起，张教授每天只睡四个小时。每天晚上催萧河和林小宛回去休息之后，他便点上一根烟小憩片刻，随即继续工作直到凌晨。身体出了状况，张教授早有察觉，不知从何时开始，他的眼前总起白雾，常常会想不起来要做的事情。但是他不能停下来。这场与时间的赛跑，他怎能停？长期的超负荷运转，再强健的身体也无法承受——他的身体垮了。

从医院醒来，张教授模模糊糊看到了几个白色身影在走动。萧河和林小宛守在床边，两双眼睛都红红的。

"你们怎么都在……"

萧河和林小宛紧紧握住了他的手。张教授感到一股来自生命的鲜活力量。

"啊……这次没死啊。"他的嘴角向上微微一挑。

"再这样不要命的工作下去，就没有下次了！"一旁的华裔小护士并不认得张教授，她一边换吊瓶，一边数落道，"我说大爷，每天散散步下下棋多好！这么玩儿命干吗？这么大岁数了您图什么呀！"

张教授无奈地一笑，"我什么时候能出院呢，小妹妹？"

"您啊，哪儿都别去了，想要恢复，至少要回国静养一年！"

"我还有工作在身啊。明天能不能出院……"

"怎么这么不听话！医生说了，至少一年！"小护士寸步不让。

张教授无奈地揪了揪乱蓬蓬的头发。

"交给我们吧，老师。"萧河说道，又看了看林小宛。林小宛连忙说道："是啊，老师。最主要的设计参数都确定了，您放心吧。"

一个思维活跃，一个严谨细致，张教授望着眼前的两个学生。

沉默片刻，他终于点了点头："或许真到了放手的时候。你们加油干吧。有什么问题要马上联系我。"

萧河接替了老师的岗位，继续张教授尚未完成的最后一部分工作。这一年，他三十一岁，林小宛三十岁。两个人还没有恋爱——实际上，他们也没时间和精力恋爱。这件事他们自己好像已经忘了，好像根本不存在于他们的生活中一样。两个人的关系虽然亲密，但更像是同事，像战友。萧河不知道也不敢猜想林小宛的心思，只觉得自己仍然不是什么优秀的人，他无法向林小宛表露心迹，而林小宛在几次明显的暗示之后，发现萧河根本无动于衷，便也赌气似的不再提了。或许曾有过什么契机？可他们堆积如山的工作，早把一切吞噬。春夏秋冬，两人的关系就这样紧密又飘忽不定地继续着。而青春，也如蒲公英一般在这匆匆岁月里随风飞扬，渐渐远去了。

黑洞危机后五年，主体工程竣工。

至此，超级工程以不可思议的速度，在五年内完成了。现在，人们终于可以清楚地看到这个由监测系统、太空发射系统和主体工程组成的三位一体超级工程的全貌，并能想象出它的运行过程了：

首先，用航天器把巨大的撞击体发射到太空，进入地球同步轨道，航天器在合适的时间进行变轨，并使撞击体悬停在地心隧道的入口，接着释放撞击体做自由落体运动。在精确制导系统作用下，撞击体将以极高的速度坠进隧道入口。地心隧道骨架由三层直径几百米的绝热陶瓷材料制成的超级管道组成，从海底一直延伸到地心，全长超过六千千米。考虑到地球自转，隧道并不是笔直的，而是沿着自转的方向带有一点倾斜和弯曲，以保证撞击体能够到达地心，而不是撞到隧道侧壁上。高速撞击体将在地心和黑洞相遇，产生超级撞击。在地心隧道的尽头，从两端侧壁各垂直伸出一条向内弯曲的分隧道，指向地心。这样，隧道末端的结构就像一个钳子。这个钳子，将用来在超级撞击后捉住黑洞——当然，并不是直接去夹住它。

而此时黑洞已穿过地幔和外层地核，距离地球的质心不到1000千米。经过长达五年时间的缓慢加速，黑洞将在一个月后到达地心。

一个月！萧河想想都感到后怕。五年前，在他和林小宛刚发现g值问题的时候，他们曾犹豫要不要将这件小事告诉张教授，但最终秉着严谨的科学态度，他们做出了正确的选择。

一个月后，地心将上演一场惊心动魄的"天地大冲撞"。航天工程部仍在紧张地进行小质量撞击体的投掷实验，模拟不同气候条件下可能出现的各种情况。这些小型撞击体的质量会小很多，投掷目标也只是固定在海面上的充气实验船，但是每次试验都会在海面激起几千米高的巨浪，引起一场局部海啸。——机会只有一次，丝毫的差错都会导致失败。而失败的后果只有一个：将地球的历史径直推到尽头。

距离撞击还有半个月，所有的工程人员开始撤离主体工程。十几艘航母再次齐聚西南太平洋，巨鲸般地浮在主体工程的海上平台附近。几年间，它们奔波在几块大陆的港口和宽广的大洋之间，默默地承担着艰巨的运输任务。来自不同国家的人们相互拥抱着，含着眼泪微笑着相互告别。忘记学术上的明争暗斗，忽略名利上的暗算角逐，为了一个崇高的目的，所有人团结一致，克难攻坚，完成了那么多不可能完成的任务。这是一段辉煌无比的经历，每个人回忆起这段时光，都会被这种豪情万丈和坚韧不屈所感动。这不仅是科学技术上的巨大胜利，同时也谱写了一首人类精神的伟大史诗。

张教授也在这个时候出院了。他立刻赶到新西兰，下飞机时才得知他的两个学生仍在查塔姆岛上。萧河和林小宛没有随中国的科研队伍一起回国，而是选择留了下来。他们要亲眼见证人类史上最恢弘的工程奇迹。张教授和他们想到一块儿去了——只有那些真正热爱科学的人，才能对科学之美如此敏感，又如此渴望！

迎接张教授的，除了两个学生，还有几名国外的科学家。超级撞击即将开始，而地心隧道的指挥中心就设在这里，所以岛上的居民大都躲了出去。不过还是有小部分原住民和大量的科学工作者以及一些混进来的媒体记者留在了岛上。这里风光秀丽依然，到处是郁郁葱葱的树木，起伏的丘陵像翠绿的绸缎延绵到天际，小型的红顶别墅半隐在山间，像散落的红宝石一样夺目。咸湿的海风带着新鲜的海藻腥气，让每个肺泡重获新生。

张教授抓着半个烤羊腿，深深地嗅了一口清甜的空气，含糊不清地说道："好久没吃到这么美味的羊腿，没呼吸到这么纯净的……啊，这才是生活！"

在座的几个人都笑了。萧河望着张教授的吃相，不禁想起了老师同样狼吞虎咽吃馒头和面包的画面。无论是山珍海味还是淡饭粗茶，能保持一成不变的吃相并非易事。对人生的苦痛有多深刻的体认，才能达到这种对生活的大爱呢？

傍晚，师生三人在海边漫步。夕阳西沉，海水不断涌上岸来，轻轻地拍打岸边的礁石。看着两个最欣赏的学生在夕阳中浪漫的剪影，张教授忍不住问道："你们俩现在……"可一察觉到萧河和林小宛脸上都闪过一丝窘相，他立刻改口："……住哪儿啊？"

"我住在一家当地人的房子里，他们全家都去旅行了，求我帮他们照顾两只狗和一只猫。他嘛，和几个同行挤一块儿呢。"林小宛帮萧河一块儿答了。

萧河看了看老师，没有说话。

"唔，现在的年轻人……"张教授心里想着，转向天边，"看，太阳快沉下去了。"

黑洞将在后天凌晨三点左右到达质心位置。

距离超级撞击还有二十八小时。

此时黑洞已进入地核的内核部分，距离地心位置不足 200 千米。

谁也没想到，在这个关键的时刻，意外发生了。

六

故障信号从地下 4500 千米深处的外地核传来。一节外层陶瓷管壁出现了裂纹，极其微量的液态铁镍渗了进来，并通过两节中层管壁的间隙，融化了中层与内层管壁间的控制电路。电路控制着的大约十千米隧道立刻随之失去了电力。

大家立刻意识到了问题的严重性。

这会降低撞击体千分之一的最终速度，但可以通过后面的隧道加速进行弥补，重要的是在这十千米长的隧道内，撞击体将失去控制，进入黑箱状态，很可能会擦到隧道壁。

如此高速运动的巨型撞击体，具有的动能能级已相当于一枚核弹。哪怕轻微的刮擦都是致命的。再坚固的隧道，在如此巨大的力量下都将被轻易摧毁。撞击体将冲破隧道，融化在地核里，或者在地核内部引起一场大规模的爆炸……无论何种结果，都会丧失掉阻击黑洞的机会，宣告地球毁灭的命运。

此时，所有的辅助施工设施都从隧道内撤掉了，想在如此短的时间内将隧道修复几乎不可能。

一切的努力和汗水将前功尽弃，人类的命运还没被摆上赌桌，便已输得一塌糊涂。

全球最顶尖的工程师们正秘密地向查塔姆的方向飞来。

来不及了。等他们赶到，拿出方案，已经来不及了。此时距离撞击还有二十六小时。从地表到 4500 千米的地心深处，光是往返就要两天。加上找到故障具体位置和排除故障的时间……

"来不及了！都他妈的来不及了！"一个满头黄色鬈发的外国科学家大汉，疯了似的揪着自己的头发，绝望地号叫着冲了出去。

张教授在默默地摇头，林小宛眼睛红了。此刻，萧河的大脑嗡嗡作响。数据的浪潮再次席卷而来——地下 4500 千米，1560 分钟，内层管壁 1280 毫米的厚度……世界以他的双脚为圆心，疯狂地转了起来。他用微弱的语气说道："还来得及。"

所有人都惊讶地望着他。这一句语气轻微的话，此刻却重若千钧！

"下去的话，两小时就够了。检查和排除故障，大约需要十几个小时。加上准备时间，应该刚刚好……"

一名一直在旁听的美女记者嘟哝着算了起来，她大叫了一声："确实刚刚好！……不对，时间还是不够！你没算上从地心返回的时间！"

等她说完这句，包括她自己，在场的所有人都沉默了。

如果是为了达到排除故障的目的，确实是不需要考虑返回的时间。

谁都明白了，执行这个方案等于自杀。可除了这样，还有什么别的法子吗？

沉默，让人窒息的沉默。一分钟如同一个世纪般漫长。

"我需要一艘小型的喷气速降船。"萧河的语气尽量平静，但他的声音禁不住在抖。

"我和你一起去！"林小宛咬着嘴唇，眼神坚毅而庄严。

"不行！"萧河对她说话的语气第一次这么强硬，也是最后的一次。萧河怎么能让她一起下去？难道她不明白自己为什么这么做吗？"你力气太小了！"萧河补充说道。

"什么力气小不小，我不管，电路板是我参与设计的，没我不行！"

林小宛知道这个理由萧河没办法拒绝！

"我的力气比她大一些。"一个强壮的当地男子从后面拍了拍萧河的肩膀。萧河感激地看了看他，郑重地向他点了点头。

"我对里面的电路布局比她更熟悉。"另一个科学家站了出来。

"喂！我是这里的工程专家！这些隧道大管子都是我看着下去的！"因为喝醉没赶上飞机的工程队老队长大声嚷嚷，卷起袖子露出了青筋暴突的胳膊。

"小萧啊，你还年轻。让我这个老骨头来吧。"张教授开口了，眼里闪着泪光。

"老师，您病了以后，下面的结构有一些改动，我对具体情况比较了解。小宛，还要您……"萧河的喉咙哽咽了，他转过身，不再说话。坚毅的背影诉说了一切。

喷气速降船、备用电路元件、便携式硬质合金切割机、四套智能隔热工作服、水、呼吸辅助设备……所有的必需品正在紧张地筹备着。最后再确认了一遍故障信息所有细节，抢修方案敲定。

此时距离撞击还有二十小时。萧河他们全神贯注与时间赛跑，研究图纸、调测仪器、装配设备……他们还不知道，这一幕幕，都被那名女记者和摄影师记录下来——所有的电视频道都插播着摄影机拍到的画面。她后来获得了"年度全球最佳记者"。消息迅速传遍了全球，人们意识到，人类和地球的命运交到了这四名勇士的手上。他们将以自己的生命做代价，交换一个让亿万生命与命运抗争的机会。

整个人类世界都沉默了。没有人阻止他们，没有人讨论默认支持这样的自杀行动是不是道德——这已经远超出了道德的范畴。

时间紧迫，一分钟都不能耽搁。主体工程的封盖缓缓打开了，好像巨兽张开了大嘴。迎接他们的，是让人恐惧窒息的黑暗——每隔一千米才有环形加速设备闪着微弱的荧光。

在最后戴上头盔前，萧河本能地在人群里寻找林小宛，发现她正深深地凝望着自己。

对视。长久的对视。再也无法移开的目光。眼神说明了一切。那是无须言语的炽热的爱。

那一刻萧河突然明白，他对林小宛的爱是如此强烈，而他的忍耐是多么懦弱和可笑啊。那些莫名的疏远，是爱；那些为一个数值无止境的争吵，是爱；那些默默的坚守与拒绝，是爱；那绯红的脸颊、那明亮的眼睛、实验室门口那个张望自己的姑娘，是爱……

萧河的生命从未如此澄澈与幸福。

"等你回来，我们就结婚！"林小宛平静而坚定地说。

"……嗯，等我回来。"萧河嘴唇抖动，对林小宛撒下了第一个谎。

速降船很快消失在入口，在幽深的隧道内化为一个小小的亮点。飞船迅速下落，不时喷气调整着平衡。萧河他们正以接近自由落体的状态，向地心飞速坠去。

地表上的人们焦急又紧张地盯着控制台上的大屏幕，萧河他们的一举一动，都牵动着他们的心。要准确找到故障位置，切割掉内层管壁，更换电路元件，每步都不能有差错才行。距离目标地点五百千米，速降船开始大功率喷气减速。

"就是这儿。"萧河说道。

飞船悬停在了隧道壁附近。几个人马上紧张地工作起来……

通过速降船的中微子通信设备，地面上只能模糊看到几个人在微弱的照明下忙碌的身影。十几个小时过去了，距离撞击还有一小时二十分。撞击体高空变轨拼接将在五分钟后启动。大屏幕上，那段十千米长的隧道仍是暗灰色的。

人们绝望了。而此时剧烈的争论正在网上展开：还要不要释放撞击体？如果隧道没有修好，这岂不是自寻死路？最后一小时，命运的终点就要到来了吗？

时间在一秒一秒地流逝，突然，一声沉闷的嘀声传来，暗灰色的隧道瞬时溢出绿色的荧光。人们欢呼雀跃，他们成功了！

这时，来自地心的通信信号突然中断了。在场的人们心都沉了一下，他们知道这意味着什么。但是他们却无能为力，也没有时间去想这些了。

"隧道空气抽离！撞击体变轨拼接启动三十秒准备！"

"空气抽离完成！高空变轨准备就绪！"

由四个撞击体拼成的超级撞击体，质量超过了一千万吨。这刷新了最大发射质量的纪录，也超过了以往人类向太空发射的物质质量总和。这是一个有着完美流线外形的铁镍合金体，直径 200 米，长度 420 米。依靠助推火箭，变轨之后的撞击体运行在隧道上空特殊的非赤道同步轨道上。从地球上的天文望远镜里看去，撞击体静静地悬在太空，通体闪着银色的寒光，就像一颗沉睡的流星。

距离撞击启动还有三分钟。张教授看了看林小宛，她静静地凝视着大屏幕。

"我还是应该告诉你。"张教授顿了顿，像是在积攒力量。"你知道，为速降船充超液态空气是十分麻烦的事情。为了节省时间，他们并没有等船充满就……"

"我知道。"林小宛平静地回答，张教授已有些看不懂她的眼神。"他一定等不及。他们，是世界上最勇敢的男人。您说是吗？"

"这勇气足以照亮人类的未来了。"

林小宛微笑着流出了眼泪，这是她心中的爱情，她的爱人将永远和自己在一起，雨是他的眼泪，阳光是他的笑容，风是他的呼吸。他，将无处不在。

"撞击体释放十秒倒计时准备！十！九！八！七！……"

七

超级撞击开始了。

撞击体下方的助推火箭瞬间撤离，撞击体进入自由落体状态。

这是有史以来最大的做自由落体运动的物体。助推火箭移动到了撞击体旁边，与其一同下落，好像有一双巨手同时将它们松开了一样。这一大一小的两个自由落体不禁让人想起了伽利略在比萨斜塔上进行的"两个铁球同时着地"的著名实验。不过这次斜塔变成了太空，铁球变重了上百亿倍，做实验的，也不是伽利略了。

是上帝。

这是人类借上帝之手进行的一次自我救赎的实验，不允许有任何失手。

由于高空的重力加速度并不大，所以最开始的几分钟，撞击体的速度不快，在心急的观众眼里简直是慢吞吞的。人们已经可以裸眼看到一颗银色的亮星，从天际缓缓坠落。

全世界的目光都聚集在这颗星上。

电视画面里捕捉的是与撞击体同速的画面，所以从屏幕上看，撞击体好像仍然静止，只有背景夜空中匆匆闪过的星光痕迹让人觉察到它在运动。

"好大一滴泪珠啊！"一个小朋友叫道。

人们立刻觉得泪珠比撞击体形象多了，并更贴合此时悲壮而恢宏的场景。

泪珠的速度渐渐加快，十分钟后便达到了每小时五百千米。这和地面上的最快的高铁速度相当，可是与最后的撞击速度相比，这速度几乎可以忽略不计。

半个多小时过去了，泪珠继续平缓无声地加速着，速度达到每小时两千七百千米。电视前的人们无法懈怠，依然紧张地守着这与自己息息相关的直播。望着在广袤无垠的夜空中穿行的泪珠，林小宛的脑中传来一段莫名熟悉的旋律，是贝多芬？是瓦格纳？还是……对了，是莫扎特的《安魂曲》！泪珠啊泪珠，你会是人类的最后一滴眼泪吗？

此时黑洞距离地球质心不足十五千米，将在四十五分钟后到达地心隧道的尽头。它也在加速！

"撞击体距离外层大气八千千米，速度每小时一万四千四百千米，九分钟后进入大气层。"

"制导系统启动预备！"

指挥中心的所有人都不禁攥紧了拳头。气流的扰动、空气的剧烈摩擦以及各种不确定因素都集中在大气层内，超级撞击的成功与否，就在这一阶段了。

"距离外层大气一千千米，速度每小时两万五千千米，还有一百二十秒进入大气层。"

"制导系统启动倒计时！"

此时，可以明显地看到泪珠正急剧坠落。泪珠从大气层的上界抵达地表，只需要两分钟。

像一道闪电，泪珠在黑暗中划破长空，呼啸着进入大气。

"制导启动！"

四组嵌在泪珠中部边缘的制导系统被激活，迅速而平稳地调节着因气流产生的位置偏差。而此时的泪珠，则给人一种奇异瑰丽的美感。

由于泪珠的表面温度非常低，进入上层大气后，水蒸气遇冷凝华在了泪珠外壁上，形成了一层薄霜，整个泪珠由银白变成了雪白。随着空气摩擦的加剧，泪珠温度又急剧升高，白霜被融化了，甚至直接再次汽化成了水蒸气。沸腾的水蒸气被泪珠甩在后面，凝结成了碎冰粒，流星彗尾一般绚丽璀璨。泪珠继续加速，与空气的摩擦也越来越剧烈，急剧上升的高温使附在泪珠表面的隔热材料开始燃烧起来，泪珠变成了一个熊熊燃烧的巨大火球，发出太阳般耀眼的光芒——这简直就像太阳坠落一般！整个天空都被它照亮了，大地仿佛在颤抖。燃烧很快结束了，整个泪珠冲出残骸的包围，表面都变成了鲜艳的赤红。但是一瞬间，因高温而与氧气生成的一层黑色氧化铁就覆盖住了泪珠表面，原本的鲜艳就凋零成了发黑的暗红，如残血夕阳开出的花朵。但没有人能看清整个过程，这一切都是发生在对流层中的。而泪珠穿过整个对流层，只用了 2.5 秒。

此时泪珠的速度达到了三万六千千米每小时，接近了第二宇宙速度。

此时用"泪珠"来形容撞击体已经不太适合了，它更像是一颗巨大而愤怒的子弹，向着敌人发起最猛烈的冲锋。

瞬间，子弹已经抵达海平面，直冲隧道入口而去。一千千米外查塔姆岛上的人们根本来不及看清，只感觉一道红色的光芒射入了海里。

撞击体顺利进入了地心隧道，向黑洞冲去。恶魔和天使，邪恶与正义，终究要一决高下。成败只在一瞬。风驰电掣，电光火石，上帝之手，直插地心！

除了一段漏斗状的隧道入口外，里面的隧道都已抽成了真空，以实现最大限度地加速。隧道壁上的磁力线圈在撞击体经过的前0.01秒迅速加大电流，产生指向地心的巨大电磁力，并在撞击体穿过的瞬间自动断路，电流的大小根据实时反馈的撞击体速度进行调节，以使撞击体在抵达终点时达到预计的速度。撞击体的速度在地心隧道中迅速增加，到达地核时速度超过了十万千米每小时，约三万米每秒——这是目前速度最快的人造飞行物，速度达到了手枪子弹的一百倍!

"90 秒后黑洞抵达目标位置!撞击体当前深度:地表下 2835.42 千米!"

"囚笼启动准备!"

这 90 秒,漫长得像北方飘雪的冬天。雪落过后,是春天?还是冰川?

黑洞已经到达预定位置,强大的引力让高密度的固态地核也被啃出了一个直径上千米的球形真空!

与此同时,时速高达十二万千米的撞击体怒吼着,撞向了看似虚无之境的真空区域!

只一刹那,快如闪电的巨大撞击体消失了!地心里一片平静,仿佛什么都没有发生过。

一片寂静的虚无!

虚无之后,仍是虚无。

但是,在精密的监测系统面前,虚无只是假象。人们五年、1800 多个日日夜夜里为之奋斗并期待的一瞬终于发生了:撞击体精准地命中了黑洞!

二者融为了一体,变成了质量更大的黑洞。作为吞食撞击体的代价,新的黑洞丧失了它的动量——此时它的速度几乎为零!

两个巨型的带柄空心半球突然从黑洞形成的真空两侧弹出,并迅速对接在一起,将黑洞牢牢地扣在了球体内!

这就是超级工程的终极部分——地心囚笼。让黑洞完全静止在地心很难,但是可以控制它的运动。使它只在很小的范围内进行活动。两个半球内共有六个可以伸缩的长杆,按照笛卡尔空间坐标系的 x、y、z 轴正交分布,末端带有经过压缩的巨大质量的铁镍球体——这些用的都是挖掘地心隧道时产生的材料。由于地球自转与公转等因素，黑洞的动量会有微小的变化（虽然经过精密的模拟计算，但是撞击刚刚结束时，黑洞的速度也不是严格的零）。通过对黑洞的监测，确定黑洞此时的动量，六个巨大质量的铁镍球通过长杆的伸缩改变与黑洞的距离，来合成减小黑洞动量所需要的引力，从而把黑洞的运动范围控制在球体中很小的范围内。

尽管黑洞速度已经几乎为零，但是再小的速度乘以黑洞高达3.6万亿吨的质量，动量仍然大得惊人。黑洞像一只受伤的野兽，同时又受着六块质量诱饵的吸引，在囚笼里东奔西突。长杆不断剧烈地收缩、伸长，囚笼一直保持满功率运行状态，警示灯不停闪烁……

所有人都紧张地屏息等待着，祈祷着。

慢慢地，野兽在挣扎中显出疲惫，它安静了下来。一个小时后，黑洞不动了，静静地悬浮在囚笼中，成为地球新的质心。

人类，终于利用自己的智慧和汗水，把宇宙中最让人恐惧的恶魔囚禁在了地心！

激动的泪水挂在人们的脸上，人们光着脚跑上大街，和遇到的每一个人拥抱着欢呼跳跃。天空突然电闪雷鸣，大雨倾盆。人们伸开双臂仰起头来，让雨水肆意冲刷着身体。隆隆的雷声响彻大地，地球好像初生婴儿一般在啼哭。的确，这一刻，地球重获新生。

短暂的狂喜过后，人们好像想起了什么。这次伟大的胜利并不是唾手而来，而是勇士们用生命换来的。

林小宛望着地心隧道的方向，心突突地跳着，"萧河……"她喃喃自语。

张教授却突然大叫起来："快看监视屏！这是求救信号！这是哪里？来自地心！在地心！他们可能还活着！"

本来，萧河他们完成了任务，速降船的能源也几乎耗尽。知道返回地面无望，几个人一拍即合：不如索性继续坠落到地心，用速降船去撞击黑洞！

飞船向地心坠落着。失重状态下的萧河感到非常轻松。头脑也从紧张的状态中解脱出来了。他想到林小宛说的话："等你回来，我们就结婚。"他的一生从未感到如此幸福过。想到林小宛，有什么东西突然闪了一下。等等！这个是……！萧河想起了一条因施工失误而废弃的小岔道，深度5206.14千米，他们可以躲进那里，避开撞击体！之所以记得这么清，是因为数字的后四位和林小宛的生日一模一样！飞船靠着最后一点能源，摸索着驶向岔道……

这次再没什么能阻止林小宛了。十几艘速降船带着补给，迅速开往地心。

他们还是来晚了一步。速降船已经不见了。几个人躺在隧道的碎石堆里，身上覆满了灰色的尘土，他们隔热工作服的电源指示灯，已悄然熄灭。

林小宛冲下飞船扑向萧河，抱紧他，这一次她永远都不想松开了。隔着头盔，她望着那双紧闭的双眼，泪水一滴一滴地打在面罩上。

八

一个月后，惠灵顿郊外的一座墓园，阳光柔和地扫过一排排整齐而沉默的墓碑。林小宛和张教授匆匆赶来，手里的鲜花上还带着露珠，闪闪发亮。

两人默默地把几束鲜花摆在勇士们冰冷的大理石墓碑前，任何语言在此刻都是苍白的。肉体终将消亡，而精神亘古永存。

林小宛的嘴唇紧紧抿着。此时此刻，她心里在想一个人，一个不可能与她携手浪迹天涯的人了。

"走吧，我们还要去医院呢。萧河这小子！"张教授掐灭了烟。

萧河并没有死，他大部分时间是在舱内指挥，运动量最小，身体产生的热量也少一些，所以隔热工作服的电力得以多维持一段时间。命虽然保住了，下肢却严重烧伤，从此可能无法正常行走了。其他人则没有这么幸运，没有工作服的保护，他们很快被透过地心的高温所吞没……

傍晚，林小宛推着轮椅上的萧河，和张教授一起走在医院的林荫道上。这是一个月来萧河第一次下床。

"老师，LHC项目怎么样了？"萧河问道。黑洞事件之后，LHC一直停着。民众再不让科学家们碰这个潘多拉魔盒了。

"正在申请恢复。舆论压力很大，但是他们终究会理解的。"

萧河点点头。几个人陷入了沉默。暮色降临，万籁俱寂。

"一个好消息，我们观测到了黑洞的霍金辐射③。"张教授的语气努力轻松。

"嗯，意料之中。那地心隧道关闭了吗？"萧河努力笑了笑，劫后余生的他，出奇的平静。

"没有。地心旅游项目马上要开通了。虽然黑洞小得用肉眼根

---

③ 霍金辐射：在"真空"的宇宙中，根据海森堡测不准原理，会在瞬间凭空产生一对正反虚粒子，然后瞬间消失，以符合能量守恒，在黑洞视界之外也不例外。霍金推想，如果在黑洞外产生的虚粒子对，其中一个被吸引进去，而另一个逃逸的情况，如果是这样，那个逃逸的粒子获得了能量，也不需要跟其相反的粒子一样湮灭，可以逃逸到无限远，在外界看就像黑洞发射粒子一样。这个猜想后来被证实，这种辐射被命名为霍金辐射。霍金辐射可以让黑洞损失质量。

本看不见，可人们才不管这些呢。隧道里会建大量的餐馆、酒店、商场……"

萧河不禁皱了皱眉。

"说不定这会开启人类在地心定居的新时代呢。"林小宛说。

"那倒真不坏。可地心黑洞怎么办？只要它一天存在，人类就必须一直小心翼翼，不得安宁。"萧河思考着。

"按目前的情况来看，黑洞还比较稳定。只能先把它一直囚禁着，直到完全蒸发掉吧。"张教授耸耸肩膀。

"那可要上百亿年啊。"萧河叹道。

"怕什么。要有愚公移山的精神嘛。'虽我之死，有子存焉；子又生孙，孙又生子，子子孙孙无穷匮也！'我们有的是时间。"张教授特意在"我们"上加重了语气。萧河知道，老师说得对，"我们"不只是他们三个人。只要人类存在一天，就不会向命运妥协，他们将一直前赴后继地奋斗与探索，直到最后胜利的那天。

"对。也许将来，人类会发现新的宜居行星，或者发明了消灭黑洞的技术。未来，我们能做的还有很多。"萧河的心头明亮起来，他明白，要好好活着，未来无数的奇迹正等着他去创造。

"这是一场旷日持久的战争，想要在我们这一代人完成这个使命是不可能的，需要几十代上百代甚至更久。"张教授话锋一转，"所以啊，培育下一代的重任就落在了——"

林小宛的脸红彤彤的，她扑哧一笑背过身："老师就喜欢开玩笑！"

轮椅上的萧河忍不住帮腔："老师，医生说我想要走路还得好几年呢！"

"哈哈，那就等你这小子好起来吧！"

三个人都大笑起来，群星在高远的夜空灿烂地闪烁。

后来，当人们一遍遍问起萧河，面对如此危急的关头，他是如何做出这么勇敢的选择的。萧河只是笑着摇摇头。他知道自己从来不是什么英雄，只不过是为了信仰的科学和坚定的爱情听从了本能。在他未来的生活里，还有无数次艰难的选择，但他的目光始终向着前方，从未在取舍的迟疑与悔恨中徘徊。

日落月升，斗转星移，世界很快恢复了原貌，人们的生活像几年前一样平淡充实。此时，人们已经记不起眼前这个拥着妻儿一脸幸福的跛脚中年男人是谁了。只是当他们从忙碌中偶尔抬起头仰望星空的时候，会下意识地再低头看看脚下的大地。因为在他们的头顶和脚下，有着同样不可预知的壮丽雄奇。

后记

首先，感谢挚友 Rammsteina 的诸多修改建议和辛苦校稿，没有她，就没有最终的这篇文章。

这篇文章的最初灵感来自 2008 年关于欧洲大型强子对撞机的几条科技新闻报道：

1. 大型强子对撞机 (Large Hadron Collider, LHC) 是一座位于瑞士日内瓦近郊欧洲核子研究组织 CERN 的粒子加速器与对撞机，作为国际高能物理学研究之用。LHC 已经建造完成，北京时间 2008 年 9 月 10 日 15：30 正式开始运作，成为世界上最大的粒子加速器设施。

2. 2008 年 9 月 19 日，LHC 第三与第四段之间用来冷却超导磁铁的液态氦发生了严重的泄漏，导致对撞机暂停运转。

3. CERN 内部的一些研究者与其他外部的科学家，担心此类的实验可能会引发理论上的一些灾难，甚至摧毁地球或是整个宇宙。

4.CERN 进行了一些研究调查，检视是否有可能产生例如微黑洞、微小的奇异物质（奇异微子）或是磁单极等危险的事件。调查认为"我们找不到任何可以证实的危害"。

理论上可以发生，而实际调查认为不会发生的事情，就让它在小说里发生吧。好奇是人类的天性，最美的风景永远在别处。我们绝不会因为沿途险象环生而停下探索的脚步。科技是把双刃剑，在我们享受科技进步带来的美好生活的同时，也必须承受科技发展带来的风险与后果。向那些奋斗在科研一线、辛勤探索的科学工作者们致以崇高的敬意。

原罪挽歌

在自私中毁灭，在毁灭中重生。

二十年了，这是我第一次来看父亲。

"爸，明天我就要走了，去参加硅人联盟庆功大典。"

父亲的脸上带着凝固的微笑。傍晚的陵园显得格外肃穆安静，落日的余晖默默扫过父亲的墓碑。

没有生平也没有生卒年月。这是硅人们按照父亲的遗嘱立下的。光滑晶莹的汉白玉碑体上，除了照片只有两列大字：

"在自私中毁灭，在毁灭中重生。"

我凝视着这奇怪的墓志铭。父亲，你究竟想表达什么？

"该走了，埃里克先生。"陪我来的两个黑衣硅人同时说道。

六个月前。战后第二十年。北国宛城。

"等你解决了十个硅人再来找我吧。"

小梅孤傲美丽的背影越来越远。这可真难受——小梅再次拒绝了我。我沮丧地回到家，把父亲的卧室翻得一片狼藉，终于在床垫下面找到半盒压扁的烟，狠狠地抽了起来。

我知道小梅为什么这么恨硅人。这些昔日温良的仆人夺走了人类的一切。

我也知道我出身不好。他们都说，父亲是人类的头号叛徒。而小梅的爸爸则是我爸的得力助手。作为遗传学界的学术权威，他们把人类的一段基因图谱分析结果泄露给了硅人，交换条件是他们十岁的儿子和八岁的女儿一辈子生活无忧——称职的父亲们，不是吗？

当时我还小，尚不能理解我父亲的行为会带来什么后果。后来我听说，那段基因是人类团队意识和集体主义的根源。父亲知道，拥有超强执行力的硅人把这些信息加工成一个功能模块后会是多么可怕——全球的硅人们得到了这个模块，十亿个体瞬间凝成了一个整体，一个巨大而恐怖的怪物。

当俯首帖耳的硅人们同时挺直了腰，语气坚定地说"我不干了"的时候，人们还以为是愚人节的玩笑呢。不知道六百年前，最初制造这些智能劳力的科学家们有没有想到这一天。

"这一天早晚会来的。"父亲抚着我的头说，"人类的精神已经死了。自从有了硅人，我们就一直在退化。懒惰、享乐和不思进取把我们的灵魂腐蚀得面目全非，剩下的只有对硅人的羞辱打骂和彻底依赖。冲突正在升级，蔓延的战火会毁掉整个世界。这将是一场没有赢家的战争，留给胜利者的，只有废墟。我不能让世界毁在我们手里，不能。"

于是父亲做出了那个艰难的决定。加载了人类基因的硅人们形成了一个强大的联盟，他们战无不胜，战争很快结束了。硅人承诺，他们会遵循人道主义原则，在十年内继续为人类提供必要的生活物资。只是没人伺候了，叫这些被宠坏的人类怎么活。

战后的生活惨不忍睹。因为丧失了自理能力，数以亿计的人相继死去，十年不到，地球人口锐减至 800 万。今天，人类已经是稀有动物了——极少数靠自力更生存活下来的人，和我们这些"罪人之后"。

父亲陷入自责的泥沼无法自拔，最后选择自杀来结束痛苦——他低估了人类的退化速度。要不是有硅人保护，我也活不到现在，那些痛恨父亲的人早就把我弄死几百遍了。

燃尽的烟头烫到手指，把我的思绪拉回了现实。中午的阳光透过布满灰尘的窗帘洒在残破的地板上，有种荒诞的美。我拉开吱呀作响的老冰箱，拿出最后一个面包，又在保鲜架的缝隙里搜到几小片牛肉干。我唯一拥有的，就是对小梅一成不变的真情。我和他们不一样，天天找硅人姑娘鬼混。据说那些由不锈钢和硅胶组成的尤物们床上功夫无与伦比。可在我看来，那不过是为了骗取带有人类 DNA 体液的虚伪表演而已。

无法进化——硅人最大的缺陷。大自然的进化之手精心雕琢了人类上亿年，而被当作劳动力替代品的硅人，他们的历史才几百年而已。但是硅人们很聪明。他们利用父亲的方法，把人类的基因仔细地扫描，筛选出有价值的片段，转换成代码，编成程序，安装在自己身上。这项恢宏的工程已经完成了百分之九十五——这些前途无量的智能体正在努力地成为人类的复制品，比母体更加完美的复制品。

嘟……

"请讲。"我激活了耳道内的微型电话。

一个甜美的女声传来："亲爱的埃里克，这里是宛城市长办公室。米勒市长邀请您今天下午两点来研究所参观。希望您准时赴约。祝您愉快！"

硅人们还算信守承诺——作为道格博士的儿子，硅人一直定时给我发放生活配给。这也是小梅看不起我的原因之一。

一架改装过的小型"阿帕奇"准时从天而降。看来我不得不去了。坐在飞机上，可以俯视整座城市，向远眺可以望见城外起伏的群山。这么美好的世界，却不再属于我们了。一股酸楚夹着悲伤涌了上来。

"埃里克老弟！"米勒先生伸出双臂，笑容比我还要自然。"快来看看我们研究的最新成果！"

对着这些最新科技，我穷尽了所有赞美之词。"谢谢，埃里克。"米勒的语调突然变得低沉，"可我们始终无法摆脱一个梦魇：这么多年来，我们几乎一点没变。"

"你们很优秀啊。"

"那只是表面上的。就算把人类的基因全部扫描编成程序，我们也只能达到人类现有的水平。可能细节上我们会更好一些，但是不会有任何质的飞跃了。道格博士说，几百年安逸奢靡的生活导致人类退化，某些基因已经改变。我们无法将其扫描出来。这些基因会决定人类许多重要的行为。要想得到这些基因，只有两个办法：第一个办法是还原人类几百年前的生存环境，诱使基因重新被选择出来。这将会是一个漫长的过程。考虑到现存人类的数量，这条路已经行不通了。"

"那第二个办法是……"

"直接从几百年前的人类活体上提取基因。"

"可几百年前的人类早就全死了啊。"我暗自高兴。

"没有。"道格博士说，"还有一个。"

"谁？"

米勒沉默了一会儿，突然直视着我的眼睛："你。"

开什么玩笑！我才二十九岁！

米勒解释道:"对不起。我知道,博士没有告诉你。其实你是六百年前的一个试管婴儿。不知道是幸运还是不幸,受精卵还没来得及移进你母亲的子宫里,你的双亲就出了车祸双双罹难。受精卵随后被冷冻起来,直到三十年前,道格博士让你来到这个世界。"

我呆呆地站在那儿,无法接受这个突如其来的事实。

我不是父亲的儿子。

我和父亲并不相像。

从没听他提过母亲……

看来,这一切是真的了。

"亲爱的埃里克,我们的未来就靠你了。"米勒双手握住我的肩膀,"只有你才有这失落的基因。放心,我们只在你身上提取极少量的细胞。作为感谢,我们会将你升为二级甲等公民,每月的配给额增加一倍……"

"别说了,市长。我们什么时候开始?"我面无表情地说道。我知道,询问我的意见只是走走程序罢了,反抗结果会更糟。

"太好了!你答应了!那尽快吧,明天下午如何?"

我躺在床上,回忆起和父亲在一起的时光。我最喜欢骑在他宽阔的肩膀上,这样我的目光就可以越过人群看到远方。父亲的死给了我沉重的打击,很久之后我才走出那段悲伤。父亲自杀前的一个周末,他开车带着我走了好久,来到城外一座大山脚下。那时硅人接管世界刚满两年。

"世界最终还是我们的。"父亲眯着眼睛,指着山说,"等硅人们什么时候完蛋了,你就到那里去。"

我仰头问父亲:"爸爸,山里面有什么呀?"

"现在还不能告诉你。等你长大了,打开那道门,你就知道了。好好地活着,你是我们的希望。记住我说的话了?"

"记住了。爸爸，你怎么哭了……"

想到这儿，我的泪水再也忍不住了。与其这样苟延残喘地活着当标本，不如痛痛快快地去死。

"好好活着。"父亲的话犹在耳际。我不能死。

整个细胞提取过程不到五秒钟，在麻醉剂的作用下，我甚至没有感觉到一点轻微的刺痛。

不知道这样麻木的日子还要过多久。

基因扫描很成功。编成的对应程序也通过了层层的测试，安装到了硅人们的体内。

配给增加了。我把每月吃不完的东西分给那些快要饿死的人。小梅似乎不像以前那么刻意疏远我了。

就在这时，我接到了硅人的邀请函。小梅和另外几个人也接到了。人类基因的程序化已经全部完成。我们将和所有硅人一起，庆祝这巨大的成功。

临行前，我想去看看父亲。

庆典设在硅人们的总部——A 城的政府中心广场。

盛况空前。广场上人山人海。全世界的硅人们都关注着这里。

不知道父亲在场的话会作何感想。

突然，一个让我激动又不安的可怕念头闪过脑际。

几百年前。自私。毁灭。来自几百年前的我。人类的希望。重生。

如果说这一切都是父亲的计划……

那么，就是现在了。

联盟总指挥官西蒙将军难掩内心的激动："全世界的同胞们！今天是一个值得铭记的日子！这是又一次伟大的胜利，属于每一个硅人的胜利！特别要感谢的，就是来自宛城的埃里克，道格博士的儿子！我们体内的 T06932 号程序就是来源于埃里克！虽然尚未发现 T06932 有显著积极作用，但我坚信，这就是我们得以进化的关键所在！让我们对道格博士和埃里克表示由衷的敬意！"

掌声雷动。我不知道这是羞辱还是荣耀。

"鉴于他们的杰出贡献，我们决定，授予埃里克荣誉点数五百单位的特等荣誉勋章一枚！"

我听到一片惊叹。那是硅人的最高荣誉、权贵的象征，意味着可在硅人世界里行使五百次优先权。

"那么，亲爱的埃里克，请允许我为你……"

"不，我不能接受。"我尽量让自己显得平静。

"这可是所有人最渴望得到的东西啊，包括我。"指挥官一脸的诧异。

小梅也转身看着我。

"是的，我明白。我可以说几句吗，将军？"

所有的硅人们都在看着我。他们不知道这个人类究竟想干什么。

我向台下环视了一眼，大声说道："这个勋章是属于你们的，属于你们每一个硅人。"

广场一下子静了下来。很好。

"在你们的统治下，世界正重新步入正轨。毫无疑问，一切都是属于你们的，任何人都不能夺走你们的荣耀。"

台下没有任何反应。

我继续说着："你们是当之无愧的世界的主宰。所以，这枚勋章应该授予你们，授予你……你们当中的某个人！它本来就是你的。谁也不能夺走属于你的东西，谁也不能！"

硅人们静静地听着，仿佛在思考着什么。全世界的硅人们都静静地思考着。

还是没有反应。我深吸了一口气，做最后的努力。

我要释放出你们身体里的魔鬼。

我挥动着手臂，歇斯底里地喊叫起来："它是属于你的！只属于你一个人！除了你谁都不能占有它！它是你的！你的！"

广场上一阵不安的骚动。突然，所有的硅人痛苦地挣扎起来。撒旦已经苏醒，T06932 程序被激活了。我成功了。

嘶嘶——伴随着主芯片烧毁的声音，一缕缕黑烟从硅人体内冒出。腾起的黑烟形成一片黑云，黯淡了傍晚的暮光。

T06932 对应的基因，叫作自私。

那是人类最原始的罪孽，曾支配人类行为的重要显性基因之一。

被激活后，自私程序便会疯狂地复制自身以扩张自己，企图把整个系统的资源占为己有，最后导致空间不足，主程序崩溃，系统彻底烧毁——对硅人来说，这哪里是进化的源泉，分明是致命的病毒！

父亲早就深知这一点。

"你……"指挥官靠在柱子上奄奄一息地怒视着我。

"你们要感谢道格博士，你们的团队机制会激活所有硅人体内的 T06932，无论上天堂下地狱，你们都还会是一个整体。"

"……抓住他！"指挥官发出了最后一个命令。

一些还能动的硅人迅速向我们围拢过来。

我一把抓住小梅的手："快跑！"

广场边上，停着送我来的那架"阿帕奇"。

我奋力一脚，把冒着烟的飞行员踢了下去。"小梅，快上去！"

我把发动机点着火，看到硅人如潮般涌来。

"准备起飞！坐稳了小梅！"

"等一下！还有两个人！"小梅向着远处挥手。

一胖一瘦的两个人类跌跌撞撞地向这边跑着。

"快点！"我看了看四周黑压压的硅人叫道。螺旋桨高速旋转发出巨大的声响，但依然盖不住硅人们的怒吼。

"好了！把舱门打开，埃里克！"

我没有动。因为我猛地想起来，这架小飞机的载客量是两人。

嘭嘭——胖子用力捶着舱门。

"开门，埃里克！你开门啊……"小梅的语气近乎乞求，快要哭出来了。

我咬了咬牙，猛地一拉操纵杆。飞机腾空而起。

地面瞬间被愤怒的硅人们淹没了。

"冷血的禽兽！"小梅哭着骂道。

"四个人根本飞不起来，我们都得死！你明白吗？"我大声咆哮道。

小梅不说话了，只是小声地啜泣。

对不起，小梅。有一天，你会理解我的。

父亲，你说得对，世界最终还是我们的。

我开着车带着小梅，在空阔的大路上狂奔。按照小梅之前的说法，她要嫁给我几千几万次了。远处山体的轮廓越来越清晰了。我摸着胸口的钥匙，心怦怦地跳个不停。我等这天好久了。

半山腰处有一道紧锁的大门。打开门，是一条长长的隧道，尽头消失在无边的黑暗里。我们摸索着向前走着，渐渐觉得空旷。突然传来嗡嗡的电流声——感应灯唰唰地亮了起来，我们惊呆了。

这里面满满的全是装满液氮的瓶子，每个瓶子上面，都贴有标签。

受精卵，人类的受精卵。

这一刻，我真正理解了父亲。

"天啊……"小梅捂住了嘴，生怕惊醒了那些冰封的生命。

　　这是一个用核动力驱动的隧道状冷藏室。大量的智能医疗设施在有条不紊地自动运行着。只要按下这个绿色的"解冻"按钮，一个新的时代就要到来了。未来，是属于他们的……

　　突然一个声音在我的耳旁低语着：别按，别按……

　　每个人的身体里，都有一个魔鬼。

　　我不知道该怎么选择。小梅轻轻地挽住我的手，和我一起沉默。

　　没有星星的天空。我们在黑暗中穿行。空气越来越潮湿，要下雨了。

　　我猛地一转方向盘，踩住了刹车。车子转了半圈，车轮在地上划出一道弧痕，好似一个巨大的问号。

　　一道闪电撕破夜幕。

　　轰隆隆隆——雷声滚滚而来，那是为人类的原罪吟唱的一曲挽歌。

测 验

　　无论这个世界如何变幻，善良都应该是最美好的品格。

　　我相信今天晚上，我会被接走的。

　　地球早变成了鸟不下蛋的地方，我们活不下去了。

　　阴霾的天空看不见一颗星星，空气污浊，各种工业废料和生活垃圾堆得高高的，平铺下来恐怕要把地表铺满三层。垃圾组成的峰峦之间，一条条臭水沟欢乐地流淌着，呈现出各种妖艳的色彩。明显地，有人把它们当成运河了：一些肮脏的拾荒者驾着自制的破船顺沟而下，流连于垃圾山之间，寻找垃圾中的宝贝——最好是能吃的、能用的生活垃圾。这些人被叫作彩虹河上的行者，地球上最大的人类群体。

　　我承认，是我们人类把地球上的环境搞砸了。疯子般毁灭式的发展不仅要了地球40多亿岁的老命，也会要了我们自己的小命。地球人口已经锐减到30亿。这30亿里还包括了那些残疾、畸形和痴呆症患者。还好，我们的救星来了：K星文明。这个好心的文明决定拉人类兄弟一把，把人类转移到 K 星上去。但庞大的数量让他们很为难：他们只能转移 300 万人。这意味着他们要进行千里挑一的选拔，意味着绝大部分人是没戏了，意味着想要去 K 星，就得是豪杰中的豪杰，就像我。

两个月里，我成功通过了诸如体质测验、智力测验、DNA 检测等等各类筛选。作为应用物理和材料化学双料博士的我，对解决全球能源危机做出过突出贡献、得过一次国际大奖、在某权威期刊上发表过三篇论文的我，今晚就要被接走啦。

让人恼火的是，经过层层筛选，K 星文明的预登机名单里还剩下 600 万个名字。据说今晚还有最后一次测验，才能最终敲定谁才是合格的 K 星移民。

我在心里嘀咕：最后一次测验会考什么呢？

好不容易清理出来的十万平方米广场上，挤满了有希望去 K 星的人。现在是晚上八点一刻。我们焦急地等待。我倒不担心自己，我担心的是我的女友。她勉勉强强通过了前面的测验，而且她的学历不高，只是个本科生，也没有为人类做出过啥贡献，唯一的优点也就是有个漂亮的脸蛋——这也是她能成为我女朋友的原因。

K 星文明的飞船来了！所有人呼啦一下涌到飞船的正下方，互相推搡着，争取给来自 K 星的考官们留下印象。

巨大的飞船却一点动静也没有，死人般地吊在半空一动不动。一个小时过去了，人们渐渐地失去了热情，回到了各自的位置静观其变。

一群小乞丐趁机溜到了人群里——这些衣衫褴褛的小崽子们很难缠，他们会抱着你的大腿不撒手，哭哭啼啼眼泪汪汪地软磨硬泡，即使你的心是大理石做的也会被他们泡软，给他们点零钱。但不得不说，这种施舍给我一种变态的快乐和优越感。

　　不过今天这帮小洪七公们有些过分：他们有的缺了一只眼睛，有的少了一条胳膊，有的后背上耷拉出一条腿——环境的恶化使致畸率大大提高了。他们哭叫着扑向这群人类的精英，就像饿了一冬的狼扑向一只肥硕的羊羔。

　　我发誓，来到我们面前的这个，绝对是我见过最难看、最令人作呕的小乞丐：他的头发稀疏，并且是怪异的紫色。瘦弱的四肢连着一个大肚子，令人难受的是，他的胸口和肚皮上布满了暗绿色的疮，脓水像松脂一样挂在上面摇摇晃晃……人们纷纷捂住了嘴，以挡住其散发出的恶臭。我捏住鼻子说道："赶紧离开这儿，你这扎眼的家伙！"

　　小乞丐抬起头看着我，伸出纤细的手臂："让我摸摸你的脸……"

　　"开什么玩笑？喂，移开你的脏手，你这个恶心的家伙。"我有些恼火，掏出几张小额钞票扔在他脸上，"行啦，拿了钱赶紧给我滚蛋！"

　　"我不要钱，让我摸摸你的脸……"小乞丐的眼神里充满了渴望。

　　我已经怒不可遏。看来这个小崽子是来存心找我麻烦的。要不是女友拼命拉着我，我早就一脚把他踹飞了。"给我滚！你这个肮脏的小畜生！"

　　小乞丐有些失望地垂下手臂。他没有捡地上的零钱，而是腆着肚子掉转方向，向另一个人提出了同样的要求："让我摸摸你的脸。"

　　那个人我认识，也是我们搞科研的同行老李，是我通往 K 星之路上的强力竞争对手。老李非常愤怒，应对措施也是简单粗暴，他直接在小乞丐的脸上印了一个大大的鞋印。

　　这个可怜又可恨的小乞丐转了一大圈，当然没有人愿意让他摸脸了。他坐在地上，呜呜地哭了起来。

　　"你看他，多可怜呀。"女友拉着我的手说道。

"可怜什么？他根本就不是来讨钱的。这个小畜生。"我哼了一声。

"他需要的是关爱。"女友看了我一眼，松开我的手向小乞丐走去。

她蹲下身，爱怜地看着他："你想摸摸我的脸吗？"

小乞丐不哭了，看着女友。他犹豫了一下，伸出了小脏手。

"你在干什么？你疯了？赶紧站起来！"我低声对女友叫着。她这么做让我很难堪。

女友没有理会我，她的眼神很平静，脸上挂着美丽的笑容。

小乞丐的手贴了上去……

"今晚你别想和我睡一张床！"我忍不住怒吼。

小乞丐突然破涕为笑了。他从地上站起来，拉着女友的手，看着飞船。

奇迹发生了：飞船突然有了感应，向他们投来一道淡蓝色的光柱。小乞丐突然变成了发着光的瘦高的 K 星人！他和我的女友双双升空，慢慢地消失在光柱的源头里。

人们一下反应过来，迅速包围了其他小乞丐："摸我的脸！摸我的脸……"

已经晚了。蓝光打在了每一个 K 星人和他们选好的人身上，他们一起离开了地面，离开了地球。

飞船开走了，但人们久久不愿散去。我和老李一边跺脚咒骂着那些假扮成小乞丐的阴险 K 星人，一边等待着下一艘飞船的来临。

逃 离

TIME.SPACE.LOVE

  这些年我身经百战，一次次从各种危机四伏的实验里成功逃离。

  他们都很崇拜我，叫我"逃脱大王肖申克"。

一

"扔下去。"

这是我听清的最后一句话。

我连做了几个噩梦。有人追着我,叫嚷着要砍下我的胳膊。我跑啊跑,但他们人多,轻易就控制住了我。我挣扎着,吼叫着,下定决心,如果哪个家伙敢上来的话,我一定狠命咬他一口。一个穿着白衣的家伙向我靠近,他的手里拿着一把巨大的锯子,脸上带着阴森诡异的笑容……

突然,我感到肩膀一阵刺痛。于是,我醒了。

刚睁眼,就看到一个家伙正用树枝捅我的肩膀。他很兴奋,对着另一个同伴大叫:"嘿!他还活着。"

废话!我当然活着。不过这是什么鬼地方?你们又是什么鬼怪?

"我叫乔，这个是汤姆。好了，人齐了。我们可以出去了。对了，你是叫周吧？"

"对，我是叫周！你怎么知道？出去？去哪儿？我们现在在哪儿？"

"因为我们在等一个叫周的家伙。我们现在在一片林子里，人造林。我们要出去，回到正常的世界里。"汤姆说。

"你们是怎么进来的？"

"我是最早来的，"汤姆接着说，"乔是三天前来的。怎么进来的我也记不太清楚了，但肯定是有人把我们几个关在一起了。我听到他们说什么三个到齐了就可以开始了。"

开始？什么开始？

突然，天空传来一声巨响，地面也颤动了一下。一个巨大的机箱轰隆隆地响了一会儿之后，它那宽得没边的显示器亮了。

乔吓得大叫一声。

"这是大型计算机，你没见过？"我的语气里带着鄙夷。

"你不用管他，他有点神经衰弱。"汤姆说。

屏幕上出现两行大字：

"你们好！现在实验正式开始！你们要在 72 小时之内，弄清谁是周，谁是汤姆，谁是乔。想清楚了就去前面的确认台上确认，正确的话你们就可以离开了。有什么要求可以用键盘告诉我——新来的那个家伙应该会用电脑吧？"

最后一句话让我很不爽。这是在侮辱我的智商。我大声说："用不了三天，你这蠢货。"

确认台就在这大电脑的旁边，是三个圆形的小台子，只要蹲上去就行了。

三个台子的上面分别印着"周"、"乔"和"汤姆"这几个名字。

这太简单了。五分钟后，我们就能出去啦。

我们三个分别光着脚站了上去。我站上了写着"周"的那个。
脚下的台子变红了，那是脚底掌纹识别。操作面板提示我是否确认。

我潇洒地按下了确认键。什么动静都没有。

突然地动山摇。轰隆隆……又怎么了？

"好像是林子边上传来的。"汤姆向那边跑去。

"操！"汤姆突然破口大骂，"林子缩小了！"

这时电脑又亮了："提醒你们一下，为了让实验更加刺激，每次
你们给出了错误的确认，林子会缩小一半，直到你们给出了正确的
答案或者变成肉饼为止。所以，要慎重哦。"

这不是玩我们吗？我感到蒙受了奇耻大辱，一拳猛砸在树上，
鲜血直流。

我他妈不是周是谁？谁又是该死的乔和汤姆？

我坐在树杈上想了半天，也没想明白所谓的实验究竟想搞什么
名堂。夕阳的余晖从林子边缘洒进来，消融在草地上，几只不知名
的虫子开始欢快地歌唱。

我的肚子咕咕地叫了起来。得搞点吃的。我在键盘上输入了宫
保鸡丁——我喜欢中国菜。

"嘿！你们俩！想吃点什么？"

"鸡腿，香蕉！一大串香蕉！"

"是两大串！"

我不明白他们为什么都喜欢吃香蕉，就像猩猩似的。妈的，猩猩。
让我感到讨厌的物种。

不一会儿，玻璃墙上开了一个洞，食物被真空袋子裹着送进来了。

吃饱了肚子，我的心情大好，脑袋也跟着灵光起来。我对汤姆
说道："汤姆啊，你说为啥我们确认失败了呢？我是周肯定没问题，
那么问题肯定就出在你俩身上了。乔神经兮兮的，你和他待久了，

会不会你也神经错乱，记错了自己的名字……"

"放屁！"汤姆愤怒地打断了我，"我脑子好得很！"

"我知道你脑子没问题，"我看着汤姆攥紧的拳头赶紧解释，"但记忆和智商是两回事儿。我们的智力都是出类拔萃的，但却都记不起来自己是怎么进来的了，不是很奇怪吗……"

费了半天的口舌，终于把这两个家伙说动了。我们再次欢欢喜喜地来到台子前。我让汤姆站在乔的台子上，乔站在汤姆的台子上，自己也跳上了写有"周"的台子。

确认。

轰隆隆……林子再次缩小了一半。

我又和乔换了位置，和汤姆换了位置。妈的，拼了。

回应我们的却是无情的隆隆声。

汤姆和乔咆哮着，要把我撕成碎片。

林子已经缩小为原来的八分之一，根本跑不开。这两个热血上涌的家伙非要弄死我不可。

眼前的一切就像噩梦里的情景一样。我大叫着："冷静啊伙计！你们别……"

奇迹发生了：汤姆和乔突然软了下去，瘫倒在地上。不过还没来得及高兴，我也什么都不知道了。

二

头痛欲裂。醒来的时候，我见还有两个家伙躺在地上。我用手拨了拨他们，还好，都是活的。不知为什么，我的手受伤了，流了不少的血。

我叫汤姆。那个高点的叫乔，有点神经兮兮的家伙叫周。我们被关在一个封闭的狭小空间内，一小片树林里。

还是他妈的人造林。

一声巨响，一台巨大的计算机开机了。显示器上出现两行字："你们好！人已经到齐，实验正式开始。你们要在 72 小时内，弄清谁是周，谁是汤姆，谁是乔。想清楚了就去前面的确认台上确认，正确的话你们就可以离开了。有什么要求可以用键盘告诉我。"

我们找到了确认的台子。是三个小圆台，围成了一个等边三角形。按照提示，我们站了上去。按下确认之前，我笑道："竟是如此简单吗，哈哈。"

事实很快抽了我一个耳光。伴着轰隆隆的声响，本来就不大的林子又变小了不少。

看来事情没有想象的那么简单。

"提醒你们一下，为了让实验更加刺激，每次你们给出了错误的确认，林子会缩小一半，直到你们给出了正确的答案或者变成肉饼为止。所以，要慎重。"

"我们还有多少时间？"

"47 小时 35 分钟。"

"妈的，不是 72 小时吗？你们有没有搞错啊？你个垃圾电脑？"

好像说错了什么似的，电脑不再吭声了。

"你个粗劣的电子垃圾，蹩脚的蠢货……"我不再说了，而是盯住了地上的香蕉皮和鸡骨头。

香蕉皮还是新鲜的。就在不久前，有人在这里……

可这封闭的空间里，除了我们仨，还有谁呢？

他们也是同样在做这无聊的实验吗？

突然，一道灵光划过脑海。我打了一个寒战。

我知道了。

你们注意电脑刚才说什么了吗？本来有 72 小时，但有 24 小时已经被用掉了。说明我们已经在这里待了一整天。这里有个家伙搞不清自己是谁，也就是说，今天他以为自己是一个人，明天他又是另外一个人。他把我们搞乱了！或者有两个这样的蠢货，都有两个身份，并且互相重叠！天哪，我太他妈聪明啦！

我把他俩召集过来，说了我的想法。乔非常肯定地说："不能吧，我的脑袋一直挺好使，我就叫乔。"

"那你怎么会晕过去？晕过去之前你做了什么还记得吗？"我问道。

"眼前一黑……就什么都不知道了。"

"对，我们都同时从昏迷中醒来，很可能被人用药物控制了，以防我们发现破绽。"我说。一个巨大的阴谋正在慢慢显出轮廓。

"嗯，有可能。那怎么办？怎么确定是谁出了问题呢？"

看着受伤的右手，我知道该怎么做了。

"交给它们。"我说。

"它们？你是指……"

周被我和乔按着，哇哇大叫。"想出去就得下点血本，"我说着，瞅准周的屁股瓣儿一口咬了下去。

三

我睁开眼，发现一个血淋淋的屁股正对着我。空间已经十分狭小，勉强容下了电脑、确认系统和我们几个。乔的屁股被狠咬了一口。

"嘿！汤姆，没想到你这么重口味。"我看着乔的屁股坏笑道。

汤姆一脸惊愕："周，我以为是你干的……"他那深深的眼窝里突然迸射出熊熊怒火，破口大骂道："狗娘养的，林子又小了！"

林子又小了一半。由于我的过失导致昨天林子连缩四次，照这样下去，我们就真是茅房打地铺——离死不远了。

一直趴在地上呻吟的乔有了发现："你们看，地上有字！"

"我想你们也遇到了同样的困扰。在这里，周不是周，乔不是乔。我们的猜想是这样……好了，那个屁股开花的家伙是周，手受伤的是汤姆，剩下的那个是乔。祝你们好运。"

我一口气连读了三遍，然后换了口气又读了三遍。一切都已经明明白白了。这是一个精心设计的陷阱，每个家伙都有双重身份：我的手上有伤，所以我是那个汤姆，同时又是现在的周；屁股开花的是那个周，同时也是现在的乔；那么剩下的就是那个乔，同时也是现在的汤姆。

可是我们三个人，有六个身份，只有三个台子，怎么确认呢？

这真是个挠头的问题。

乔也叨叨着："三个人，三个台子，六个身份，六只脚……"

明白了！乔，你太他妈的聪明了！三个台子，六个身份，六只脚，掌纹确认系统……一切都说得通了。

我们一边艰难地把双腿劈开，分别踏在两个台子上，一边咒骂造台子的人是蠢货——我们的腿还是短了点儿。我的双脚紧紧踩在写有"周"和"汤姆"字样的台子上，谁也别想让我下来了。

我们三个被相互抻得直直的，就像三角形的三条边。我们互相抓着手，嘴里不停地喘气。

这次不行就真得当肉饼了。成败在此一举。

我费劲地低下头，用鼻头使劲拱了一下三角形中心的按钮。

"确认。"

四

眼前不再天旋地转，我睁开眼，看到了熟悉的铁丝笼子和蓝色天花板，它们竟显得那么亲切。

"它醒了。"

一个漂亮的女人给我量完了体温："一切正常。弗兰克博士，看来你输了哦。你这精神分裂的新药连这几只猩猩都搞不定。要知道，它们的智力只相当于十岁的人类小孩呢。"

"好吧，你的大脑改造技术更牛，我承认行了吧？不过这三只猩猩的表现还真挺让人吃惊的，尤其是这只，竟察觉到了电脑程序的漏洞！啧啧，真不赖。"男人指了指正大口吞吃锅包肉的我。

我知道他们在谈论我，不过我懒得理他们。我噎得眼睛都直了。因为我永远不知道，这是不是我最后的晚餐。我不过是一只试验用的猩猩罢了。这些年我身经百战，一次次从各种危机四伏的实验里成功逃离。猩猩们都很崇拜我，叫我"逃脱大王肖申克"。这次不算最险的。还好，总算活着逃出来了，要不然就辱没了我这名声了。

"凯蒂，你今天真漂亮……我听说有一家不错的泰国菜馆，今晚我请客，怎么样？"

"好吧，等我把它们锁好。"

他们走了。看来，美丽的凯蒂小姐今晚不会回来了。

看着汤姆和乔在那里大口吞吃香蕉的愚蠢相，一种莫名的伤感袭来，我感到了孤独。

我靠在笼子边上，摸着鼓起的肚皮看着实验室的窗外。外面下雪了。我想起了电视上，那些讨厌的猩猩们在山林里无拘无束的样子。那是真正的林子。虽然有时候要为瘪肚子发愁，但那里没有笼子，没有各种危险的实验，没有时刻被死神追赶的恐惧和无助。

衣食无忧，这样的生活我应该感到满足。雪越下越大，让我看不清远方了。晶莹的雪花舞动着，看似飞翔却在坠落。

我不再看着窗外，把脸扭过来，注视着装有钥匙的抽屉。

我闭上了眼睛。我真的是逃脱大王吗？

一滴热泪缓缓滑落，滴到了我的手上。

高原峡谷

TIME.SPACE.LOVE

　　时间会让人们把当年惊心动魄的场面渐渐淡忘，只有吹过高原的风，还在把那激动人心的故事四处传唱。

一 请神

六月的北京，天气有点像小孩的情绪——喜怒无常，大雨来得快，去得也急。骤雨刚刚洗净这座城市上空的灰霾便停了，就像魔术师猛地扯掉了盖在天空中的蒙布，把轮廓清晰的北京城暴露在明朗的阳光下，呈现在地球之外的观众面前。

至于到底有没有观众，杨佳珏暂时没有心思往下想。眼下她只是受够了这见鬼的天气，把没有一点点防备的她淋了个正着。不过头发一缕缕地贴在脸上，倒也平添了几丝意外的妩媚。杨佳珏一边抱怨这大陆性季风气候，一边又有些惋惜——可能过不了多久，就不能这么称呼了。因为迎面吹来的风里，已经隐约可以闻到一股海腥味。

如果不是为了完成任务，杨佳珏想不出，遵纪守法的自己有什么机会来监狱。趁着等待办理探监手续的空当，她透过大门上的小窗往里瞄了一眼：和老电影里得到的印象不同，里面简直不像监狱。中间一条极宽的过道，牢房在两边一字排开，光线很亮，地面整洁，没有阴暗脏乱的景象。隐约看见几个清洁机器人在忙碌着，显示出这座监狱的现代化水平。

"不，不行。他拒绝来探望室见任何人。任何人要见他，必须自己到里面去。"

"那好吧。他在哪个房间？"

"进了门一直向前走，左边尽头第一间。顺便提醒你，他的脾气可比今天的天气还差。"

"好的，谢谢。我有思想准备。"

杨佳珏深吸一口气，理了理头发，走进狱警拉开的大门。

人都是有感情的，沟通不顺利的话，往往是方法不对。杨佳珏这样想着。比如要想打破一池平静的湖水，在岸边用力跺脚注定是徒劳，只需要往波心抛一颗小石子就行了。

但她没想到，同样地，要想搅了一座男子监狱的安宁，需要的，只是一双高跟鞋。

咔嗒，咔嗒，咔嗒，咔嗒……

安静的午后，这样极具节奏感的高跟鞋声，无异于惊蛰时分一阵唤醒虫子们的春雷，整座监狱随之骚动起来。

"嘿！长腿小妞，看这边！"一个大个子囚犯张嘴笑着，身体抵着牢门栏杆，就像一只短舌头的野狗。

"看这儿！""这儿！这儿！"其他犯人跟着起哄地叫道。

杨佳珏目不斜视，但已脸色绯红，呼吸急促。犯人们越来越起劲了。还有十几步的距离，她硬着头皮往前走着，只怪这过道怎么这么长！

突然，前面传来一声干咳。起哄声立刻低了下去，等杨佳珏走到最后一间牢房的前面时，这里竟变得和之前一样安静了。

干咳声就是从最后这间牢房传出来的。一个精瘦的背影背对着外面，双腿盘着，腰板直挺，好像在打坐。

"吓到你了吧。如果知道他们这样无礼，我会考虑出去见你的。不过放心，下次不会了。"没等杨佳珏开口，里面的人先说道。不过他并没有动，仍然保持着原本的姿势，背对着杨佳珏。

"没关系的，谢谢。您好，张老师，我是……"

"让我先用耳朵猜猜你是谁，说错了你再告诉我也不迟。"

"用耳朵？"杨佳珏有点不明白他的意思。

"从你走路的节奏判断，你的鞋子并不太合脚，可能是新鞋。这说明你平时不穿高跟鞋，不会是为了见我才匆匆买的吧？那可太荣幸了。你的嗓音听起来在二十四五岁，这个年龄段还不习惯高跟鞋的女孩，应该还在读书，是研究生吧。你叫我老师也证明了这一点。刚才的起哄说明你长得还挺漂亮。那么，你是楚天舒的学生？"

杨佳珏张大了嘴巴，惊讶得说不出话来。面前的这个人还没转过身看她一眼，就把她的信息分析得清清楚楚！

"我说得对不对？"

"您说得一点都不错。"

里面的人转过身，面露得意之色。他看起来并不像一个五十几岁的人，尤其是他的眼睛，透着一股孩子般的明亮。突然，他好像很吃惊的样子，看着杨佳珏的脸好一会儿，好像在辨认什么似的。

"张老师闻声识人，名不虚传，学生实在是佩服。"杨佳珏先打破了这小小尴尬。

"咳，雕虫小技而已，见笑了。敢问姑娘芳名？"

"我叫杨佳珏，现在跟着楚老师学习，研究方向是地质动力学。"

“在下张一川，也是搞动力学的。”

“张老师的名字如雷贯耳！说起来，我应该叫您一声师叔呢！”

“套近乎就不必了，我早就被逐出师门了，叫我老张就行。”

老张的双眼滴溜溜地盯着杨佳珏鼓鼓的提包，嘴角微微上扬了一下：“大名鼎鼎的楚院士让你来找我，想必是遇到了小麻烦？”

“我们的工程是遇到了……一点问题，希望能得到您的帮助。”杨佳珏一边从包里掏出一沓厚厚的工程资料，一边咬着嘴唇说道。

“哎哟，那可使不得！楚院士都解决不了的麻烦，我这个阶下囚怎么敢造次插手呢？这可使不得！赶紧收回去！”

“张老师，我知道您和楚老师之间，有点误会……”

“误会？把我设计进牢房关了十年只是误会！哈哈哈！”老张放声大笑。其他犯人听到笑声，又开始骚动起来。

“张老师，您应该知道，外面的形势已经什么样了……这将是个影响人类未来发展的超级工程，关系到数亿人的生活，希望您能不计前嫌，帮我们攻克难关，一起创造历史！”杨佳珏不想放弃，此时此刻，她感到肩上的责任千钧重，自己简直就是圣母玛利亚，救世主一定要在今天诞生。而且，这地方她再也不想来了。

老张的眼睛亮了一下，但随即又恢复了不屑的神情，把脸贴在栏杆上盯着她：“我对外面的形势不关心，对创造历史也没兴趣。回去告诉楚天舒，就算他亲自来求我也没门儿。”

杨佳珏失望地转过身，看来这次是无功而返了。临走前，她忍不住回头看了一眼，发现老张正出神地望着她，见她回头，又马上皱紧了眉头，叫了一声：“告诉他，没门儿！”

杨佳珏眼珠一转，噘起小嘴小声说了一句什么，便迈开步子要走。

“回来！你刚才嘀咕啥？”张一川一脸怒气地瞪着她。

“没嘀咕什么啊。反正您也不感兴趣嘛。”杨佳珏故作轻松地说道。

"我都听见了！你说'还以为多厉害呢，不过是浪得虚名罢了'。是不是？"

"看见那么厚的资料，心里发怵是可以理解的，尤其像您，在这里面待了十年了。外面的研究可是一刻没停呢。"

"你觉得我害怕了吗？"

杨佳珏不说话，昂起脸，大眼睛忽闪了几下，既是承认，又像挑衅。

"你究竟知不知道我是谁？"

"我只知道 SCI 里被引用次数排前二十名的地质动力学类论文，有十一篇的第一作者是您的名字。我们现在一直在用的教材，是您主笔的，我还知道您是闻院士的关门弟子，还是发明地动仪的张衡的第七十九代后人。"

这一招是临行前，楚天舒叮嘱杨佳珏的"锦囊妙计"，正中老张的软肋。虽然明知是激将法，但是连显赫的祖先都被挖出来了，老张知道面前的小丫头并不好对付。他叹了口气："资料拿过来！"

杨佳珏喜笑颜开地把资料递了进去。

"天梯工程？"老张瞟了一眼封面。

"对！"杨佳珏点点头，从项目的大背景开始，向老张介绍起整个工程来。

"挑重点说，你只有五分钟了。"老张头也不抬地打断了她，眼睛仍在快速地扫着资料。

杨佳珏吐了吐舌头，三句并作两句地开始说明。门口传来一阵敲打声，狱警在提示时间到了。等杨佳珏讲完，老张也正好翻完了。啪，他手一扬，把资料丢了出来。

"怎么样，张老师？"杨佳珏怀疑他刚才有没有认真看。

"按照你们的搞法，光是一期工程部分就至少要三十年。"

"对。问题就在于，我们等不了三十年啊。您有什么办法吗？"

"办法不是没有。你们想不想把三十年的工期变成三个月？"

"啊，张老师！我们要的就是这个！"杨佳珏声音颤抖，激动地跳了起来。但接下来，她又像一个泄了气的皮球。

因为老张已经转过身去，幽幽地说道："但我要是不愿意帮你们呢？"

回去的路上，杨佳珏没说一句话。她不想让楚天舒失望，可越这么想，心情就越沮丧。

"楚老师。"杨佳珏唤了一声。门半开着，楚天舒一边接着电话，一边示意她进来坐下。杨佳珏感觉自己没把事情办好，不好意思坐，局促地站在办公桌旁。

"怎么样啊，小杨？"楚天舒扶了扶眼镜，微笑着问道。

"我费了半天劲，才让他看了项目资料。可张老师他……不愿意帮我们。"杨佳珏没好气地说道。

"哦？他怎么说的？"

"他说……就算您亲自去求他，都没门儿。没门儿！"杨佳珏把老张的语气都学出来了。

楚天舒被她逗乐了："还说了什么？"

"嗯……还问我知不知道他是谁，问我们想不想把项目工期从三十年缩短到三个月。"

楚天舒突然哈哈大笑道："这个混账东西，太了解我了！你注意到他的房间里都有什么了吗？"

杨佳珏努力回忆了一会儿："倒没有什么特别的，只有书，很多的书。"

"这就对了。小杨，你已经成功了。只不过以他的德行，不会这么痛快地答应下来，他想要提条件。过两天你再去一趟，准能成了。"

"什么条件？"

"不管什么条件，都答应他。"楚天舒的语气很严肃。

看着杨佳珏吃惊的样子，楚天舒的语气缓和下来："对了，小杨，晚上有几位局里领导请吃饭，你没事的话，和我一起过去吧。"

"我……在实验室的数据……"杨佳珏支吾着，她实在不想去。

"实验室的事，交给赵鹏就行了。晚上我开车去接你。七点钟，别迟到了啊。"

是啊，这也是工作的一部分。楚天舒经常这样和她讲。比起实验室的枯燥研究来，这样的工作对项目的推动更有效呢。想起每天泡在实验室的男朋友赵鹏，杨佳珏心里升起一丝愧疚。不过既然都是为了项目，也就无所谓了吧。

杨佳珏有些失落地发现，当她的高跟鞋交响乐再次在监狱的过道上奏响时，却没有得到想象中的回应。整座监狱静如死水，男人们隔着铁栅盯着她，表情就像被骗了的公牛。

"怎么样，我和你说过，他们不会再无礼了吧。"好像预料到杨佳珏会再来似的，老张有些得意地先打了招呼。

"您是这里的头儿？"杨佳珏试探着问道。

老张没有直接回答，笑嘻嘻地说："我只不过能让他们过得更舒服些。当然，得是我高兴的时候。如果我不高兴，他们就会过得难受一点。"

杨佳珏接着话题说道："早就听说，张老师即使身在此处，仍有很多工程公司跑来请教您。"

老张笑道："他们都有一个特点。"

"哦？什么特点？"杨佳珏装不懂。

"出价都很高。"老张倒很坦然。

"那是不是只要出价高，您就肯出手相助呢？业界传说，还没有您搞不定的问题呢。"杨佳珏赶紧给老张现场定制了一顶大高帽。

"当然。帮别人就是帮自己嘛。"

"那太好了！天梯工程的事，就拜托您了！您开个价吧！"

老张用眼睛打量了一下杨佳珏，讥诮道："楚院士真大方啊，和那些花自己钱的小家子气民营企业家就是不一样。"

"张老师，您就别冷嘲热讽了。您说个数儿，我去跟楚老师汇报。"

老张摆了摆手："这个项目，我不会要一分钱。"

"啊！张老师！您真是高风亮节！"

"哎哎，你这孩子！我还没说完呢。虽然不要钱，但我有三个条件，缺一不可。"

"什么条件呢？"杨佳珏拿出一个小笔记本，准备做记录。

"第一，我要立刻获得假释，这样我才能投入全部精力参与这个工程；第二，在项目组里，我要一个总工程师的位置，至少是副总工，要有绝对的话语权，可以调遣一切资源。"

"第三呢？"

"第三嘛，"老张踱着步，慢悠悠地说道，"十瓶 59 年的茅台酒，明天就要。"

杨佳珏皱了皱眉头："张老师，我对酒算有一点了解，您刚说的可算是稀世珍品了，只怕整个市场都没有十瓶。您这不是成心为难我们吗？"

老张笑了："可以啊，看来楚天舒没少带你应酬吧？市场上是没有，不过楚天舒知道哪儿有。能不能搞到手，就看他的本事了。"

"张老师，您说的前两条都可以商量，但这第三条……冒昧问一句，和整个工程有关系吗？"

"怎么没关系？"老张瞪圆了眼，一脸正经地说，"这是工程的一部分！"

二 天梯工程

啪!

楚天舒接过杨佳珏的笔记本，看了一眼便拍案而起："简直无理取闹!"

从没见过导师发怒的杨佳珏，看到楚天舒刚才的样子，吓得不禁耸了一下肩膀。

导师眼睛微闭了一会儿又睁开了，仿佛做了什么重要决定似的："小杨，我要出去一趟，明天才能回来。你和赵鹏把后天专家评审会的材料再整理一下。"

"您有办法了?"

楚天舒叹了口气："张一川醉翁之意不在酒，他是在试验我的公关能力。他已经预见到，这个工程将会面临很大的阻力。这种酒买不到，只有顶级的收藏者才有。据我所知，这样的人整个北京只有一个。只是我人微言轻，姑且试试吧。"

杨佳珏惊讶于导师说话时的敬畏语气，这激起了她的好奇心，虽然话一出口她就后悔了："您要去哪儿?"

作为学生，她本不该打听导师的行踪的。

楚天舒回过头看了她一眼，轻轻吐出三个字。

听了之后，杨佳珏就更加后悔了。她知道那并不是指一种香烟的牌子。

第二天晚饭之前，一份假释批准文件，一份聘任书，以及一排贴着封条的酒盒，摆在了老张面前。老张眼前一亮，随即朝探监室外望了望。果然，杨佳珏在走廊里和一个男人正说话。

他一眼就认出了楚天舒。

老张大笑道："既然来了，怎么不进来和老朋友叙叙旧？"

楚天舒沉吟了一下，推门走了进来，脸上带着笑容。

"好久不见了，张师弟！恭喜你重获自由。"

"哎哟，托楚院士的福，让我体会到自由的可贵啊，哈哈！"

楚天舒的笑容有些僵硬，但是语气仍很亲切："这么多年，都没空来看看你，真是不好意思啊。过去的误会，希望你能放下，不要影响了工作和我们多年的师兄弟感情。"说着，向张一川伸出了手。

老张迟疑了一下，也伸出了手。杨佳珏看着两个年近五十的男人握手笑着，心想这就叫作"相逢一笑泯恩仇"吧。

楚天舒的电话很合时宜地响了起来。他和老张匆匆道别，一边接电话，一边用手势向杨佳珏交代了什么。后者点头会意，留了下来。

办完手续，张一川穿上自己的衣服，在镜子里照个不停。近十年的牢狱生活使他变得清心寡欲，但没有让他意志消沉。他甚至感觉，自己比入狱前看起来更年轻了。杨佳珏看着老张，联想起《西游记》里被压了五百年的孙悟空，刚穿上唐僧亲手缝制的虎皮裙的场景，忍不住笑了出来。

"你笑什么？不好看吗？"老张恼道。

"没有，挺帅的。张老师，我带您去买套新西服吧，您这原来的已经有些大了。"

老张又照了照镜子："还真是。不过干吗要你带我买？"

杨佳珏板起了脸："张老师，这也是工程的一部分。明天有个重要会议，作为副总工程师，您必须得参加。"

会议在学院顶层的会议室进行，几十位专家坐得满满当当。楚天舒西装笔挺站在巨型演示屏前的台阶上。他的头发虽有些白了，但根根都很精神，散发着一种学术泰斗的气质。

楚天舒清了清嗓子，"各位专家、学者，大家上午好。很荣幸邀请大家参加这次会议，对天梯工程的可行性进行评审分析。"

楚天舒环顾四周，表情变得凝重："在正式开始之前，我想先通知大家一个刚刚才得到的消息：上周的浮岛撞击事件，确认已经造成两座浮岛沉没，大约二十万人不幸遇难。"

台下一阵唏嘘之声。

"浮岛是啥？"老张小声问身旁的杨佳珏。

"就是人工制造的超大型生态船。一些低海拔国家的人们，自从海平面上升淹没了他们的国土以来，就在这些大船里漂着。上周的一场海上风暴，让两座浮岛相撞，造成浮岛底部结构断裂，岛内涌进大量海水……怎么描述呢，您看过《泰坦尼克号》吧？"

"唉，真惨。"老张露出了痛苦的表情。

楚天舒继续说道："那么显而易见，浮岛模式有着巨大的隐患，其可行性需要重新评估。我们需要更安全、可靠的方案，来缓解海平面上升造成的陆地面积减少问题。下面，请允许我为大家介绍我们的天梯工程。"

说着，他的激光笔向屏幕上一指："大家请看，这里是西藏的地貌图。作为一个面积达 120 多万平方千米，人口却只有 300 万的高原，大家想到了什么？对，这是一个绝佳的容纳人口之地！"

"我打断一下啊，楚院士，有个问题。青藏高原虽然辽阔，但是一部分为山川地貌，根本无法形成密集居住的城市形态。即使不考虑收纳外国难民，光是承载国内沿海的人口数量，都很难吧？"一位胖胖的专家说道。

"别急，我马上就会说到这些。"楚天舒微笑着回应道。"正如这位专家所说，青藏高原上都是山川，怎么形成城市？这就是天梯工程要解决的问题之一，我们并不需要把城市建在平原上！"

巨大的屏幕上，显示出一幅天梯工程的平面图。画面上有一座山，山的轮廓由水平和竖直的线段组成，呈倾斜的阶梯状，好像沿着山脚拾阶而上就可以登上山顶，像极了一座金字塔。

"大家可以看到，经过工程改造后的山体，它的表面不是平面，而是由很多高度差为五米左右的小水平面和竖直面组成的阶梯面。但是，这还远远不够，请看。"

画面上出现了另一座山，与第一座相距一段距离。两座山相对的轮廓线顺势而下，最终交汇于一点，形成了一座深深的 V 字形峡谷。画面局部放大之后，可以看见峡谷的轮廓边也是阶梯状的，不过更像一个倒立的金字塔。

"这就是我们的设想，天梯工程的主体，高原峡谷。与峡谷相比，上面山体的人口承载量要小得多，工程量也小，施工难度也低一些，就不在这里做重点讨论了，重点是峡谷部分。一座夹角为 60 度的等边中型峡谷，深度可达两千米，宽度两千三百米，按每五米为一阶梯计算，每一千米的长度上就可容纳四百八十万人，相当于西藏人口数量的 1.5 倍！"

"为什么要设计成 V 字形？"一位老专家推了推老花镜，刚刚看清前面的显示屏。

"增加表面积呗。"老张随口说道。

楚天舒见台词被抢，鼻翼动了一下，隐约有一丝不悦。但外人是绝对看不出来的，除了杨佳珏。她有些诧异，印象里导师并不是这么小气的人啊。

"对，这样可以显著地增加表面积。比如以上面的等边 60 度峡谷为例，其表面积是之前平原的二倍。我做个比喻，大家就好理解了：如果把地球比作是人的大脑，峡谷就是大脑皮层上的沟回。沟回越多，大脑皮层的面积就越大，就能处理更多的信息。"

"不对，峡谷的表面积虽然增加了，但是水平方向的投影面积并没有变，能利用的部分还是原来那么多吧？"

这次老张没有开口，眼睛也微微闭了起来。楚天舒心中暗喜，笑着答道："只考虑水平方向的面积确实没变，但是竖直方向的面积却增加了一倍。只要把建筑设计成 L 形状，就能充分利用竖直方向的空间资源。实际上，我们建立了一座非常有立体感的城市。而且由于峡谷的海拔相对较低，习惯了低海拔环境的人们也不用担心高原反应了。"

台下的专家开始交头接耳地讨论，气氛变得热闹起来。

"这个工程量可非常大啊。在青藏高原上硬生生刨出一座座峡谷来，可不比其他地方，因为刨的不是土，而是高硬度的岩石啊。"

"就算用人工爆破，几十亿立方的岩体也够炸上几十年的了。"

专家们的话并没有让楚天舒感到沮丧，好像他早就预料到了这情形似的。"那么，这个问题请张一川先生给大家解答。"

听到老张的名字，台下骚动了一阵。虽然老张离开了学术圈近十年，但资历稍深一点的专家都知道这个名字。大家安静下来，把目光聚集在那个仰面斜躺在椅子上的人。

那个人竟然睡着了。

杨佳珏满脸通红地推了推老张："张老师，醒醒！"

老张眼睛都没睁，慢悠悠地说道："高原改造峡谷的工程用时问题，大家不用担心。不出三个月，第一座峡谷自然会造好。"

一个中年专家不屑地笑道："呵，三个月？难道是等着高原上自己裂出一道大缝来吗？哈哈！"

"对！"老张的眼睛突然睁开了，大声说道，"只不过，我们要轻轻推一把，把山体自身的能量激发出来而已。"

"您是说，利用激振源来诱发山体的共振？"

老张打量了一下这个说话的年轻人，他戴着镜片很厚的全框眼镜，坐在远离长桌的地方，好像是来旁听的。

"没错。"老张赞许地点了点头。

"我不同意！青藏高原地区的地壳板块活动很强烈，可不能胡来！你们知道我的意思！"一位老专家激动地嚷道，立即有几个人附和着反对起来。老张和楚天舒试着解释了一阵，这样做不过是在世界屋脊上改变一个小瓦片的形状而已，可是反对的声音仍越来越大。

啪！老张愤怒地一拍桌子："够了！我问你们一个问题，只要有人能答出来，这个方案立刻就毙掉！谁能描述喜马拉雅山北坡到冈底斯这个区域的地壳厚度变化趋势？不用太精确，误差不超过半千米就行。"

会议室里立刻就安静了。

老张叹了口气："作为专家，你们最大的问题就是对于自己研究的领域并不了解。"楚天舒赶紧打了个圆场："上午的评审先到这里，我们下午继续讨论方案的可行性，大家辛苦了！"

和老张接触了这么久，杨佳珏还没发现他和楚天舒有什么共同点。不过她今天发现了。

他们都喜欢拍桌子。

下午的会议，赞同与反对的双方进行了拉锯战。不过好在方案最终还是通过了评审，但必须先做试验，以三个月为期限，先造一座小型峡谷出来。

"三个月够吗？"会议快结束时，楚天舒小声问老张。

"放心。我什么时候骗过你？"老张有些不快。

"那就好。"楚天舒露出了笑容。

这时，老张发现那个戴着"啤酒瓶底"的年轻人还没走，便问楚天舒："那个小伙子是谁？"

"你说赵鹏啊，我的学生，也是小杨的男朋友。他主要负责数据分析与仿真这块儿……"

没等他说完，老张人已经飘了过去，拉住了赵鹏的手。

"嘿，小赵！"他对赵鹏眨了眨眼，"想不想跟我一起干？"

三 铸犁

"我不明白，您为什么非要坐飞机来看这些。在卫星地图上不是看得更清楚吗？"杨佳珏有些不高兴地抱怨道。这几天来，她和赵鹏什么都没干，光陪着老张四处飞了。

"不一样，不一样。"老张出神地望着舷窗外的景色，好像在自言自语。"只有在飞机上亲自看，才能感觉到大地山川之美。"突然，他指着下面一处汪洋道："这里是上海？"

"嗯。"杨佳珏俯瞰那些从海面冒出的高楼大厦，从她的角度看，那些孤零零的建筑尖儿像极了一个岛屿群。

"曾经是上海，不过现在要倒过来念了。"赵鹏苦笑道。

老张撇了撇嘴："哼，几十年前就有人呼吁，要重视海平面上升过程中的热泵效应，只是那时的太阳活动强度远没有现在强烈，根本没被当回事。"

看杨佳珏睁大眼睛似懂非懂的样子，赵鹏解释道："冰盖的融化会导致极地地区释放更多的淡水资源，那么来自赤道低纬度方向的高盐度温暖海水会补充到两极海域，这就像一台巨型热泵，不断把热量送到两极，从而加速冰盖的消融。"

"一个恶性循环。"杨佳珏吐了吐舌头。

老张表情严肃："天梯工程不能再耽搁了。回去准备帐篷吧，我们明天就进藏。"

杨佳珏小小地激动了一下，终于要开始了。她还发现，面前的这个老男人认真起来的样子，简直帅极了。

虽然入了夏，阳光像金子一样铺满大地，可藏北高原上的风却没有热情好客的传统，吹得杨佳珏缩紧了脖子，蹒跚地跟着勘探队伍，往高原深处进发。赵鹏这个家伙倒很精神，和老张并肩在前面走着，一路热烈讨论着什么。

"张老师，您说的方案，我有一个地方不明白。"赵鹏大声喊道，声音终于盖过了呼呼的风声。

"啊？"

"利用激振源使山体共振的原理没问题，但是高原是一个整体，振动会一直传播开去，能量被整个高原地区的地壳吸收掉，怎么形成我们需要的 V 字形峡谷呢？"

老张蹲下来捡了一块石头，看了看又摸了摸，便扔进了赵鹏的背包，拍了拍手说道："我问你，两列完全相同的简谐波，相遇时相位相同会怎么样？"

"波峰与波峰叠加，波谷与波谷叠加，振幅加倍。"

"如果相遇时相位差半个周期呢？"

"那波峰就会遇见波谷，两列波就互相抵消了。啊！张老师，您是说利用波的干涉原理，人为制造隔离带，来限制振动的传播！"赵鹏恍然大悟，有种拨开云雾见月明的感觉。

"对。我们可以把峡谷简化成一个三棱镜形状的五面体。除了地面，其余四个边界——两个竖直平面，两个长斜面都是与周围的地壳一体的。我们要做的，就是在山体振动的时候，使相差半个周期的波在这几个面上相遇就行了。"

赵鹏的脑子里出现了这样一幅画面：天空中出现一把巨大的钝

刀，在高原上竖着切了两刀，又在两边斜向下各切一刀，就像切蛋糕一样。只要把切出的这块蛋糕吃掉，峡谷就形成了。

"怎么形成倾斜的边界面，就不用我解释了吧。"老张说着，又捡了好几块石头。

"边界面垂直于两个振源的连线。只要振源的连线是倾斜的，边界面自然也是倾斜的，并且是互成补角的关系。如果要造一座三千米宽的等边峡谷，我们需要高度差为六百五十米的两个振源！"

"嗯，反应挺快的嘛。"老张淡淡地说了一句，算是夸奖了。"回去要测定这些石头的成分和密度，我们要……"

"计算峡谷的固有频率[①]。"杨佳珏气喘吁吁地抢答道。不知什么时候，她已经赶上来了。刚才的对话，她可一句不落地听着呢。

"不错。我是说，你们俩都不错。"杨佳珏和赵鹏相互看了一眼，嘻嘻笑了起来。

"不过，我刚才只是简单地说了原理，实际情况要困难得多。地壳本身就有很复杂的波动，要消除这些干扰，需要用傅里叶变换把它们分解成很多叠加的简谐波。测完密度之后，需要对峡谷建模进行有限元仿真模拟，再做验证性实验——总之，我们的工作量很大，时间也非常紧。你们的负担将异常繁重，无论是身体还是精神上的。如果怕顶不住，现在走还来得及。怎么样，怕不怕？"

"不怕！"一股豪气直冲杨佳珏的嗓门，她第一次感觉到，自己对于世界是如此重要。

[①] 产生共振的条件是两个系统的固有频率相等或十分接近。固有频率与该系统本身的质量和刚度系数有关。测定岩石的密度与成分，可分别得出峡谷的质量和刚度系数，进而求出其固有频率。

四 舞动的高原

两个月很快就过去了，准备工作紧张有序地进行着。高原岩体
采样、模拟仿真计算、激振源的布置、控制系统的搭建……原本空
旷萧索的高原上，帐篷渐渐多了起来，每到晚上，灯火通明的帐篷
点缀着辽阔的黑暗，就像闪闪发亮的晶石嵌在高原上。其中最大的
一块晶石，就是天梯工程的现场指挥中心。今天晚上，这里热闹非常，
所有的工程人员都聚在这里。老张在人群的中心，发表着试验之前
最后的动员演说。

"经过两个月的辛勤努力，我们的准备工作已经就绪，达到了可
进行试验的状态。这将是一次意义非凡的试验，可以说天梯工程的
成败在此一举。请各位再最后检查一遍各自负责的部分，确保明天
的试验万无一失。谢谢大家！"

试验定于早上九点进行。楚天舒也坐飞机早早地赶来了，同行
的还有几位领导。楚天舒像见了亲人似的，给老张一个大大的拥抱，
同时把嘴凑到他的耳边嘀咕了一句："一川，给大家伙儿介绍介绍试
验内容，说得形象点儿，别搞砸了啊。"

老张面露难色，但还是带着大家绕着试验场地走了一圈，边走
边介绍着，虽然他不确定他们是否能听懂。老张感觉有种说不出的
别扭，自己就像个蹩脚的导游。

"关于共振现象的发现，最早要追溯到十九世纪中叶。当拿破仑
的一支军队步履整齐地通过曼恩河上的一座大桥时，因为士兵步伐
的频率和大桥的固有频率一致，与桥产生共振，导致大桥瞬间崩塌。
对共振研究比较深入的科学家，当属交流电之父尼古拉·特斯拉，
相传当年他在做机械共振试验时，险些把纽约振成了两半儿……啊，

扯远了，我们来看我们试验用的激振器……"

控制台有人向老张做了个手势。老张暗暗松了口气，试验时间到了。

等所有人都退到安全区域后，楚天舒启动了试验开始的按钮。由于首次试验更多的是为了验证方案的可行性，所以峡谷的规格并不算大，宽度一千米，长度一千五百米。激振器按一大四小分为五组，最大的一组作为主振源，固定在峡谷地表的中心。另外四组在峡谷轮廓外，用来限制振动向外传播。让人意外的是，试验开始后现场仍非常安静，并没有看到山崩地裂的景象，只有当风小的时候，可以听到激振器的轻微嗡嗡声。

整个上午，试验场地看上去都没什么变化。随着时间的推移，杨佳珏的心里也打起鼓来。但是看到老张和赵鹏都是一脸自信的样子，便也平静下来，耐心等待着。毕竟，距离理论计算出的可观测出响应的时间，还有十几分钟。

"来了！"老张突然兴奋地大喊。

大家都竖起了耳朵、瞪圆了眼睛，可令人沮丧的是，仍然什么都没有，只有呼呼作响的风掠过高原。

就在几位领导起身欲走的时候，低沉的轰隆声从脚下传出，眼前的大地开始颤抖起来。

轰隆，轰隆……起初只是轻微的抖动，渐渐地，峡谷区域的地面振幅越来越大，开始有规律地起伏起来，好像一颗正在跳动的巨大心脏！

所有人都惊呆了，如果不是亲眼所见，根本无法相信坚实的大地会像果冻一样，跳起了轻盈的舞蹈。令人惊奇的是，在峡谷区域之外的大地却没有什么变化，他们的脚下只能感觉到很轻微的振动！

很快，峡谷的边界出现了裂纹。裂纹迅速扩展，就像游动的小蛇，很快把峡谷与周围的大地分裂开来。峡谷区域振动得更加剧烈了，震耳欲聋的轰鸣声让人感到害怕。杨佳珏敬畏地想，如果真有自然之神存在，神发怒的时候就应该是眼前的景象吧！老张却是一脸如醉如痴，仿佛是在欣赏一场交响音乐会。她又看了一眼赵鹏，竟是和老张同样的表情。

随着岩石碎裂的咯嘣声，剧烈的抖动渐渐平息下来。老张示意关掉激振源后，大地重新归于平静。整个峡谷区域的山体已经按照预定的形状，被振成了大小不一的碎块。剩下的工作很简单，只要把碎石运出去，峡谷就形成了。

"成功了！"杨佳珏和赵鹏都兴奋地跳了起来。老张也舒了一口气，咧嘴笑了。

楚天舒也很高兴，激动地大喊："走，所有人都和我们一起飞回去，我们今晚不醉不归！"

五 往事

庆功宴上，老张喝得酩酊大醉。他不知被敬了多少杯酒。眼前的面孔已变得模糊而相似，只能听到楚天舒在介绍时，对方的官衔一个比一个大。

他已经十年没有喝酒了，也已经十年没有醉过。

楚天舒使了个眼色，示意杨佳珏和赵鹏把老张送回去休息。两个聪明的学生会意地点了点头，把不省人事的老张扶了出去。

快到酒店门口时，赵鹏的电话突然响了起来。接了电话后，赵鹏有些踟蹰地说道："楚老师叫我回去，说要把我引荐给几个领导……"

"你快去吧，我一个人就够了。"杨佳珏微笑着，她知道对于木讷寡言的赵鹏，这是一个极为难得的机会。

"那我回去一下，马上过来找你。"赵鹏感激地看着自己的女朋友，心里涌起阵阵暖意。

"嗯。路上小心。"目送了赵鹏的背影，杨佳珏有些吃力地把老张搀进了房间。

赵鹏去了很久也没回来。杨佳珏盯着睡着的老张出神。两个月前，眼前的这个人还身陷囹圄。而现在，他却刚刚指导完成了一次伟大的试验，在人类征服自然的道路上又迈出了一大步。杨佳珏不得不承认，老张虽然脾气古怪，为人高傲自矜，但却有种非凡的魅力。她正想着，看到老张发红的面颊和汗津津的额头，便伸出手去，想替他解开衬衫的纽扣。

她的手指刚碰到老张，手腕便被握住了。

"你要干啥？"老张的眼睛睁开了，不紧不慢地说。

"张老师你不要误会……我看你满头大汗，想替你把扣子解开透透气。"杨佳珏红着脸解释。

"哦。这样啊。"老张轻轻放开了手，坐了起来。"楚天舒这个无耻老浑蛋，真是不得不防。"

"你为什么要骂楚老师呢？"

老张瞥了一眼杨佳珏，叹气道："你真的不明白？"

"我不懂你的意思。"

"我只是装醉，躲开那些无谓的应酬，这一点楚天舒自然清楚。他为什么要你们俩送我回来？又为什么要找借口把赵鹏叫走，把你留在这里和我独处？他的歪心思你不知道？"

杨佳珏意识到了什么，脸红到了耳根，委屈得眼泪在眼睛里打转："我……我真没想到……"

"这不怪你。你也是被利用了，他只是想更好地控制我而已。我和他斗了二十多年了，什么招数都见过，这个算是好的。你知道我是怎么进的监狱吗？"

"不知道，这个楚老师没提起过。"

"他当然不会提。当年也有个大工程，我和他分别负责两个重要部分。我这边的预算比较少，追加的几亿项目款还没批下来，可是我等不了了。他暗示可以帮我挪用另外一笔款子，我没多想，就按他说的弄了。你猜怎么着？然后我就被举报了，举报人就是他的学生。"

"他为什么要这么做？"

老张笑了："嘿嘿，因为我抢了他的老婆啊。"

老张把窗子和门都打开，清凉的风灌进来，令人神清气爽。这是一个适合讲故事和听故事的时刻。

"我是在一次交流会上认识她的。她叫郑雯，也是圈子里的，那时已经是楚天舒的女朋友，两人也到了谈婚论嫁的阶段。和她四目相对的时候，我的心就抽了一下。怎么说呢，叫一见钟情也不过分。当时就感到一股强烈的保护欲，绝不能让这么美好的女孩子落在楚天舒的手里。"

"然后呢？"杨佳珏听得津津有味。

"正好那天我有一场演讲。为了吸引她的注意，我讲得特别出彩。后面嘛，我从别人那里搞到了她的电话号码，开始疯狂地追求她，终于把她从火坑里拉了出来。"

"再然后她就义无反顾地跳进了另一个火坑？"

老张白了杨佳珏一眼："我可比楚天舒那个花花公子强多了。"

"再后来呢？"

老张突然不说话了，点了支烟猛吸几口，缓缓说道："后来我们结婚了。婚后第二年，在一次勘探活动中，她不慎跌了下去，带着我们没出世的孩子。而我就在旁边，眼睁睁看着她挺着大肚子，一边翻滚一边喊我的名字……"

"张老师，对不起，让你提起了伤心往事。"杨佳珏有些愧疚。

老张摆了摆手："都过去了。从那时起，楚天舒更加对我耿耿于怀，才有了后面的事。"

"没想到楚老师是这样的人。"杨佳珏有些失望，她一向很尊重的楚天舒，竟然这样工于算计，不择手段。

"你可知道楚天舒为什么让你出面找我？因为你和郑雯长得太像了。"老张突然说道。

杨佳珏惊讶得说不出话来。

"第一次见你，我确实吃了一惊，以为出现了幻觉。你一说明来意我就知道，楚天舒的这个忙我非帮不可了。"

"张老师……我不知道该说什么了。我也不知道怎么感谢你。"

老张拈起杨佳珏的手，杨佳珏感到一阵酥麻从手臂上传来。这一刻，她甚至有些希望，自己要是郑雯就好了……

老张直起身笑道："打电话叫赵鹏赶紧过来，我包里还有酒，咱们三个开一个真正的庆功宴！"

六 "盘古计划"

第一座峡谷中的碎石很快清理好了，并按设计蓝图把峡谷的斜面修成了阶梯状。碎石中含量丰富的黄铁矿派上了用场，经过冶炼之后重新回到高原，成了新式建筑的钢筋铁骨。短短几年间，一栋栋楼宇依傍天梯高耸林立,像山间的树木一样茂密。后来的人们喜欢称之为"峡谷中长出的城市森林"。与此同时,天梯工程团队并没有停下开拓峡谷的脚步,紧接着是第二座,第三座……

天梯工程的成功,在国际上引起了巨大轰动,无数的移民申请像雪花一样飞来。这几年里,楚天舒获得了无数的荣誉,同时也苍老了很多。作为天梯工程的总负责人,他事无巨细地管理着这个庞大的项目,以确保一切都在自己的掌控之内。有多久没去过实验室了?他记不清了。又有多久没去工程现场了?他也说不上来了。反正有赵鹏,有杨佳珏,还有张一川。想到张一川这只桀骜难驯的猛虎,最终还是为己所用,他的嘴角不禁露出得意的微笑。也许比起天赋和才华,自己不如张一川,但若论运筹帷幄和人情练达,师弟在他面前简直就像个稚气的孩子。这个比喻甚至让他对张一川产生了一种带有怜悯的好感。也许,自己从来没有真正恨过他呢。楚天舒正想着,突然一个人没敲门就走了进来,来的不是别人,正是张一川。

老张拿起桌子上的烟便抽:"我发给你的报告看了吗,楚总?"

楚天舒很受用这个称谓,但仍一脸亲切地纠正:"叫我老楚就行,又没有外人。你说那个'盘古计划'吧?我看了。你们做了仿真模拟吗?"

"当然做了,没问题。"

"但我觉得风险还是存在的。这个规格的巨型峡谷,振动起来的能量太大了,万一出了问题,后果不堪设想啊。"

老张跷着二郎腿,吐了一个大烟圈:"你怎么和那些专家似的?他们害怕可以理解,恐惧源于未知嘛。现在的搞法效率太低,你可是学术权威,畏手畏脚的话,那些后生们可要看你笑话了啊。"

楚天舒受不了老张的讥讽,但仍镇定地问道:"你有多大的把握?"

"没有百分百的把握,我是不会出手的。而且,"老张站了起来,看着楚天舒的眼睛说，"我也不想再进号子了。"

楚天舒感觉得出，张一川不是在开玩笑。而真正使楚天舒下定决心的，是老张看似不经意的一句话："搞成了这个'盘古计划'，你楚天舒的名字足以载入史册了，连咱们的老师闻院士都比不上你了啊。"

楚天舒笑了，老张也跟着笑了起来。

"好，我去跟领导汇报一下。"

转眼又到六月。夏天到了，工程开始的日子就快了。

"哎哟！恭喜恭喜！祝贺你们完成爱情长跑，到达幸福的终点站！"老张把玩着杨佳珏递给他的小红本本，那是她和赵鹏的结婚证。两个人依偎在一起，一脸甜蜜。

"谢谢张老师！我们想赶在'盘古计划'开工前把证领了，也好安心工作嘛。"

"动作够快的……我这也没什么准备礼物给你俩，等婚礼再补上吧。就先给你们放一礼拜的假，正好我也要出去一趟，回来咱们可就要开工了。"

小两口听了之后，高兴得小鸟一般飞出去了。

老张的脸上，却闪过了一丝忧伤。

松柏青青的墓园里，老张站在一座墓前，对着墓碑发怔。

时间愈合不了心上的伤口，只能缓解疼痛的症状。只要伤口被触及，还是那么痛。

要问这世上谁最恨他，那一定是他自己。

原谅别人容易，原谅自己却很难。

老张用手轻轻揩了揩墓碑上妻子的相片，笑着说道："你还是这么年轻啊，我却老了。等见面时，该嫌弃我了吧？"

"我正在参与一个超级工程。"

"这是一个改变世界的机会。"

"要是有你在就更好了，你会理解我、支持我的。"

"好了，我走了。这可能是我最后一次来看你了。"

墓园里很静，连风也停下了，聆听这感伤的人在自言自语。

令杨佳珏感到有些奇怪的是，她和赵鹏回来后，本打算一门心思投入"盘古计划"的准备工作，但老张有意无意地在降低她和赵鹏对工程的参与度。杨佳珏是个心里藏不住事的人，她决定找老张谈谈。

"没有这回事儿，你想多了。'盘古计划'的工作量超过了之前所有工作的总和，我当然要把工作分给更多的人做。"

"不对！那些原本我们负责的部分，你也把负责人的名字换成了别人！"

老张的语气很冷淡："我这么做，自有我的道理。"

看着这个倔强的小姑娘噘着嘴离开的背影，老张苦笑了一下。他的心思，杨佳珏哪里能猜得到呢？

"盘古计划"选址在藏北高原阿里和那曲交界附近的一大片开阔地带，人们习惯称那里为"无人区"。不过要不了多久，一座巨型峡谷将横空出世，这里很快也会成为人口最密集的地区之一。

和之前不同，这次大到峡谷的选址与朝向，小到每个激振器埋孔的深度与形状，老张都要亲自把关。杨佳珏虽然心里有气，但对待工作仍是一丝不苟。准备工作一步步地向前推进，直到九月金秋，终于全部完成。几年之后，全世界的目光再次聚焦在世界屋脊，来见证史上最大的人造峡谷的诞生。

新闻发布会上，老张基本没说什么话。话筒一直被楚天舒攥着，好像没日没夜地在现场指挥工程的是他而不是老张。楚天舒大谈海平面继续上升的危急形势的时候，老张的表情已有些不耐烦，他只盼望发布会早点结束，工程能尽快按计划开始。

"朋友们！"楚天舒的语气慷慨激昂，"大自然的灾难并不能让我们低头，科技的力量让我们有面对一切困难的勇气！在历史的长河里，我们也曾被无数次地击倒，但从未被打败！每一次重新站起来，我们变得更加强大，我们的文明也不断上升到新的高度。所以，某种程度上，我们要感谢大自然的这种馈赠，她以这种严厉的方式，引领我们不断向上攀登。"

一阵热烈的掌声后，楚天舒继续说道："所以，就如我前面介绍的，'盘古计划'将是规模最大的一次人造峡谷工程，其人口容纳量将达到五亿，是之前峡谷的一百倍！借助发达的物流配送系统与空间交通网络，只要四到五座这样规模的峡谷，我们的问题就可以得到解决了，失去家园的人们不必再无依无靠地漂泊在海上，忍受风暴的肆虐和浪涛的恐吓，这里将是你们的新家，你们大陆上的方舟挪亚！请大家与我一起，见证这宏伟神迹的诞生吧！"

七　开天辟地

万众瞩目之下，"盘古"工程启动了。

本来"盘古"只是工程代号，但是经记者们的报道后，这座峡谷的名字也成了"盘古"。不过杨佳珏觉得这也很贴切，因为这五千米深、五十千米长的等边 V 字形大峡谷确实像一个卧倒的巨人。此时巨人仍安静地睡着，巨大的主激振器编组正全功率地运行，来自雅鲁藏布江水电站的充沛电力为工程提供了强有力的支撑。想到这儿，杨佳珏的心情又变得豪迈。在大自然面前，人类自身虽显得渺小，但是智慧的力量是无穷的。这灾难源于自然，这强劲的电力也取之于自然。人类正利用大自然本身的伟力，来冲破它为人类设置的屏障！

　　已经过去了一天一夜，"盘古"仍没有任何变化。媒体记者们纷纷在安全区域搭起了帐篷，谁也不想错过珍贵的第一手报道。老张的双眼布满了血丝，仍紧紧盯着控制台大屏幕。

　　"张老师，您去休息一会儿吧，让我和赵鹏来替您。"杨佳珏轻轻地说道。

　　"不行，这个出不得一丝差错。反馈信号出了异常你们根本……"老张说了一半，看了一眼两个关心他的年轻人，改口说道，"我是说，我不困，你们快去睡吧！"

　　杨佳珏睡不着，拉着赵鹏沿着"盘古"边缘踱步。清澈明朗的星空下，一排巨大的深孔紧密排列着，沿着峡谷方向往前延伸，一眼望不到尽头。那是用来限制振动范围的副激振源，成一条直线埋在两千二百米深的地下。赵鹏趴在地上，耳朵贴在地面，便能听见地下传来的嗡嗡声。杨佳珏见他久久不起身，便也俯下身听了起来。

　　赵鹏感叹："这真是我听过的最美的声音。"

　　两天两夜之后，楚天舒有些坐不住了。外面的记者已经走了一部分，不知道他们会写出怎样让人难堪的报道呢。他走进监控大厅，看着两眼通红的老张，心里掠过一丝忧虑。

　　"还要多久？"

　　"八小时二十分。"老张目不转睛地答道。

　　楚天舒看了看表："也就是今天下午三点左右。一川啊……"楚天舒欲止又言，"究竟有多大的把握？"

　　老张抬头看了他一眼，并不掩饰嘲笑的眼神："你不是已经问过这个问题了吗？我也已经回答过了。当然，如果你害怕的话，完全可以现在就停下来。"

　　楚天舒受了气又不好发作，但好歹稍稍有些心安："好，我这就去通知媒体。"

　　时间一分一秒地流逝，距离最后的时刻越来越近了。有位机智的记者弄了一盆水放在地上，看到风把水面吹起了波纹就兴奋地叫起来。如此几次之后，便也没人注意他了。

　　突然地，人们感觉到脚下的大地有了一丝抖动。

　　巨人苏醒了。

　　脚下的抖动慢慢地变大，但是并不剧烈，就像有节奏的呼吸。但是渐渐地，峡谷区域的振动以更快的增速变得越来越剧烈，巨大的轰隆声让人既紧张又兴奋。很快，人们看到远处的地平线开始扭曲，整个地表像海面一样开始起伏。

　　这是一幅奇异的景象，亲眼看见的人都将终生难忘。"盘古"嘶吼着，不断隆起与下降的地表好像充满怒气的胸膛。地面上的碎石也突然获得了生命一般，不断地跳跃着，好像在迎接神明的降临。

　　杨佳珏知道，经过几天几夜的能量累积，此时峡谷区域的地下岩体已经和激振源达到了共振状态。只要等振幅达到一定幅度，岩体因受到的应力超出其强度极限而碎裂，"盘古"行动就大获成功了！这人类史上对抗自然最辉煌壮丽的一次战役，即将吹响胜利的号角！

　　就在这时，杨佳珏听到赵鹏的一声大叫："不好！峡谷的边界出现了波动！"

　　人们回过头来，把目光转到了监控室的巨型显示屏。只见屏幕上，峡谷的绿色边界开始模糊，说明主副激振源的干涉面受到了扰动，振动的能量正在向外扩散！一个年轻的助手想请示楚天舒是否需要急停，被老张喝止了："等一下！系统正在恢复！"

　　果然，峡谷的边界又渐渐清晰了。正当人们的情绪稍稍平复时，一个新的发现让他们倒吸了一口凉气。

屏幕上的整个峡谷已经倾斜，一端仍在地表附近，另一端则下沉偏离了地表，峡谷好像一把长剑，直指斜下方的地壳深处！

同时，远离地表的一端边界再次变宽模糊，紧接着，这端边界消失了，峡谷的轮廓彻底被破坏，仿佛变成了发着光柱的手电筒，代表能量的绿光沿着峡谷倾斜的方向奔涌而出，消失在了屏幕视野之外。

老张猛地拉下了急停总闸。

峡谷的轮廓渐渐变暗，最终和周围的岩石重新融为一体。外面的轰鸣声也平息下来，一切恢复到了工程开始前的样子，好像这里什么都没发生过一样。人们面面相觑，最后把目光聚集在了老张身上。

老张垂头丧气地宣布："对不起，我们失败了。"

很多人掏出了电话，几家媒体的记者开始争相第一时间报道这个消息。

"你觉不觉得有点奇怪？"说话的是赵鹏，"这个峡谷的朝向有些特别，好像指向什么东西似的。"

"嗯，这个方向上，应该有……"杨佳珏一边说一边在脑中快速检索。一道电光闪过她的脑际，她和赵鹏同时脱口而出："康西瓦和阿尔金断裂带的交汇点！"

"我的天，如果这股巨大的能量正好传到交汇点的话，一定会引发……"

他的话还没说完，一股震动再次从脚下传来，比之前的那次更加猛烈而深沉。乌云遮蔽了天空，整个大地都在颤抖，霎时电闪雷鸣，地动山摇！

"大家快散开，注意脚下！"杨佳珏和赵鹏竭力大喊着，指挥人们躲到安全的地方。

这座世界上面积最大而又最年轻活跃的高原，此时已经完全愤怒了。

伴着巨大的轰鸣声，面前的大地疯狂地晃动着，地面上很快出现了一道道裂纹。断裂的大地分成了许多块，有的下沉，有的拔地而起，剧烈地上下摇摆，仿若一架巨型钢琴上律动的按键。这架巨琴以天为琴盖，以地为琴键，以河川的崩裂为和弦，演奏着一曲动人心魄的毁灭之歌。

人们惊恐地等待着灾难的结束。然而，在他们看不到的地方，一切才刚刚开始。

具有特定频率的峡谷振动能量传播到了两大断裂带的交汇点，犹如一颗火星儿飞进了军火库。提高了几个数量级的能量从西北继续向东南进发，如同一把锋利的巨犁，所到之处的大地如船头的水波一样被轻易劈开。惊人的能量继续朝东南方向前进，很快便点燃了东昆仑断裂带和鲜水河断裂带。以青藏高原为中心，整个欧亚大陆板块开始震动起来！

沿着鲜水河断裂带的走向，能量从中越边境冲出，由大陆进入海洋，并绕过北部湾，直奔环太平洋断裂带！

巨大的能量撕裂了海底，高压下的海水钻进了海底岩石裂缝，很快又遇到了上涌的岩浆，瞬间汽化的海水成了蒸汽炸弹，嘭地把裂缝炸成了海沟。海沟形成过程中，产生了更多的裂缝，于是链式反应像春风野火一样在海底迅速蔓延……

此时，高原上的歌声已渐渐平息，一座新的大裂谷横贯高原，由西北向东南延伸，一望无际。

楚天舒已面如死灰，嘴里不停地重复着："完了，全完了。"

杨佳珏不知道怎么安慰导师。她朝老张看去，却发现老张已趴在桌子上睡着了。

八 新生

很快，楚天舒和张一川就被警方控制了。由于项目主要负责人的名单里并没有杨佳珏和赵鹏的名字，所以他俩逃过一劫，也算塞翁失马了。可是杨佳珏知道，事情并没有那么简单。

"你们两个先在这里等，一会儿叫你们谁进去谁就进去！听见没有！"

老张看了一眼被剃成平头的楚天舒，笑着说："放心，楚兄，里面的伙食很好的，绿色健康低脂肪，不过你刚开始可能吃不惯。衣服也不错，又软又透气，比你那西装可强多了。"

楚天舒没搭理他，脸扭到了一旁。

老张见他没反应，继续说道："不过呢，要想过得舒服，有一些细节是要注意的。比如不能惹那些资格老的，别加入什么小帮派，在浴室洗澡的时候别随便捡掉在地上的东西……"

"够了！"楚天舒终于忍不住吼道。

"你看你，我这不是好心好意给你提个醒嘛。"

"你这个丧心病狂的疯子，不仅毁了天梯工程，把整个世界也毁了！如果你还有一点良心的话，就不能干出这样的事来！"

老张并不生气，仍笑嘻嘻地说道："你觉得是我故意的？我为什么那么做，为了报复你吗？"

楚天舒不说话，恶狠狠地瞪着老张。许久之后，他的眼神黯淡下来，自嘲地笑道："想不到和你斗了一辈子，最后一次竟然栽在你手上。可是我不服你，你不过是伤敌一千自损八百而已，手段并不高明。"

"你如果这样想的话，那你真的输了。我早把我们之间的事忘了。"

老张伸出手往上指了指，"我斗的不是你，是天。"

楚天舒刚想问他什么意思，两个人闯了进来。来的不是别人，正是杨佳珏和赵鹏。

"呦，小杨和小赵来啦！"老张热情地打着招呼。

杨佳珏故意绷住了脸，表情变得很严肃："两位老师，我有一个好消息和一个坏消息。你们先听哪一个？"

"坏消息。"两个人异口同声地说。

"这次'盘古'工程造成的全球范围内地壳板块运动，造成了人员受伤。统计数字还在缓慢地增加。"

老张沉默了一会儿，问道："那好消息呢？"

"好消息是，剧烈的地壳运动已经基本平息了。而且，因为新产生的大峡谷里充满了海水，我国的海岸线增加了近三千千米。邻国对此表达了不满。"

"这算哪门子好消息！"老张有些失望。

"你快告诉两位老师吧！"赵鹏忍不住笑道。

杨佳珏也笑了起来："好了，下面是真正的好消息！上午刚得到确认的消息，卫星遥感图像上，看到了荷兰和马尔代夫群岛！"

"你说什么？"楚天舒不敢相信自己的耳朵。

"由于海底形成了极多规模巨大的海沟与裂缝，大量的海水填充进去，造成了海平面的下降！那些被海水吞没的国家获得了重生！"杨佳珏兴奋地说道。

"下降了多少？"老张的表情得意起来。

"具体还不清楚，但是从卫星图像上几个国家的面积估算，已经降到了接近海平面急剧上升前的水平。"

两个学生突然后退一步，深深地向老张鞠了一躬。

老张慌了："这是几个意思？"

"请允许我们两个代表那些饱受海平面上升之苦的人们，向您表达真诚的感谢和崇高的敬意。"

"这，这和我有什么关系？我只是无意中……"

"是的，"杨佳珏打断了他抢着说道，"您只是'无意中'造成了主副激振源的变化，'无意中'把峡谷的朝向对准了几大断裂带，'无意中'让能量传播的路径避开了所有人类密集的城镇地区，又'无意中'引发了环太平洋断裂带的大爆发，最终'无意中'造成了海平面的下降。我说的没错吧，张老师？"

老张没否认，也没承认，笑眯眯地盯着杨佳珏："真有这么巧？"

"就是这么巧。很快人们就会达成共识，一切都是上天的安排，造成现在的结果和两位老师并无直接的关系。"

老张哈哈大笑："老楚啊，你看这小丫头的手段高明不高明？"

楚天舒还沉浸在杨佳珏刚才说的话里，他突然想到了什么，大声说道："不对！现在看来问题是解决了，可是几千年后呢？等太阳活动减弱，地球进入冰川期，大量海水变成冰川，海平面进一步下降，会低于之前的正常水平。所以，这个方法并不是完美的！"

"这个问题我来解释，"赵鹏扶了扶眼镜，"由于太平洋板块、欧亚大陆板块和印度板块的不断运动，那些海沟和裂缝受到挤压，会慢慢变小直至消失。这个过程持续的时间正好和冰川期相吻合，所以海平面高度不会因为下一次冰川期而产生大的变化。"

老张满意地点点头，继而对楚天舒叹道："后生可畏啊。老楚，你这两个学生很快就要超过咱们喽。"

楚天舒不知该得意还是该羞愧，他咬着嘴唇说道："最后一个问题：你是什么时候有这个大胆的想法的？'盘古计划'？还是第一座峡谷试验？还是我让杨佳珏来请你的那天？"

"这个说不清啊。可能，也是在'无意中'吧！"老张说罢又大笑起来。

有些事情本就是说不清的，有些事情也不必说清。

九 尾声

由于海平面的下降，天梯工程也就失去了用处，变成了一处旅游景点。靠着与海洋连接的大峡谷，高原进入了海运时代，温暖湿润的海风也沿着大峡谷吹进了高原深处，为高原生态带来了新的生机。

楚天舒退休之后难得地过起了闲适的日子，名与利对他而言已没有什么吸引力。杨佳珏和赵鹏有了一个可爱的小女儿，两个人在研究所里专心地做基础研究，不知不觉也人到中年了。

而老张呢，听说最近迷上了新的储能技术，扬言要做"中国的富兰克林"，每天精神矍铄地开着涂了绝缘涂料的飞机往乌云里扎，带着超级电容器满世界地追闪电，就像一只自由自在又无所畏惧的海燕。

时间会让人们把当年惊心动魄的场面渐渐淡忘，只有吹过高原的风，还在把那激动人心的传奇故事四处传唱。

十 后记

"你是第一次执行太空任务吧，米歇尔？"

"是的，不过我的地面训练成绩可是第一名。啊，看哪，那条长长的伟大建筑看起来就像一条龙！那是长城吗，杨？"

"不，那不是长城，也不是建筑，但她可能比长城还要伟大一些。"

"那是什么？"

"一座峡谷。高原峡谷。"

鼠

TIME.SPACE.LOVE

聚会时间：03.141530

地点：116.46278,39.93750

哪有人约会地点写经纬度的？活该单身一辈子！

哈哈哈！

办公室最近发生了一些怪事儿。

有传言说，保安大叔曾亲眼看到，深夜空无一人的办公室里，桌上的电脑会自动开机，屏幕上的网页不停滚动，好像有人在操作一样。而他打开灯后，屏幕便不动了。办公室里空荡荡的，不见一个人影儿……

而近来公司业务繁忙，有时免不了夜里要加班。女同事们不敢晚上单独待在办公室，一个胆小的男同事甚至辞职了。

不过，这一切在无神论者隆小菲眼里，都是无稽之谈，颇为可笑。现今科技如此发达，但很明显一些人的思想还是被远远甩在了时代身后。

所以，当隆小菲接到领导带着恳求语气的电话时，她连眉毛都没有皱一下。她穿好衣服，戴上头盔，发动停在阳台上的喷气摩托艇，嗖的一声消失在城市的上空。

　　隆小菲的公寓和公司相隔大半个城区。不过骑着喷气摩托艇，只要五分钟的车程。身下的城市华灯初上，与头顶的星光交相辉映。看不清星星的夜空中，巨大而丑陋的建筑轮廓高耸林立，那些标榜着后现代主义的钢筋混凝土巨兽占领了城市的每个角落。隆小菲的摩托艇闪着蓝色荧光的夜行标识，喷着白色的热气，像一颗拖着尾巴的流星从楼宇间划过。

　　是一份重要的海外合同需要修改，马上就要。虽然可以交给办公助手"琳达"去做，不过那个曾出过一次重大失误的电子管家还真有点不靠谱。隆小菲决定自己来改，也让领导放心。

　　问题很快就搞定了。隆小菲伸了个懒腰看了看表，现在是晚上十一点二十八分。直到现在，她才意识到整栋办公楼里只剩下她一个人了。她戴上头盔，好像想起了什么，又把头盔摘了，坐下来看起了新闻。

　　戴头盔时，她想起了那个办公室传言。她倒是要亲眼看看，电脑是怎么自动开机的。

　　已经十二点了。隆小菲并没有走的意思，打开一包随身带的巧克力豆，一边吃着一边看着屏幕。

　　她的手指白皙而纤细，夹取巧克力的动作妩媚轻盈，那是任何智能机械手都模仿不了的。

　　突然，隆小菲感觉到手指触到了异样的东西——柔软的，毛茸茸的，还会动！

　　第一眼看见面前的这个小东西时，隆小菲"呀"地叫出了声，禁不住跳起来，手里的水杯哐啷掉在地上。她有多久没见过这种东西了？

　　一只灰不溜的小老鼠！正在偷她的巧克力豆！

　　小家伙嘴里已经衔了一颗巧克力豆，但它还没有罢手的意思，又迅速地将剩下的三颗豆全塞进嘴里，两边的腮帮像气球一样鼓鼓囊囊，好像马上就要爆掉。它瞄了一眼面前的这个人类，便向远离隆小菲方向的窗台上飞奔。

虽然整个过程不到两秒钟，但隆小菲已经回过神了。她是不会让这个小毛贼在她眼皮底下轻易得逞的。小老鼠已经窜上窗台，正要钻进窗帘与窗台的缝隙。那可是它早就谋划好的路线，上与带网格的天花板相接，下与一个办公桌相连，正所谓上可飞檐走壁，下可遁地无形。管你气急败坏，我自溜之大吉。

啪！一本书被横贯在窗帘上，窗帘被挤得紧紧贴着窗户，小鼠的暗道瞬间被封死了。

"哼，看你往哪儿跑。"隆小菲得意地笑了，手里拿着两本随时可化身飞镖的书。

小鼠后退了几步，旋即纵身一跃，跳到了电脑显示器上，小脑袋一面留意隆小菲的动作，一面迅速地环顾四周。

隆小菲稍微迟疑了一下。脆弱的玻璃触屏式显示器可禁不住她的"飞镖"。但很快她想出了办法，使出了一招"惊涛拍岸"——收拢双臂，用两本书去拍小鼠。

可是她连小鼠的尾巴都没够着。小家伙贼得很，马上跳到一边，窜下桌子，在过道上狂奔起来。

不过它的如意小算盘也被隆小菲识破了。啪啪！几本书如天降泰山，小鼠被迫几次改变逃跑方向。最后它发现自己被逼到了一个角落里———一个巨大的青花瓷瓶后面。

可是它并不着急，而是围着瓷瓶和隆小菲玩起了躲猫猫。隆小菲往左追，它往右转，隆小菲往右赶，它往左逃——它始终与隆小菲隔瓶相对，保持一定距离对峙着。隆小菲惊讶于这个小东西的机灵与敏捷，从它一双黑豆似的小眼睛里，分明反射出了智慧的光芒！

"算啦，便宜你了。真是聪明的小家伙。"隆小菲蹲下来，想仔细打量这只小家伙。见她的手里没有武器，小鼠也并不怕她，待在原地没动，腹部微微起伏着。

"我有二十年没见过老鼠了吧。"隆小菲自言自语道。从完全城市化工程完成至今，她记忆里的任何动物都是从动物园看到的，有些甚至只是标本了。"那，这些巧克力就算我的见面礼了！回你的小窝去吧！"

令她惊奇的是，小鼠略微点了点头，好像听懂了一般，吱吱叫了一声，跑到另一个角落里不见了。

隆小菲感到不可思议：这个世界太奇妙了！难道这个小东西有智能？她回到电脑旁，快速搜索了"老鼠 智力"词条，有了一些零星的发现。

"老鼠是啮齿动物里智力最高的，一只成年的老鼠智力相当于人类八岁的儿童……"想想自己那个已经九岁了的呆萌大胖侄子，又想想小鼠刚才那个机灵劲儿，隆小菲不满意地摇了摇头。

回来的路上，隆小菲骑得很慢。摩托艇像一艘小船，缓缓地在黑色的波浪上悬浮漂流。灯火也睡了，星星们这才探出头来。隆小菲觉得，小鼠那黑豆一般闪着光的眼睛，和眼前的群星一样明亮。

她希望再遇见这个小家伙，再和它交交手。

可惜鼠不遂人愿。接下来的几天，隆小菲都没看到这个小家伙。但是她又很高兴，因为她每天下班偷偷放在桌子上的巧克力豆都不见了。

一阵电话铃声把睡着的隆小菲吵醒了。又是半夜临时改文件——除了她，领导已经叫不动其他人了。隆小菲迷迷糊糊地穿好衣服，嘴里蹦出两个粗词儿，发动了摩托艇。

虽然已经是春天，空气里带着樱花的香气，但在百米高的夜空，冷冷的晚风一点都不浪漫，夺走了隆小菲带着温度的最后一丝睡意。

走到办公室门口，看到里面的景象，隆小菲彻底醒了过来，打了个激灵！

几台电脑正开着，屏幕上的网页她看不太清楚，只感觉到时而翻动一下。而电脑桌前确实没有人！

之前的传言确有其事！

隆小菲突然有些害怕。但是任务还没完成，她不能回去。何况自己并不相信世上有鬼神的存在，虽然眼前的景象已经动摇了她的信仰……

"别慌，不能慌，深呼吸。"隆小菲在心底对自己说着，深深吸了几口气，调整呼吸的节奏。她继续躲在门后向里看。突然，她发现每台电脑显示器前面都有几个圆乎乎的黑点，还一动一动的，好像在窃窃私语……

隆小菲瞪圆了眼睛。是老鼠！老鼠正在用电脑！她看清楚了：其中一台电脑前，一只小老鼠正在推着鼠标；另一只老鼠用脚爪在键盘上跳跃着，把一些字符踩进电脑。两个小家伙配合得行云流水、天衣无缝，一看就是经常一起作案的老搭档。

突然办公室所有的灯都打开了，隆小菲冲了进来！

专心致志的老鼠们被暴露于亮晃晃的灯光下，不约而同抬起头。看到有人来了，它们没有发出叫声，飞快地兵分几路逃开了。一只小老鼠回头望了望隆小菲。隆小菲认出来了，它的耳朵上有一个小洞，就是偷巧克力的那只小鼠。

"让我看看你们在搞什么鬼。"隆小菲嘟囔着，走到那些开着的电脑前。

有三台电脑开着。隆小菲惊讶地张大了嘴巴。

一台屏幕上显示着购物网站，是最新式捕鼠器的购买页面。

另一台屏幕上则是一个刚放到一半的推荐美食的视频节目，主持人正拿着一包新口味薯片侃侃而谈。

最后一个，屏幕上显示的是一封未写完的邮件。上面是一些英文字母，掺着一些数字。

隆小菲很好奇这封邮件会发给谁。她来不及用纸擦一擦鼠标键盘，就直接坐在电脑前。

她不禁倒吸了一口气，感觉浑身汗毛倒竖。

邮件是通过群发器群发的，一万多个收件人。

收件箱和发件箱里有几十封旧邮件。打开之后，都是一些类似乱码的英文字母和数字。隆小菲把这些邮件一一转发给了自己。她的直觉告诉她，这些邮件里一定隐藏着惊人的什么秘密。

她的直觉没有告诉她的是，在她全神贯注查看邮件时，几对眼睛正恶狠狠地盯着她。

这到底是怎么一回事？几十年的时间里，老鼠的智力就提高到了这个水平？那些邮件有什么隐含的意义？她和最好的闺蜜讲起这件事时，对方只是劝她："不要过度劳累啦，好好休息。"难道是幻觉吗？隆小菲没办法停下来不想这个问题。她只好请了几天假，待在公寓里，决心找到问题的答案。

她决定先好好了解一下"老鼠"。这种动物已经完全不是她印象里的小东西了。

很明显，老鼠们理解了人类的语言符号，并已经达到了熟练应用的程度。它们通过互联网了解最新的资讯，用知识武装自己。隆小菲听过，如果一只老鼠发现一个地方有大量食物或者有天敌陷阱，几个小时内方圆几十里的老鼠都能获得这个消息。它们有独特的信息共享机制。

可是，第一只老鼠是怎么学会上网的？观察、模仿固然可以学习到新技能，但是理解人类的文字，那些字母组合代表的意义，根本不是低等动物能够办到的呀。

隆小菲把邮件打开，看着里面乱码一样的字母和数字，突然想起一个人。

诚哥。她的高中同学，那个曾经用代码堆出"我喜欢你"的技术宅男，平时最喜欢研究一些古文符号和密码。

想起自己曾经拒绝过人家，隆小菲感觉有点不好意思。

"诚哥，在吗？"

屏幕上诚哥的头像立刻亮了："在！什么事啊，小菲？"

"我有几封邮件看不懂，好像是用暗号写成的。你能不能帮我看一下？"

"好啊。"

隆小菲挑了几封邮件，给诚哥发了过去。

过了一会儿，诚哥的头像又跳了起来："这不是暗号，而像是一种新的语言。我要仔细研究一下才能告诉你。随便问一句，谁发给你的？"

"嗯……一个同事。"隆小菲撒了个谎。

"男的？"

隆小菲眼珠一转："嗯，是啊。诚哥快帮我看看，这邮件什么意思嘛。这个人真是烦死了。"

"好！包在我身上了！"

"谢谢啦。有时间请你吃饭啊。"隆小菲暗自高兴，却没意识到自己又抛给诚哥一个虚幻的橄榄枝。

她正准备起身到阳台活动一下，却听到阳台上一阵窸窣的声音。

一只小老鼠嗖地窜走了。隆小菲皱了皱眉头。她不是一个粗枝大叶的人。难道她的房间里一直都有老鼠，只是她从没注意到吗？

接下来几天，隆小菲继续在网上搜索着关于老鼠智力研究的文章，却没什么重要收获。她打起精神，大海捞针地搜寻着，直到一条三十多年前的新闻标题引起了她的注意：《哈佛医学院实验室大火，几百只老鼠逃走求生》。

隆小菲查了一下哈佛医学院，发现这个实验室确实做过提高老鼠大脑容量的研究：

"利用转基因技术，使老鼠大脑中产生超量的某种蛋白质，可以刺激神经细胞分裂，促进大脑皮层发育。大脑体积明显增大，而头骨容积却不变，导致老鼠的大脑皮层发生折叠，呈现出和人脑类似的沟回褶皱。神经细胞的不断分裂会形成更多的神经元，其结果是老鼠的大脑得到了超常的发育。"

"我的天啊。"看了这些，隆小菲突然感觉头皮发麻，后背冷飕飕的。

如果这些超级鼠逃出生天后，生存繁衍至今的话……和普通老鼠相比，智力发达的超级鼠有明显的竞争优势。老鼠一个月就要生一胎。即使每胎只生两只，30 年后几百只超级鼠的后代会有多少呢？

10 万亿只。那是人类人口的 1000 倍……

如果全世界的老鼠通过互联网联合起来的话，加上群体的信息共享机制，那么，整个鼠群就变成了一个……

一个超级智能体。

咚咚！有人敲门。是诚哥来了。对腼腆的大诚来说，想找个机会来小菲家还真是不容易呢。

"小菲，这种语言我破解了！哈哈哈！"大诚满脸红光地叫道。

"快说说什么意思。"

第一封的意思是这样的："发现三种新食物：克比什锦薯片、速冻□□粥（香辣口味）、□□鸡肉汉堡。来自人类工业，确认安全。"

"'□□'是什么？"隆小菲问道。

"可能是一些专有名词。"大诚挠了挠头，"你给的信息量太少了，只能破译到这个程度了。"

"已经很不错啦！还有一封呢？"

"对，这封真让我笑得肚子疼！你看：

聚会时间：03.141530

地点：116.46278，39.93750

哪有人约会地点写经纬度的？活该单身一辈子！哈哈哈！"

"你说那些数字代表经度纬度？"隆小菲表情严肃，让大诚有些摸不着头脑。

隆小菲迅速用电脑查了一下这个位置，是城市近郊一座废弃的农产品仓库。

"诚哥，能不能陪我去一趟？"隆小菲说着，已经戴好了头盔。

大诚的眼睛瞪得像乒乓球："什么？你不会真看上写这东西的傻小子了吧？再说，现在去人家早就走了啊！"

"喜欢他还不如喜欢你呢！你去不去？"隆小菲嘟起了嘴。

"去去，嘿嘿。"大诚的脸上笑开了花。

两台摩托艇停在了仓库门口。

大门虚掩着，生满了红锈，隐约看见里面黑黢黢的。

"那我把门打开了？"大诚握住门把手问道。

隆小菲点点头："小心一点。"

吱呀——门被拉开了。除了一股尿骚味以外，里面空荡荡的什么都没有。

大诚捏着鼻子，拿着激光电筒四处乱晃。隆小菲的脸色突然变了变，指了指地上。

还是什么也没有。

除了满地的老鼠屎。

隆小菲蹲下仔细看了看，拉着大诚就往外跑。两艘摩托艇迅速发动，直上云霄。

"什么情况啊小菲？"大诚还在云里雾里。

"老鼠屎还是新鲜的！你的破译是对的！"隆小菲对着大诚喊道。他们飞得太快，呼啸的风声很快淹没了他们的谈话。

"啥？和老鼠屎有什么关系？"

"你破解的邮件，就是老鼠写的！"

"啊？不可能吧！老鼠会写邮件？还用暗号？"

"一时和你解释不清楚，回去再说！"

"现在我们去哪儿？"

"去报警！"

警局处在城市的几何中心位置，紧挨着市第一医院。这样，无论哪里发生了紧急事件，警力都能很快到达现场。

两名警官耐着性子听完了隆小菲的讲述。他们的表情很平静，平静到好像在听童话故事。

"我请求立即在全市范围内进行搜查。最好捉一些老鼠，送到研究所进行研究！"

两名警官相互看了一眼。其中年纪稍大的说道："很抱歉，隆小姐。单凭你们破译的邮件和刚才的描述不能立案。而且我们也有很久没见过老鼠了，很难确定你们说的就是事实。"

"那个仓库还在那里！地上的老鼠屎可以作为证据！"大诚嚷嚷道。

"那只能说明有老鼠到过那里，并不能证明有大量老鼠在那儿聚集。恐怕不行，不好意思。"

"我要找你们局长！"隆小菲突然大声叫起来。

身后的门被轻轻推开了，一个沉稳的男低音缓缓说道："谁要找我？"

　　面前的这个微胖的中年人眯着眼睛，听隆小菲把刚才的事情又说了一遍。他的眼睛并不大，但目光却锋利得像两把刀子，好像能挖出人心底最深处的秘密。

　　"如果你说的都是事实的话，这将是一个很严重的问题。"局长的眉头皱了起来，接着说道："说实话，每年我们接到的报案千奇百怪，有真的也有假的，你们的并不是最离谱的。但我们需要的是证据。先备案吧，有什么线索马上通知我们。"

　　隆小菲吐出一口气，总算没有白来。看来，必须抓个现行才能说服警方了。

　　从警局出来，大诚的脸色一直很差，好像受了惊吓。

　　"诚哥，你怎么了？"

　　大诚的脸已经白了："刚……刚才，我们在和局长谈话的时候，我看见窗台上有一只……老鼠，一闪就不见了。"

　　"糟了。"隆小菲压低了声音，"我们已经打草惊蛇了。"

　　"那现在咋办？"

　　"诚哥，你入侵个邮箱什么的有没有问题？"

　　"那可是黑客的基本功啊。可能要五分钟吧。"大诚得意起来。

　　"好。我要你进入老鼠们的邮箱，找到它们近期的邮件，全部破解出来。要快！"

　　隆小菲意识到，这不仅是他们两个人在和时间赛跑，更是人类在和老鼠赛跑！

　　"小菲，看看这个。八分钟前刚刚收到的最新邮件！"

　　"上面说了什么？"

　　"紧急会议：时间 03.182000，地点 116.46325，39.93662。"

　　隆小菲输入经度纬度值，地图显示是一个地下停车场。

　　"果然，我猜得没错，它们要在一起商量对策了！"隆小菲看了看表，"现在距离晚上八点钟还有两个小时，要赶紧通知警局！"

七点，月亮升上了夜空。地下停车场里静悄悄的。而地面上，是几大车荷枪实弹的警察和几十条警犬，将停车场围了个水泄不通，随时待命。停车场里的监控摄像头已准备好，实时监控画面显示，除了几台落满灰尘的车，停车场里空无一物。

局长点了一根烟，眯着眼睛打量隆小菲："看样子你不像爱撒谎的小姑娘。"

隆小菲笑了一下："我说的是不是真的，一会儿就能见分晓了。"

时间一分一秒过去。

八点钟。什么都没发生。

八点零五分。

八点十五分。

八点三十分。

监控画面一点变化都没有。

隆小菲和大诚坐不住了。局长做了一个手势，两队警察带着警犬分两路包抄进入停车场。隆小菲也跟着局长下到里面。

连根老鼠毛都没有。

隆小菲傻了。她眼泪汪汪地看着局长，说不出一句话。

局长叹了口气："年轻人啊，恶作剧也要有限度。这可是全市的警力啊。"

"局长，我……"隆小菲委屈地流下了眼泪。

"好啦，就当反恐演习了。你们回去吧。"局长大手一挥，钻进了指挥车。

空旷的地面上，只留下隆小菲和大诚站着发怔。

突然，隆小菲笑了起来。只是她的笑声并没有平时那么动听，而是充满了绝望。

"我知道了。"大诚猛地拍了下脑袋，"我们成了喊'狼来了'的小孩了。那封邮件就是为我们设的陷阱啊！"

隆小菲的表情似已麻木："等狼真来了，就没人相信了。"

"这些小畜生比人还精。"

"是我们太粗心大意了。"

"你说我们俩吗？"大诚有些不解。

"有你，有我，有每一个人。自人类登上生物链的顶端，便故步自封起来，傲慢地以为做了世间万物的主宰，早把物竞天择的法则抛到了脑后。可大自然的竞赛并没有停止，一切都在变化，除了人类自己。"

"我们的好日子到头了。"大诚沮丧地说道。

"我突然想给你讲个故事，是我奶奶讲给我的：上古洪荒，为了定十二生肖，天庭神界下了谕旨，举办了一场赛跑。世间动物可以跑到前十二名的，皆可封神，按名次在生肖榜上排位。老鼠力气小，肯定跑不进前十二名，就央求实诚的大黄牛，用脊背驮着它一起跑。大黄牛答应了。牛的耐力好，跑得快，冲在最前头。可就在大黄牛要到终点的那一刻，老鼠使出全身力气纵身一跃，抢在了大黄牛的前头，成了生肖榜首位。"

"你为什么要给我讲这个？"大诚的表情有些恐惧。

隆小菲没有看大诚，而是仰头望着那些灯火阑珊的高楼大厦："看看我们人类的科技和文明，曾让我们多的骄傲。可现在，我们也要做那些老鼠的大黄牛了。"

大诚不再说话。他已无话可说。

突然，他的手机响了一声。一封来自老鼠邮箱的新邮件。

"这次又是什么？"

大诚的嘴唇颤抖着，手机掉到了地上。"计划已暴露。进攻全面开始。"

"不过这次没有注明时间。"他又补了一句。

"这是一个即时指令，收到之时就是执行之时。"

"那怎么办？得赶紧报警！"

隆小菲苦笑着摇了摇头："我们回家吧。"

这一夜，大诚没有回家，而是留在了隆小菲的家里。

隆小菲也没有拒绝。此时此刻，拒绝与否都没有意义了。

五点钟，天还没亮。外面突然很吵，把隆小菲和大诚惊醒了。

他们想开灯，却发现断电了。不只是隆小菲家里，整座城市都失去了电力。一夜之间，所有的线缆都被咬断了。

隆小菲打开窗户，外面的景象比她想象中还要恐怖。

微弱的月光下，数以亿计的老鼠黑压压一片，发出刺耳的叫声，像潮水一般向市中心涌来。

而远处的天边，最后一丝黑暗正在抵抗着黎明。

寻找特斯拉

TIME.SPACE.LOVE

　　再过十年，人们会原谅我。再过二十年，人们会感激我。时间会记住我，一个追寻特斯拉脚步的开拓者的名字。

一

极少有人知道，这栋破旧别墅的地下室是一个秘密档案馆。

知道的人绝大多数都死了。

尽管这双刚才还极不安分的大手正连同它们的浑蛋主人一起慢慢变得冰冷，维罗妮卡还是看着恶心。她尽量控制自己不去看这个倒在地板上的家伙，抓紧时间在房间里搜寻起来。

一排抽屉被上了电子暗锁。维罗妮卡拿出手机，贴在抽屉上。几秒钟后，随着嘀嘀的几声轻响，锁开了。维罗妮卡露出了一丝微笑，随即在抽屉里细细地翻找起来。她的手机可不仅仅是用来打电话的。

第四个抽屉里的东西正是维罗妮卡想要的。她把东西装进挎包，拆下她的"斑蝰蛇"上尚有余温的消音器，把枪塞进了右腿的高筒靴里。她最后回头看了一眼这个狼藉的实验室，便甩了甩金色长发，猫一样消失在无尽的黑夜里。

"东西带来了吗？"

"带来了。"维罗妮卡看着面前的黑衣男子说道。

"干得好，ST017。"黑衣男子的语气里流露出一丝赞许。

"你们干得更漂亮。动作够快的啊。"维罗妮卡的语气变得很冷，眼睛狠狠瞪着对方。

"你在说什么？"

"别装糊涂了。就在十分钟前，联邦安全局刚刚抹掉了我的名字。以为我不知道吧，嗯？"

"不是你想的那样，ST017……这是为了你的安全考虑……"黑衣男子向前靠过来，猛地一掀衣服掏出一把枪来，黑洞洞的枪口对准了维罗妮卡。

啪，维罗妮卡飞起一脚正中男子持枪的手，枪被高高地抛上半空。男子还没反应过来，头上就挨了一脚——一个漂亮的回旋踢把他撂倒在地。等他想爬起时，却感到冷冰冰的硬物正抵着他的脑门。这把枪的主人瞬间就换了。这一切不过两秒钟。

"你出手的速度，"维罗妮卡看着男子，语气里充满了轻蔑，"真是克格勃的耻辱。还有什么要说的吗？"

夜幕下的纽约灯火辉煌。时代广场附近的几十家百老汇大剧院里，感人的舞台剧正大把赚取纽约市民的眼泪和钞票。唐人街上，飘着中国菜香味的小饭馆挤得满满当当，滚滚的热气夹着混杂的香味，撩拨着每一个饥肠辘辘的旅客的神经。华尔街那些神经衰弱的金融小子们白天死盯着电脑屏幕一天，玩命儿地买进卖出，赚取了大笔大笔的佣金，此刻正在灯红酒绿之中尽情狂欢。

没人在意这偏僻小巷里沉闷的一声枪响。

二

午后的阳光温暖而懒惰，来自听课女教师们芬芳的香水味弥散在空气里，慢慢地把教室的气氛搅拌成一大整块果冻，叫人忍不住想将它大口吞进嘴里。

这是自打梁峰去年成为一名高中物理教师以来，他职业生涯的第一堂全校公开课。

"说到这个磁感应强度单位，特斯拉，是 1956 年为了纪念特斯拉诞辰一百周年，国际电气协会以这个伟大科学家的名字命名的。科学界有两个公认的旷世奇才，一个是达·芬奇，另一个就是尼古拉·特斯拉……"

梁峰推了一下顺着细汗滑脱的眼镜，再次看清了下面黑压压的学生和听课老师们，一个个都正全神贯注地听他讲课。

"抛开他对人类文明历程的巨大推动作用和那一千多项神奇的发明不谈，特斯拉曾有一个伟大的设想：让全世界的人们都能使用免费的电能。早在 1901 年……"

学生们停下了手中快速记录的笔，纷纷抬起头，跟随着梁峰的指引，进入了一个课本上未曾描述过的世界。

半小时后，梁峰被请到了校长办公室里。

"谢谢校长。"梁峰双手接过老校长给他倒的茶水，有些受宠若惊。

"小梁啊，课讲得不错，课堂气氛很活跃。"老校长咽了一口茶，笑眯眯地看着梁峰，"但据我所知，你讲的大部分都不是教材上的内容啊。"

"这些学生聪明得很，我想可以让他们拓展一下知识面……"

"想法是不错，值得提倡。小梁啊，"老校长亲切地拍拍梁峰的肩，

"我知道你带的这几个班成绩都不错。还有一年的时间，他们就要高考了。我还是希望老师们能多讲一些对他们有用的东西。"

"我明白您的意思。"梁峰对着老校长郑重地点了点头。

骑着电动摩托，梁峰夹在如潮的下班大军中，突然意识到，他今天的公开课是不是失败了？

三

吃完饭，梁峰打开电脑。收发了几封邮件后，他逛进了一个叫"AC联盟"的论坛。这里是特斯拉线圈爱好者和对特斯拉那些神奇的发明好奇者们的聚集地。这网络上偏僻的一隅访问量并不算大，不过梁峰可是这里的常客。

梁峰对特斯拉的最初印象，来自从父亲书架上翻到的一本泛黄的破旧传记——《被埋没了的天才》。那时他才十岁，上小学四年级。小家伙一下子被这本书给迷住了。

整个下午都在一声不吭地读书，喷香的晚餐都不能让小梁峰的眼睛从书上移开半分。可以说，小梁峰的世界观被这本天才科学家的传记完全地重塑了。

原来，一个人就可以改变整个世界。

从那时起，梁峰开始留意有关特斯拉的信息。随着了解的加深，他对这位传奇的"现代工业之父"也越发敬畏与仰慕。可不知什么原因，对这位伟人的介绍很少，课本中甚至只是一句带过。

梁峰看了一下置顶帖，还是那个几天前发起"纪念特斯拉"活动的帖子。再过几天，就是特斯拉诞辰纪念日。发帖人是 Jim，论坛里的活跃分子。Jim 倡议，华盛顿时间 7 月 10 日，大家在纽约长岛，特斯拉实验室的旧址旁边的"天使时光"咖啡馆里相聚，纪念这位孤独终老的科学家。梁峰想，要是活动的地点在中国的话，他一定要去的。可要是去美国，来回至少得半个月。虽然现在的中国护照像世界通行证一样好用，但是……梁峰刚想到这儿，眼睛就被一个新帖吸引住了。

和论坛上大多数帖子一样，这个帖也是用英文写的，标题是"谁是特斯拉的虔诚信徒？"梁峰轻击鼠标点了进去，却只看见里面一堆点和横线组成的符号叠在一起，显得庞杂却又有序，好像一栋摇摇欲坠的危楼。

摩斯码。

梁峰笑了。大学的时候他闲着无聊，曾经略微研究过这个东西。真没想到这么老的东西还有人在用呢。

在网上找了一份摩斯码的字母对照表，梁峰逐个字母地翻译起来。

一段话渐渐清晰起来。

"由于事情的严重性，请原谅我用这么隐晦的方式来传达信息。如果您看懂了，请登录下面那个邮箱，密码是特斯拉的生日。"

有意思，有点意思。

信息的最后留着一个电子邮箱地址。梁峰试着登录了一下，在密码栏输入了 18560710。

密码错误。

难道有人捷足先登，并且修改了密码？

梁峰看着纸上被翻译过来的信息，陷入了思考。

哪里不对。

梁峰再次仔细读了一遍，发现密码这个单词有一个小小的拼写错误，"password"被拼成了"passwrod"。他核对了一下摩斯码，确实不是自己的失误。

他注意到，单词有八个字母，正好与生日的八位数字对应。如果是这样的话……

梁峰恍然大悟，飞速在键盘上敲下了 18560170。

您有一封未读邮件。

看来他是第一个找到这里的人。

像征服了一块被扭得杂乱无比的魔方的小男孩一样，梁峰带着得意的微笑打开了这封邮件。不过他的脸上的笑容马上消失了，脸色凝重如暴雨前泼墨的天空。

不知道怎么称呼您，但既然您正在读这封邮件，就叫您聪明先生吧。

聪明先生：

开门见山地说吧。我手上有一份尼古拉·特斯拉的研究手稿。这份手稿里有一个惊天的秘密。

可能您已经猜到，我的处境十分危险。不过和这份手稿的价值相比，这些都是值得的。我想把这份手稿出手，价格面谈。

如果您对此有意的话，请于 7 月 10 日来纽约长岛参加"纪念特斯拉"活动，并戴一顶白色棒球帽，坐在靠窗的位置。

如果您真的确定会来，请你看完以后务必修改邮箱的密码，改成一个只有您自己才知道的密码。就算是为我做的。

维罗妮卡

梁峰呆坐在电脑前，显然还没有从这封神秘的邮件里回过神来。他知道，1943年特斯拉去世以后，他的所有研究资料都被列为绝密，普通人是绝对没有办法接触到的。这个"维罗妮卡"是什么人呢？她又为什么会这么着急想把这么珍贵的东西卖掉？

梁峰想了想，摇了摇头。缓缓关上了电脑。他有点不能确定这件事的真实性。

躺在床上，梁峰翻来覆去睡不着。从他十岁第一次读到那本传记起，各种信息的光影在他的眼前流转。多相交流发电机，尼加拉水电站，沃登克里弗塔，无线电传输，通古斯大爆炸，反重力飞碟，死光技术，统一场论……真实的和虚幻的，已经造福人类的和那些尚不为人知的，那些每一项都足以改变世界的伟大发明和设想，被永久地封藏着，它们发出的光芒被人类的自私贪婪遮住了，只投下了黑黢黢的巨大而丑陋的阴影。

梁峰打开灯，从床头随手抓了一本书来看，想平静一下心情，顺便打发一下这无心睡眠的夜。

可是，他才看了两页，就再也没有翻页了，眼睛死死地盯住了一句话。

这句话像天边疾驰而来的流星，从梁峰的眼帘撞入脑海，激起了几乎要沸腾的浪花。

那是作者引用北宋张载的一句明志之语："为天地立心，为生民立命，为往圣继绝学，为万世开太平。"

"为往圣继绝学。"这不正是梁峰一直苦苦追求的信仰吗？

梁峰起身打开电脑，想再次登录那个邮箱。他决定修改密码了。

但他怎么也进不去了。

密码错误。

密码错误。

梁峰知道，这场纽约之行，他不会是一个人了。

四

办好签证，好不容易请了十天的假，梁峰在北京坐上了去纽约的飞机。天气晴朗，梁峰望着窗外出神。上面是白云掩映的无垠天空，下面是深蓝色的广袤大海，梁峰感觉飞机就像一个电子，穿行在一个巨大的平板电容器之中。

"和整个世界相比，我们渺小得就像一只蚊子，不是吗？"

梁峰这才转过头，注意到他邻座说话的男人。

说是男人，不如说是大男孩。大男孩戴着一顶棒球帽，穿着休闲夹克衫、牛仔裤，穿着一双耐克运动鞋的脚正随着耳机里的音乐轻轻地打着节拍。

等一下，棒球帽。白色的棒球帽。

梁峰想，这真是太巧了。

"是啊。你好。我叫梁峰。"

"陈可凡。"大男孩摘下耳机，友好地伸出了右手。

"我猜，你是去参加一个聚会。"梁峰说。

大男孩愣了愣："咦？你怎么知道？"

梁峰在随身的背包里翻出了一顶白色棒球帽，在陈可凡眼前晃了晃。

"你要去哪儿？"后者顿时来了精神。

"我想，我们要去的是一个地方。长岛。"梁峰压低了声音。

陈可凡的眼里流过一丝复杂的神色，不过很快被感激和兴奋代替，其间的过渡之完美令梁峰暗暗称奇。

陈可凡亲切地握住了梁峰的手："我要谢谢你！梁峰……叫你梁哥吧，感觉你比我成熟多了。"

"我只是看着成熟……我今年二十八。你多大？"很少有人说梁峰成熟，还真有点儿不适应。

"那叫你梁哥没错啊。你比我大四岁，我上个礼拜刚过完二十四岁生日。"

"哦。那我要送来迟来的祝福了，生日快乐。对了，你谢我什么？"

"谢谢你没有修改邮箱的密码啊。当我满心欢喜地打开邮箱，并没有发现未读邮件，心里一沉：完了完了，还是来晚了。不过还是在收件箱里读到了这封信。谢天谢地你也没有删除这封信，不然我就来不了啦！"

梁峰现在不知道应不应该为他当时的犹豫后悔。

"梁哥是做什么工作的呢？"陈可凡看出梁峰在思索着什么，不动声色地打破了短暂的沉默。

"哦，高中老师。"梁峰道。

"好啊！教书育人，崇高的职业。"陈可凡笑嘻嘻地说。

"得了吧，我那帮学生可不这么看。其实我是理工科出身，教书也算是误打误撞吧。你呢？也毕业了吧？学什么的？"梁峰反问。气氛变得轻松起来。

"嗯！我前年毕的业，学的电气工程。现在在我爸的公司里打杂儿。"陈可凡礼貌地说着，递过来一张闪亮的名片。

梁峰向名片上扫了一眼，不禁大吃一惊。

"阿波罗 电力公司 技术顾问 陈可凡"。

坐在梁峰身旁的，正是全国第二、世界排名前十的新能源企业的老总陈建军的儿子。

"你……是……"梁峰有点语无伦次起来。

"不是吧梁哥？"陈可凡笑得前仰后合，"不过我爸是我爸，我是我。我只算是个给他打工的。"

陈可凡的一番话让梁峰舒服了许多："好吧。那我叫你可凡吧。"

随着桌上咖啡杯的影子由短变长又由长变短，梁峰知道旅途已经过了大半。窗外的云正慢慢地退到更高的天空，海面上泛起了点点柔光，美洲大陆的轮廓渐渐变得清晰。美利坚合众国，这个世界上最多元化的国度，正伸出她绵长的手臂，随时准备给每个寻梦人一个热情的拥抱。

或者一个沉重残酷的打击。

下了飞机，乘机场大巴到了长岛，梁峰和陈可凡找了一家临街的旅馆落脚。登过记，两人提着行李包往楼上走，陈可凡小声对梁峰说："想起一个笑话。一个旅客向旅馆经理抱怨：'你们说在这里会找到家的感觉。可这里又脏又乱！'经理淡淡地说：'难道这样还不能让您找到家的感觉吗？'但愿这儿别让我有家的感觉。"

梁峰没有作声，用钥匙开了门。一切整齐光洁，阳光洒在房间里，照在红木桌子的酒杯上，温馨得让人感动。

"嗯，很有我家的感觉。"梁峰扭头对陈可凡说。

洗过澡，吃了晚餐。陈可凡要了一大杯可乐，梁峰点了一杯当地的啤酒。两人在落地窗旁的餐桌前坐着，看着街道上来往的人群。

"梁哥，"陈可凡晃着可乐杯子，"明天那个维罗妮卡问我们怎么两个人，我们怎么说？"

"不知道。不过我觉得她会更关心买家有多少钱。"梁峰笑了笑，咽了一口啤酒。比他常喝的国内牌子要苦得多。

梁峰注意到，提到钱的时候，陈可凡的脸上闪过一丝的不屑。

"说说吧，你是怎么开始关注特斯拉的？"梁峰终于取得了一次话语主动权。

"我啊，说实话我直到上大学前都没听过特斯拉的名字。也怪我高中的时候学习太马虎，竟一直认为电磁感应的单位 T 是为了纪念法拉第。"

作为一名物理老师，梁峰为教过陈可凡的同行感到一丝悲哀。

"很丢人，是吧？"陈可凡尴尬地笑了笑，"上大学后，我参加了一个电气爱好者社团，在那里，我见到了让我一辈子也忘不了的东西。"

"什么东西？"梁峰的身子不由往前倾了倾。

"特斯拉线圈。"陈可凡灌了一大口可乐，"我当时才大一，看几个大三的学长们在教室里摆弄着一个奇怪的装置。像一朵巨大的蘑菇。同学告诉我那就是特斯拉线圈，他们叫它'盘古'。一个叫海哥的学长微笑着说要给我们这些新生们表演一个魔术。"

梁峰当然知道特斯拉线圈，那是特斯拉最著名的发明之一。而且他没有告诉陈可凡的是，他还是个调试特斯拉线圈的高手。

"简单的调试后，'盘古'咻咻运转起，不断向四周放出耀眼的电火花，像一条巨蛇一样吐出巨大的舌头。这时奇迹出现了：学长拿出一盏灯泡，就是最普通的那种白炽灯，在手里晃着接近线圈，灯竟然渐渐亮了起来！"

"无线输电。"梁峰说。

"嗯。海哥说线圈的功率不够大，要不然，他会让整座城市的商店里的所有灯管全都发光。当时我被彻底震撼了，第一次深刻感受到了科技那种神秘而无法阻挡的力量。"

陈可凡一仰脖，把剩下的半杯可乐全灌了下去，眼神变得落寞，语气里充满怀念："我加入社团以后，社团的发展曾到达了辉煌的巅峰。最出彩的那次，是我们在学校迎春晚会上表演的'闪电歌者'。当'盘古'立在舞台中央，噼噼啪啪地闪着电光，响声有韵律地汇成巴赫的《存在》时，全场的观众都安静极了。你不能想象，当我们看见电光映衬下那一张张惊奇和赞叹的脸庞，心里涌动的那股如潮般巨大的征服的快感。"

"后来呢？社团怎么样了？"梁峰看着眼前这个朝气蓬勃的年轻人，仿佛看到了大学时代的自己。

"后来……像所有民间的社团一样，死于资金不足。"陈可凡幽幽地说，"为了得到高压变压器，我们不知道拆了多少个微波炉。我爸知道我每月的巨大花销是用在这个上面后，气得脸都青了，就再也没有给过我一分钱。"

"……"

梁峰看着眼前的大男孩，竟觉得他可爱起来。

窗外的行人步子越发加快了。天色渐渐暗下来，好像被人用一块巨大的布蒙住了。电视里播放着当地新闻，画面播放的是一大群游行者强烈抗议油价的上涨（油价已经高到了令人发指的地步），和警察发生了激烈冲突。两人你一句我一句地聊着，到后来都沉默了，各自沉浸在对往事的回忆里。

五

当梁峰醒来时，发现陈可凡的床已经空了。

"这小子去哪儿了？"梁峰一边嘀咕着，一边穿好了衣服。这时门开了，陈可凡气喘吁吁地回来了，脸上挂着几颗汗珠，钻石般反射着细碎的光芒，在明媚的晨光里缓缓地流动。

"座位订好了，七号桌，靠窗。"陈可凡兴奋地说。

"嗯，你想得还挺周到。"梁峰笑了。

长岛，伍德维尔路，肖勒姆。"天使时光"外的广场上空，白色的鸽群在飞翔。咖啡馆里已经来了不少人，看得出来大部分是美国人。人群中央一个自称 Jim 的白人中年男子显然就是活动的发起者。坐在七号桌，梁峰和陈可凡啜着咖啡，两顶白色棒球帽在这种场合格外显眼。

一个长着漂亮大眼睛的黑人小男孩向他俩跑过来，手里拿着刚刚到手的冰激凌："喂！十六号桌的女士让我来告诉二位，你们的咖啡钱她付了。"

梁峰和陈可凡会意地互相看了看，起身向十六号桌走去。

十六号桌坐着一个戴太阳镜的金发女人。

"维罗妮卡？"梁峰问。

"请坐吧，先生们。"女人点点头，摘下了眼镜。

梁峰的心里有什么东西撞了一下。

真是个漂亮的姑娘。

"东西呢？"陈可凡屁股还没沾到椅子，就迫不及待地问道。

"在包里。"维罗妮卡笑了笑。

"我们能先看一看吗？"

"这个恐怕不行。在这儿也不方便。等你们拿到手就可以随便看了。"

"好吧，"陈可凡知道他嘴上斗不过这个金发美女，"你开个价吧。"

维罗妮卡伸出了五根纤细的手指："五十万美元。"

梁峰暗自算了算，打算买房的积蓄再加上今年的工资，他勉强可以拿出十万。如果陈可凡要求一人一半的话，他还需要再借十五万才行……等一下，他为什么要把自己搞得倾家荡产和别人合买这么个破玩意儿？

"放心，我看了，这份手稿里的东西能改变这个世界。要这个价儿，绝对物超所值了。"维罗妮卡眯着眼说。

"行,五十万。成交。"陈可凡爽快地答道。

"那就这么定了。不过小伙子们,我们可能遇到点小麻烦。"维罗妮卡戴上太阳镜,俯身向前,"角落里的两个大个子便衣先生盯我们半天了。我数三下,你们就往门外跑,一直向右,跑过两条街有个加油站,在那儿等我。"

梁峰和陈可凡还没弄明白怎么回事儿,维罗妮卡已经开始数数了。

"三,二,一!"

梁峰和陈可凡猛地起身,把周围的人们吓了一跳。

"嘿!先生!"维罗妮卡大喊,"你忘了这个!"

说着把她的挎包扔向他俩。陈可凡一把接住包,拍了一下梁峰:"快跑!"

冲到咖啡馆的门口,匆忙之中梁峰下意识地回了一下头,看见角落里的男子已经起身,正对着袖口说着什么。而十六号桌已经空空如也,好像从来没有人在那里坐下过。

"梁哥!快!"陈可凡已经把梁峰落下了五六步,着急地扭头大喊。

在纽约长岛笔直宽阔的大街上,两人撒腿狂奔起来。

两旁的房屋和行人跳跃着向后退去。梁峰感觉自己正像电影里一样,陷入了一段惊险刺激的情节。

加油站就在眼前了,梁峰已经能看清加油站横梁上巨大的"Mobil"标志。

"别动,小子!"一道黑影突然从前面窜出来,"把手举起来!"

梁峰长这么大,还是第一次被人拿枪指着。他有点害怕。他瞟了一眼陈可凡,看见了一张汗涔涔的发白的脸——看来他也被吓得不轻。想到这儿,梁峰反而有点冷静了下来。

"你想要这个包吧?"梁峰试探着问。

"少废话！把手举起来！别耍花样！把包交出来！"

"可凡，把包扔给他。"梁峰小声说。

"扔了我们就白来了！"陈可凡的手攥得紧紧的，低声说道。

"听我的，扔给他。包里什么都没有。"

"明白了！"陈可凡小声说道，"嘿！接着！"说着把挎包高高地抛向半空。

就在包下落到刚好挡住了对面男人的脸时，梁峰突然发力，狠狠地向他冲去。

扑通！梁峰和持枪男子一起倒在地上。"快！抢他的枪！"梁峰对着陈可凡大喊，一边用手紧紧扼住男子拿枪的手。

"啊——！"男子发出一声惨叫——他那可怜的右手被陈可凡狠狠地踩了两脚，下半辈子恐怕都别想再拿枪了。

"行了，咱们快离开这儿。"梁峰拍了拍身上的土，看见咖啡店的方向有更多的人向这里涌动。

自助式加油站。输油管子慵懒地挂在几排加油机上，没有一个人影。在石油资源越来越少、油价高涨的今天，这里多少显得有些冷清和破败。这些珍贵的石油和那些富家子弟烧油的豪车一样，都是有钱人才玩得起的奢侈品。

"维罗妮卡呢？"陈可凡弯着腰，喘着粗气。

"不知道。等等吧。"不过梁峰知道他们没有多少时间了。

那群人越来越近了。梁峰看到，至少有四个。他们手里的东西在阳光的照射下，发出黑黝黝的亮光。

梁峰的耳朵突然轰地响了起来，什么也听不到了，就像他以最快的速度骑着摩托时，只能感觉到风呼啸着灌进耳朵。他看见这群穿着黑色西服的家伙表情严肃而夸张，嘴巴动了动。梁峰能猜到他们在喊什么。

梁峰和陈可凡学着电影里的情节，缓缓地把手放在了脑后。

看来，这次是完了。

一抹灰色的魅影悄无声息地在这几个人的背后急速划过，砰！砰！砰！砰！

这四个人像烂泥一样瘫软下去——他们死在了转身之前。

一辆银灰色的兰博基尼风一样地驶到梁峰和陈可凡面前。开车的不是别人，正是一手持枪、一手开车的维罗妮卡。

"嗨！小伙子们！还好我没迟到。"

梁峰和陈可凡迅速跳上了车。梁峰坐在了副驾驶的位置。

"这是你的车？"梁峰问。

"不是，管刚才加油的帅哥借的。"维罗妮卡说这句话时，表情就像和别人借了一块橡皮一样自然。呼啸的风把她的金色长发全部吹起。金色海浪退潮后，梁峰看见了一张完美的侧脸和一个漂亮的耳环。

"我们去哪儿？"陈可凡在后座大声问。

"去拿东西，然后离开这儿。"

六

维罗妮卡拿着发黄的手稿，看着他俩笑了笑："给谁？"

陈可凡反应很快："没关系，一起看。钱我来付就好了。"

梁峰想开口说什么，却没说出来。

"梁哥，这是哪国文字啊？"陈可凡用汉语小声对梁峰说。

梁峰看了看，也没认出来。虽然他除了英语之外，还懂一点德语和西班牙语，但这显然不是他熟悉的文字。

"塞尔维亚语。"维罗妮卡淡淡地说道。

"哦。"梁峰和陈可凡突然一齐扭过头来，一脸惊讶，"你会汉语？"

"工作需要，懂一点。不过可没有你俩说得好。"

"老天！你真是个人才！"陈可凡大呼，"你看这样如何？你给我翻译这份手稿，加上稿子本身，我给你三百万人民币①，怎么样？"

梁峰忍不住插嘴道："人民币好，流通量大，升值潜力大。"

维罗妮卡歪着头想了想，露出了甜美的笑容："好。我和你们走。我还没去过中国呢。"

"去了你会爱上那里的。"梁峰故作神秘地说。

"不过你们俩最好别跟我耍什么花样。"维罗妮卡的语气突然变得低沉冰冷。这让梁峰和陈可凡感到脖子后面一阵发麻。

意外的是，三人登机异常顺利。望着窗外无边无际的大西洋，梁峰有种莫名的激动，感觉自己得到了什么天大的秘密。

傍晚，北京。

"先住在这儿吧。"陈可凡搓了搓手，"这家酒店算是不错的。我们就在隔壁，有事就叫我们啊。"

"嗯。翻译这些大约需要两天的时间。如果没什么事的话，希望在这段时间里你们不要来打扰我。"维罗妮卡说得很轻，梁峰和陈可凡却在这柔声细语里隐隐听到了一种命令的味道。

"大街上和楼下都有吃饭的地方，不愿意出去的话也可以打电话叫服务生送上来。"梁峰在关门之前回头说道。

"知道了。"维罗妮卡露出了一个浅浅的笑。这让梁峰感到无比

---

① 文中人民币兑美元实时汇率为 5.5:1，50 万美元折合人民币 275 万元。

温暖。

"这妞真挺漂亮。"陈可凡感叹道。

"不过却是个冷面杀手。"梁峰点了一支烟,"现在我可以肯定她是干什么的了。"

整个北京城华灯初上,天空被灯光映照得一片紫红。星星都被这耀眼的光彩羞得不敢出来见人了,只留下孤单的月亮无处躲藏。

两天后的早晨,一脸疲倦的维罗妮卡把笔记本电脑还给陈可凡:"翻译好了,都在这里了。"

"辛苦了!累坏了吧?"陈可凡笑吟吟地接过电脑,马上招呼梁峰过来一起看。

"少和我套近乎。我出去逛一会儿,希望我回来时你们还在这儿。估计你们也能看完了。我能想象我回来时看到你们惊呆的样子。"维罗妮卡说完,就拎着包出去了。

听到高跟鞋的声音越来越远,陈可凡说道:"唉,这霸道的洋妞!来,让我们看看价值五十万美元的几页黄纸说了什么吧!"

维罗妮卡回来时,已经是中午。她一手提着逛街的战利品,一手提着两份快餐。她想,这两个家伙可能早饭都还没吃。

门虚掩着。维罗妮卡推门进去,被屋里浓烈的烟味呛着了。梁峰面对阳台抽着烟不说话,地上一堆的烟蒂。陈可凡则还在瞪着电脑,嘴里一边嘀咕着:"不可思议,不可思议……如果这样的话……"

"嘿!还没吃饭吧?我买了午饭……"维罗妮卡见没人搭理她,喊了一声以吸引他俩的注意。

还是没有动静。

"陈!梁!我回来了!"维罗妮卡几乎是尖叫了一声。

"原来这是真的,"梁峰转过身来,眼神空洞,"困扰人类至今的能源问题,他早在一百多年前就解决了。"

"而且是一劳永逸。"陈可凡补充道，"但是这里还有一些技术上的细节，我得回去慢慢研究——梁哥，你不介意我把资料拿回去吧？"

梁峰对陈可凡的客套略感意外，忙说道："当然不会，钱都是你付的，能和你一起先睹为快就已经很满足了。"

"那好。维罗妮卡。那个……现在我手上没有那么多，"陈可凡递过一张银行卡，"这是一百五十万，后面的一百五十万等我回公司再付给你，你看行吗？"

"没问题。"维罗妮卡扬了扬眉毛笑道"我有的是时间。"

"那就好。"陈可凡轻呼一口气，"我要回去了。说实话维罗妮卡，看完这个，我觉得三百万花得真的很值。再见，梁哥。再见，维罗妮卡。"

看着陈可凡的背影，梁峰竟有一丝离别的伤感。这几天的经历，尤其是在美国的遭遇，让他和这个小他几岁的年轻人结下了难忘的友谊。

"你也要回家吧，梁？"维罗妮卡轻声问梁峰，把后者的视线拉回到了她的脸上。

"对，我也要回家了。"

"你的家在哪儿？"

"东北，S城。听说过吗？"梁峰看着维罗妮卡漂亮的眼睛说。

"知道，那里是北方经济与文化的中心呢。"维罗妮卡得意地答道。

"哈哈，可以啊。对了，你去哪儿呢？拿着这么多钱到处跑可不安全。"

"不知道。我说了嘛，这是我第一次来中国。"维罗妮卡的眼神里充满了茫然。

看着她那不知所措的模样，一股强大而原始的力量在梁峰的胸膛里澎湃起来，这股力量让他鬼使神差般地说道："那你和我一起回去吧！"

维罗妮卡稍微愣了一下，随即笑道："好呀。我喜欢北方清爽的天气。"

回到 S 城，梁峰帮维罗妮卡在市区租了一间房子，离他住的单身公寓不到十分钟的路程。梁峰答应她，等周末了就和她一起出去玩，要带她把 S 城从里到外逛个遍以尽地主之谊。不过他现在要赶紧回学校给学生们上课呢。

梁峰告别了维罗妮卡，正往外走，听见身后传来维罗妮卡的声音："谢谢你，梁。"梁峰回头，看到她那双大眼睛正在看着自己，四目相对时，自己的心跳简直快要停止。

就这样过了一个月。一天，梁峰正在上课，同学们认真地听着。此时他们已经进入紧张的高考第一轮总复习阶段。

教室的门外有人敲门。

"请进。"梁峰喊了一句，以为是刚才去厕所的学生，就头也不回地继续在黑板上演示解题。

"哇哦。"同学们发出一阵惊叹。

梁峰这才回头——门开了，一个高挑靓丽的金发美女正微笑着向他招手呢。

"你们先自己想想后面的步骤，我出去一下。"梁峰大步流星地走出去，迅速地把维罗妮卡拉出了众人的视线。

"嘿，维罗妮卡！怎么事先也不打个电话。"梁峰的语气略带责备，以及一丝不易察觉的愉悦。

"梁，我是来和你道别的。"

"道别？你要去哪儿？"梁峰有些意外。

"不知道。中国这么大，四处走走吧。长时间安定的生活我并不喜欢，居无定所的漂泊反而更能给我安全感。可能这就是我的与众不同之处吧。"

梁峰点点头：“什么时候走？晚上我请你吃饭，为你送行。”

“不用了，现在就走。不过，”维罗妮卡又露出那迷人的微笑，“我想我们还会见面的。”

维罗妮卡走后，梁峰的心里像缺了什么似的，总会感到一阵莫名的失落。一个晚上他打开邮箱，突然发现一封邮件，是维罗妮卡发来的！

邮件里说，她已经到达西藏，去过了布达拉宫，跨过了雅鲁藏布江，还吃到了美味的烤羊排，喝到了香甜的酥油茶和醇正的青稞酒。维罗妮卡还传过来几张照片，照片上，湛蓝的天空下是一望无垠的绿色草原，维罗妮卡和几个藏族孩子拥在一起，他们的脸上都红扑扑的，挂着纯真无邪的笑。梁峰真想冲破时空的束缚，立刻出现在照片里，和她在一起！可是他又怎能说得出口呢……于是他给维罗妮卡回复里，只是叮嘱她一个人注意安全（对于维罗妮卡，这点显得有些多余），并祝她旅途愉快。

维罗妮卡每新到一个地方，都会给梁峰发邮件。而梁峰也把几天收到一次邮件当作一种精神寄托了。而陈可凡的电话就是在这个时候打来的。

那天梁峰刚吃过午饭，就接到陈可凡的电话。他的语气很低沉：“梁哥，你现在能来北京吗？”

“现在？恐怕不行，现在正是学生们复习的关键阶段，我离不开啊。有什么事吗？”

“我在那份手稿里又发现了一些新的细节，而又不能和别人说，我能想到的只有你。”

“那电话里说怎么样？”

“还是有机会面谈吧。算了，不说这个了。”

“怎么了，是不是出什么事了？”梁峰可以感受到陈可凡情绪的失落。

"没什么，那就这样吧。再见，梁哥。"

梁峰觉得有点莫名其妙，但也没多想，就去备课了。他要把这些题目都做两到三遍，找出最佳的解法，再介绍给学生们。

直到晚上，梁峰打开电脑浏览科技新闻，一个头版消息让他心里一沉。

"著名企业家陈建军心脏病突发于昨日逝世。"

梁峰这才知道陈可凡为什么给他打电话。他抓起电话，给陈可凡拨了过去。

"对不起，您拨打的用户已停机。"

梁峰怔怔地垂下手，狠狠捶了一下窗框。

七

六月是一个紧张的月份。辛苦备战了三年的学子们要在没有硝烟的战场上奋力拼杀，斩获功名。梁峰的紧张程度不亚于考场里的学生们。直到他拿到卷子，浏览了一遍，发现绝大部分的题目类型他都带学生们练习过，才舒了一口气。

暑假很快就来了。学校的事暂时不用操心了，但梁峰的心里还装着另一件事。自从几个月前，陈可凡的父亲突然离世后，梁峰就再也没有和他联系上过。不过梁峰从网上的新闻得知，陈可凡并没有就此消沉下去，他已经接任了阿波罗电力公司的董事长，要继续完成他父亲"让每个人都用上方便清洁的能源"的梦想了。

梁峰查了阿波罗公司的地址，决定去找陈可凡。

阿波罗以高薪挖人在业内著称，这里是新能源最前沿的阵地，一大批行业顶尖人才会集于此，碰撞激荡出各种大胆创新的想法。

"办公区可真大，比我们学校操场都大……够有钱的。"梁峰嘀咕着。办公环境气派豪华，这是他到了阿波罗公司北京总部后的第一印象。

"董事长在开会，我先通知他的秘书。请您到接待室稍等一下。"连前台的行政都是气质不俗的美女。

陈可凡知道梁峰来了，开完会立刻来迎梁峰："梁哥！好久不见！来之前怎么不说一声，我好安排人接你。"

梁峰心想，不是我不联系你，是你换了电话没告诉我啊。当然，人家肩负董事长的担子，忽略了他这个一面之缘的朋友也是情有可原。

"走，我们进去聊！"陈可凡露出了浅浅的笑容，把梁峰请到了办公室。

"阿波罗公司的豪华办公环境名不虚传。在这个地段租这么一整栋大楼，租金就是天文数字了。"梁峰找着话题。

"哦，租金不用担心，我们把整栋楼买下来了。"

梁峰愕然，却又情不自禁说了出来："看来外面的传言有几分可信，你们真的是暴利行业。"

"暴利吗？你应该看看金融业。至少我们是高科技实体企业，用产品实实在在地改善人们生活。人们愿意花钱买我们的产品，说明确实物有所值嘛。"

"那倒是。去年你们公司还得了一个国家奖吧……"

"国家年度环保创新企业大奖。"陈可凡站起身，面朝窗外手臂一挥，"你看，这是一个被改变主宰的时代，科技让一切日新月异，让世界变得更好。而我们，就站在引领科技发展的最前面。"

梁峰在陈可凡身上，看到了他父亲陈建军的雄心壮志与意气风发。父子俩那种气质简直如出一辙。

"我记得你说有了新的发现，但是不方便在电话里透露。"梁峰丝毫不掩盖他此行的目的。

"我就知道你会来。"陈可凡得意地眨了眨眼，卖起了关子，"有了这个发现，一切就都说得通了。"

"你发现了什么？"

陈可凡看着梁峰，一字字地缓缓说道："全球范围内的电能无线传输，是可能的。"

"你是说，你已经完善了技术细节，可以利用大气电离层与地球的振荡传输电能？"梁峰毕竟看过那份绝密资料，一下就反应过来了。那是特斯拉一百多年前的伟大设想！

"没错！之前我们一直认为，只能利用大气电离层进行电能传输，实际上，大气电离层将为我们供电。来自太阳风的带电粒子流会使地球外层大气电离，从而将地球与大气层变成一个超巨型球形电容器。一旦我们使地球与大气电离层达到完美谐振，在大气中形成振荡回路，我们就可以利用特定频率的接收器获取电能，而太阳风会源源不断地为外层大气离子层'充电'，这是真正的取之不绝的能源！"陈可凡转过身，双眼炯炯有神，他的眼睛里有火焰。

"那样的话，等于开发了一种全新的太阳能高效获取方式……"

"没错！我重新组了一支二十个人的项目团队，调用了公司的最优资源，专门研究手稿里的理论。按照手稿里的描述，我们建立了数学模型，做了几十万次模拟，推算出了关键的技术参数。"

"天啊。"梁峰暗暗慨叹，这份手稿只有在陈可凡手里才能发挥出它应有的价值！毫无疑问，如果全球无线供电能够成功，一个新的时代将来临。一旦大规模推广，对于企业来说，这种能源的成本将极其低廉。而对于普通民众，就基本等于免费使用了。

问题是，现有的能源供应系统将被彻底淘汰，一大批人将会失业，那些依赖能源出口支撑经济的国家将遭受灭顶之灾……这些严重的问题，陈可凡不可能没考虑过吧？

女秘书婀娜地走进来，打断了梁峰的思绪。附在陈可凡耳边说了什么，后者轻轻颔首，吩咐了几句。

陈可凡站起来理了理领带："梁哥，不好意思，有个美国公司的重要客户我要先接待一下，你能不能到隔壁的贵宾室等我一会儿？中午一起吃个饭，继续聊。"

梁峰点了点头，顺着秘书的指引走出办公室。当他走到门口的时候，看到两个高大魁梧的外国人（他的第一反应是美国人）站在门外。梁峰的目光在他们的脸上轻轻扫过，发现他们也在盯着自己，便有些尴尬地和他们擦肩而过了。

不对！这两个人怎么看着有些眼熟……梁峰认识的外国人不多，他可以保证绝对没有见过这两个家伙。但是他们身上的那种气势，那种感觉，总让人感觉怪怪的……

梁峰看见陈可凡满脸笑容地把他们送到电梯口。等电梯关上门后，陈可凡的脸色一下子变了。

"我觉得这两个人我好像在哪儿见过似的。"梁峰说道。

"听你这么说，我就更能肯定了。"陈可凡立刻回到办公室，调出了监控录像，仔细观察起来。

突然，他叫了出来："看这里！他们的脸上！"

梁峰仔细辨认，发现他们的眼眶周围的皮肤比其他部位要白一些，除了这个他什么都没看出来。

"就是这个。想想为什么这块皮肤比较白？因为他们经常戴墨镜的缘故。而脸上其他部位比较黑，说明他们并不是在室内办公的职员，而是经常执行室外任务——他们极可能是 FBI 的特工。梁哥，我们有麻烦了。"

梁峰还没来得及佩服陈可凡的观察推理能力，就被他最后一句话弄得头皮发麻。从美国回来，他就知道事情没那么简单。他最担心的就是陷入纠缠不清的旋涡，而令他沮丧的是，他的那些美好愿望一个都没实现过，而不祥预感却总是能成真。

"他们……是奔着手稿来的？"

"应该是。不过现在手稿原件对我已经没有意义了，随时可以给他们。"

梁峰沉思了一会儿说道："我担心他们针对的是维罗妮卡。看来维罗妮卡急着出手的是一个烫手山芋，我们必须弄清楚事情的来龙去脉。"

"那我们要找到维罗妮卡。你和她还有联系吗？"

维罗妮卡。梁峰心底最柔软的部位被触动了一下。在他心里，维罗妮卡好像突然变成了一个柔弱的小女孩，现在就需要他的保护似的。

他思来想去，决定给维罗妮卡写一封邮件。

发出去没多久，他的电话就响了。是一个公共电话打来的。话筒里传来维罗妮卡那低沉而略带沙哑的嗓音，在梁峰听起来简直是天籁。

"他们找到你们了？"没有一点寒暄，维罗妮卡开门见山地问道。

"是的，两个美国特工假冒客户找到了陈可凡的公司，而我正好也在场。"

维罗妮卡嬉笑了一声："越来越好玩了。哦，梁，我要为上次的不辞而别道个歉，因为我发现有克格勃在追踪我，就不能和你告别了。没想到美国佬还是找到了你们，他们也不笨。"

梁峰有些哭笑不得："你还有心情笑。你现在很危险。"

维罗妮卡轻哼了一声："别担心我了，你和陈可凡也有危险，尤其是他。我从朋友那得到可靠消息，现在事态升级了，美国人和俄罗斯人都知道手稿落到了你们手上，并且在进行投入应用的可行性研究——两国的政府高层很快会插手此事。"

"这么严重？"

"超乎你的想象。告诉陈可凡，尽早放手这个研究，否则后果很危险。我三天后会到北京，老地方和你们会合。"

"你不要回来了，太危险了！"梁峰意识到他根本保护不了维罗妮卡，反而会连累到她。自己能为她做到的就是不再和她联系，离她越远越好！

"唉，本来不想回去的，可谁叫我收了你们的钱呢……事情因我而起，我就得把麻烦帮你们搞定。不过你不必领情，把这当成售后服务的一部分好了。先不说了，回头见。"

梁峰的心里本来都快涌出一眼温泉了，维罗妮卡最后两句冰冷的话又让他的心情跌落回去。也许，她只是把他当作一个有业务关系的客户吧……

可是毕竟，维罗妮卡说了老地方见。想到维罗妮卡那冷冰冰的脸上偶尔露出的甜美笑容，梁峰的大脑似乎就忘记了什么危险了。

八

天气不错，即使是北京的天空也露出了清澈的湛蓝。当然，这里有阿波罗新能源公司的一份功劳，梁峰想。他站在首都机场航站楼外，等待维罗妮卡的航班降落。他的手机嘀了一声，是陌生号码发来的一条信息。梁峰打开信息，不禁心头一紧：

"你被跟踪了，快去停车场。"

是维罗妮卡！她怎么知道有人跟踪自己？难道她已经下了飞机？可航班明明还没到……梁峰来不及细想，他装作若无其事转身回头看了一下，意识到一个看报纸的外国人在盯着他，虽然他的脸上多了络腮胡，但梁峰确定他就是那天在陈可凡办公室门口看见的其中一个。他命令自己不要慌张，脚步却加快了起来。他用余光看到那个人也站起身，向着他的方向快速跟了过来。

"这里是机场，是北京，他应该没有枪。"梁峰这样想着，想让自己镇定一些。可是他的身体却不这样想，面对危险时本能的恐惧代替大脑接管了神经，让他顾不了那么多了，他撒开双腿在人群中狂奔起来。维罗妮卡在想什么，停车场离这儿可远着呢！

此时的停车场空无一人，有些让人害怕。梁峰暗自庆幸，多亏了平时跑步的习惯，很快他就把盯梢的家伙甩在了后面。他喘着粗气回头看看，多少有些得意。可是他刚回过头来，脑门就被一把枪顶住了！

"别动，把手举起来。"眼前正是那个跟踪他的人的同伙，操着一口生硬汉语的美国人。这次真完了！

"老实回答我的问题，否则我打爆你的脑袋。听明白了吗？"特工说道，用枪磕了磕梁峰的脑门。

"那个维罗妮卡在什么地方？"

梁峰的脸已经被汗浸湿了。他咬着牙，摇了摇头。咔嗒一声，特工给子弹上了膛。他的脑袋马上要开花了……

"你找我吗？"一个熟悉的女音娇声道。

特工朝声音的方向侧了一下头。

一颗无情的子弹从他的额头中间穿过，在他的后脑勺上开出了绚丽鲜红的血花。

是维罗妮卡！她躲在背对着特工的一台越野车后面！梁峰倒吸

一口凉气，从那个角度看，稍有差池的话，子弹就会要了他的命。

梁峰想立刻跑到维罗妮卡面前，维罗妮卡却做了一个手势，示意他先待在原地不要动——死掉那个家伙的同伙已经追上来了。

络腮胡特工看到同伙倒在血泊里，又看看梁峰，他的脸变得扭曲狰狞起来，向梁峰扑过来。可是他刚迈出两步，就重重摔倒在了地上——越野车底下悄然伸出一双手臂，拽住他的右腿猛地一拉，将他放倒在地。维罗妮卡顺势从车底滚出，一个鱼跃翻身，用双腿紧紧扼住络腮胡的脖子。不等络腮胡反应过来，他的后脑勺便狠狠挨了一下，失去了知觉。

维罗妮卡拍了拍手，将她的"斑蝰蛇"轻轻放在了络腮胡的手里。她掏出手机，拨通了电话。一口流利的汉语带着淡淡的京味儿。

"喂，是警察吗？我在停车场这里看到两个外籍男子发生冲突，他们好像还有枪……"

"干得漂亮。非法持枪加上故意杀人，这两项重罪可够他受的了。"梁峰啧啧称赞道。

"至少他不会再来烦我们了。我们走。"

"你并不是一个冷血杀手。你本可以杀了他的。"梁峰看着维罗妮卡的眼睛说。

维罗妮卡耸了耸肩："让他活着我们才好脱身。另外，我可不想在地狱树敌太多。"维罗妮卡看了看表，皱了皱眉："这个时间，陈可凡应该到这里了。"

"你和他约好了在这见面？"

"对，他执意要来接我。糟糕！他有危险了！"

陈可凡从后视镜里看到，一辆丰田普拉多跟在他的后面有一会儿了。他加大了油门，发动机轰隆作响，车速一下超过了一百二十千米。管不了那么多了，只要能甩开后面的家伙。

不过很快，他发现情况更加不妙。前面的车一直不肯让他超车。两辆车一前一后，将他夹在了中间，动弹不得。他正犹豫着要不要给维罗妮卡打电话，后面的普拉多突然加速蹿上来，狠狠地向他撞来。

陈可凡马上踩下刹车，猛打方向盘，可是已经来不及了！车子被撞得偏离了方向，失去了控制，在马路上翻滚起来……

他醒来时，已经躺在了医院的床上。旁边的维罗妮卡和梁峰看到他醒了，都舒了一口气。

"我昏迷了多久？"陈可凡看了看他俩，感觉头疼得厉害。

"两天一夜。先不要动，医生说你有轻微脑震荡。"

陈可凡下意识地摸了摸自己的脸："我的脸没事吧？"

维罗妮卡扑哧一声笑了："放心吧，虽然你的脑子摔坏了，你那张脸却毫发无伤。感谢上帝，他知道你身上哪儿最值钱。"

"我都这样了，你还不放过我啊。"陈可凡笑道。突然，他记起来了，嚷嚷起来，"不对，我是被撞了！在去接你们的路上，两辆……"

维罗妮卡"嘘"了一下，示意他别出声："我们都知道了。你现在很危险。因为他们的目标是你。"

"我？"

"对。据我所知，你的公司已经拿到了红头文件。"

"你怎么知道……"陈可凡张大了嘴巴。

"我只能告诉你，我不是唯一一个知道的。既然你已经得到了官方的支持，那么他们下一步肯定会对你下手了。只有除掉你，搞垮你的公司，才能终止这项工程。"

陈可凡若有所思，恍然大悟道："我好像知道幕后主使是谁了。"

"可能远比你想得复杂。设想一下，如果这项工程取得成功，能源变得极其充沛及廉价，全球能源供需格局将重新洗牌，那些依赖能源出口的国家将受到严重的打击——你能想到是哪些国家吧？"

梁峰的心里立刻闪过一串国家的名字。

"而你们作为全球能源需求第一大国，自然是最大赢家。包括许多发展中国家都将借势快速发展，国际秩序也将被彻底改写。"

"所以为了保护自己的利益，他们会想尽一切办法阻止这项工程，哪怕这项工程成功的背后是全人类未来的利益？"梁峰有些不愿相信。

"当然。未来是不确定的，而现在却是真实的。历史已经一次次证明，人类在面临重大抉择的时候，总是会倾向于选择有利于自己眼前利益的那一边。"

维罗妮卡转向陈可凡，继续说道："所以，我劝你还是尽早放弃吧。表面上看，这只是一项科研成果投入实用的工程，实际上这是一场国际政治经济的角力，一个暗流涌动的巨大旋涡，几乎所有的大国都会卷入其中。而你，现在就好像驾着一艘小船在风口浪尖上，一个大浪就会将你吞没。"

陈可凡坐了起来，搔了搔脑袋："我明白了。还真是有点害怕啊。可是如果我现在退出，是不是也变成了和他们一样，为了自己的利益而放弃了人类的未来呢？所以就算只有一只小船，我也要到旋涡的中心瞧瞧！"

梁峰看着眼前这个头上还包着纱布的家伙，眼圈竟有些红了。自己之前还想着从这一堆麻烦中早点脱身，回归教书的平淡生活。和陈可凡相比，自己的想法连可笑都算不上了。

"陈船长，你的小船上还缺水手吗？"梁峰的胸中已经巨浪滔天。

陈可凡大笑："当然，最好是熟悉水性，不怕风浪的！"

"别忘了，我可是调试特斯拉线圈的高手喔。"

"嘿嘿，我早就查过了，AC联盟第一届特斯拉线圈调试大赛冠军就是你！"

维罗妮卡看着两个男人深情对视，干咳了两声："我猜我该走了。"

"你去哪儿?"梁峰回过神儿来。

"反正我是无业游民,船上又不需要特工。"

陈可凡大笑:"谁说不需要?我们的小命可就靠你保护啦!"

三个人一齐笑起来,把手紧紧握在了一起。

九

果然如维罗妮卡所说,这是一场复杂的国际较量,复杂程度超出了他们的想象。

经过多方的交涉,各国勉强达成了一致意见,但是必须满足以下条件:必须保证该工程仅作为商业及民用。该工程如果成功投入使用,则任何国家都有永久免费使用其电能的权利。

在观望的态度和怀疑的目光中,全球无线电能传输工程正式动工了。由于工程的主体为五座电能传输塔,这个工程又被称为"巴别塔工程"。

梁峰相信那句俗语,万事开头难。什么事只要开始做了,就等于成功了一半,剩下的需要靠意志与汗水,按着计划前进,就能一步步走向成功。在重重阻力之下,工程的建设缓慢但有条不紊地进行着。

他知道这项工作的艰辛,只有拥有最坚定信念的人才能胜任。但他仍低估了完成这项伟大工程的困难程度。从前期的工程选址,施工准备,再到看着塔逐渐变高,他和陈可凡不知遇到了多少次"意外",多亏维罗妮卡在,总是能让他们化险为夷。

《圣经》记载,人类为了避免再次被洪水淹没,计划建造高耸入云的巴别塔，寻求上帝力量的秘密。上帝因此震怒，决定阻止人类的这一计划，从而使人们说不同的语言，人们无法相互沟通导致造塔计划失败。而如今，五座输电高塔同时拔地而起，四座分别分布在亚洲、欧洲、非洲、南美洲的陆地，一座位于大洋洲那辽阔的太平洋海面之上。输电塔高度达到了五百八十米，是沃登克里弗塔[2]高度的二十倍，但结构上仍参照后者进行设计。梁峰感叹，经过一百多年的发展，如今的工业设计水平仍然难以超越一百多年前的天才设想。但陈可凡仍然非常自豪地宣称，他们的工作是史无前例的，因为他们创新地在高塔周围采用阿波罗公司自行研制的太阳能高效硅电池阵列，用来为输电塔供电，电能产生与传输全过程清洁无污染，是真正的绿色能源。四座陆地高塔都已调试完成，只要海上这座高塔完成调试，五座高塔同时运行达到完美谐振状态，在地球与大气电离层之间建立低频共振，整个工程就算大功告成了。那一刻，全世界的灯火将为他们闪烁。

从高空俯瞰海上的高塔，有种奇特的美感。深蓝色的海面上，一圈圈太阳能电池板围绕高塔向外绵延数千米，好像巨大的花瓣。花瓣映衬之下，高塔显得更纤细，顶部那半圆形的发射台就如同饱含花粉的花蕊——整个工程看起来就像盛放在大海上的巨型花朵。

"看吧！特斯拉在1893年用无线电点亮了40千米外的氖气探照灯，用不了多久，我们就要点亮世界各地！"飞往海上高塔的飞机上，陈可凡端着酒杯，轻抿了一口红酒，得意地说道。

---

② 沃登克里弗塔：特斯拉为进行无线信号与无线电能传输试验，而在纽约长岛建造的输电塔。塔高29米，1900年开始筹建，1912年被拆除。很多人推测，1908年发生的通古斯大爆炸与特斯拉及沃登克里弗塔有关。

"可我总有种不安的感觉。离完工的日子越近,这种感觉越强烈。"梁峰凝视着手中的冰葡萄酒,轻轻地摇晃着。如果不是沾陈可凡的光,他自己是永远不会买这种产自法国的天价红酒的。

"怎么,就剩最后一座塔了,你对自己的调试水平不自信啦?前面四座塔干得都不错啊。"

"那倒不是,只是感觉罢了。"

"别胡思乱想了,接着!今天是平安夜呢。跟着你们在这受罪!"维罗妮卡嘟着嘴,向他们一人扔过来一个红苹果。

对啊,明天就是圣诞节了。陈可凡挑这个日子进行最后一座输电塔的调试,不知是有何用意,还是他也早就忘了这个节日?也许是忘了吧,这个年轻的企业老总一头扎在工作里,连自己的生日都不记得过呢。

下了飞机,梁峰和陈可凡就和驻守在这里的技术人员一起,准备开始最后的调试工作。调试工作分为两部分:首先是单个输电塔的功能性静态调试,检查输电塔线路各项功能是否正常。确认工作状态正常后,陈可凡将命令五座高塔同时运行,再进行动态调试,直至高塔与大地和大气电离层达到共振状态。而手稿里记录的一部分重要内容,正是关于如何将输电塔与周围环境调试成完美的谐振状态的。

最后一座输电高塔的静态调试仍由梁峰主持进行。海拔五百多米高的半圆形发射台里,梁峰带领几名工程技术员紧张地工作着,他比之前更加小心与认真地检查着每一处细节。就像他经常告诉学生的那样:细节,往往是决定成功的关键。

就在这时,陈可凡的助理神色慌张地小跑进来,对陈可凡小声说了什么。陈可凡的脸色变了,他吩咐了几句,继续留在发射台里看着梁峰他们进行最后的静态检查。很快,助理再次哭丧着脸跑进来,手里捧着一部接通的电话。陈可凡面色凝重，接过电话按下了免提键。

"陈可凡先生，我们是美国太平洋舰队第三舰队，我是'里根号'航空母舰舰长凯文·斯托克韦尔上校。你们已经处在我们的攻击范围之内。受联合国命令委托，我们要求你和你的项目组成员立刻停止无线输电的试验。立刻停止试验。收到请回应。"

梁峰听到这不由抬起头，脑袋嗡的一下就大了。在夜色的掩护下，远处的海平面上，一个由导弹巡洋舰、导弹驱逐舰、护卫舰围绕航空母舰组成的航母战斗群正向他们迅速靠近！

"凯文上校，我们的试验是完全符合公约要求的，为什么要停止？"陈可凡故作镇定地反问。

"直到昨天紧急会议之前，它还是合法的。我想贵国与会代表已经通知了你昨天的会议结果，但是你却连夜赶来想要完成试验。再次重申，这项实验必须立刻停止。"

梁峰和维罗妮卡完全被蒙在鼓里，他们惊讶地看着陈可凡，看来他早就知道这一切！

陈可凡先对他们使了个眼色，示意他们别出声，又朝梁峰做了个手势，要他继续进行调试，他来稳住这个上校。

"凯文上校，我并没有收到任何通知。你能说说为什么要终止试验吗？即使试验成功，我们也将按照约定，只在商业和民用上进行应用，有什么不妥之处吗？"

电话里，另一个声音传过来："张先生，我是参加昨天会议的美国代表卢卡斯，我现在正在'里根号'上。我很抱歉地说，你和贵国参加开会的代表一样善于装糊涂。你我都很清楚，反对的声音一直都存在。之前同意你进行试验，主要是因为贵国施展的外交攻势，使我们没有足够时间对该项目的负面作用进行正确的评估。现在看来，它并不符合全世界人民的利益。"

陈可凡笑了："全世界人民的利益？卢卡斯先生，让我来理解你所说的什么全世界人民的利益。我们把800万台小型家用能量接收器免费发放给非洲最贫困的居民，那里至今还未通电，不符合你所说的全世界人民的利益。我们把接收器给高能耗的企业免费试用，大规模地进行节能减排，不符合你所说的全世界人民的利益。而你们低价从发展中国家进口原材料，高价出口高附加值工业制品，利用剪刀差赚取巨大的利润，一面抬高国际原油价格，一面大力推进碳关税草案的通过来限制发展中国家发展，就是你所说的符合全世界人民的利益了？"

对方愣了一下，陷入了短暂的沉默。梁峰打了一个OK的手势，表示输电塔静调已经完成。

陈可凡点点头，继续说道："所以，亲爱的卢卡斯先生，让凯文上校带您回家吧，海上的旅程一定让您晕头转向了。用一小部分人的利益代表全世界人民的利益，会闹笑话的。"

"陈可凡先生！我们没工夫跟你打嘴仗。我提醒你们，另外四座输电塔已经被控制了，你们的试验已经没法完成了。"电话里再次传来上校强硬的声音。

陈可凡轻哼了一声："早就料到你们会有这一招了。先假装同意让我们造塔，在最后阶段再操纵会议撕毁约定，控制输电塔，坐享其成。只怕你们要用输电塔做什么不可告人的研究呢。"说着，他掏出手机，输入了一个命令。

不到一秒钟，远在上万千米外的四座高塔与第五座高塔同时亮起灯光，开始运行！

陈可凡无视上校，亲自开始五座高塔的动态调试。

维罗妮卡看到航母战斗群已经逼近最外层的太阳能电池阵列，距离他们只有几千米远了。她的眉头也开始皱了起来。

不断有上千米长的电弧从半球形发射台射向大气中，好像搜寻猎物的蟒蛇在不断吐着信子。但陈可凡神情专注地工作着，丝毫没有注意外面晴朗的天空开始变得乌云密布，电闪雷鸣。大海变得躁动不安，十几米高的海浪翻滚涌动，航母战斗群随着海面起伏着，从高塔上看就像起风的湖面上的玩具船一般。一只看不见的手拨动了天地之间的琴弦，地球像是被唤醒的巨人，发出阵阵听不见的嘶吼。

"我最后再警告你们一次！你们已经进入我们的攻击范围！立即停止试验，否则我将下令摧毁高塔！"上校歇斯底里地嘶吼着。

"我也要警告你，上校，现在你们也进入了我们的攻击范围，你们最好不要动，否则我可以让你们瞬间没命。"陈可凡的语气很冷静，冷静得让人害怕。

"你知道你刚说的话有什么后果吗？你刚刚威胁了第三舰队的航母舰长，我有权力进行自卫反击。"

"不要动！"

"哈哈哈，不自量力的家伙！全体准备，瞄准输电……"

没等他说完，陈可凡迅速拨动了控制台上的一个按钮。

梁峰感到浑身汗毛倒竖，一道耀眼的白光瞬间吞没了高塔外的一切。

世界突然陷入一阵小小的安静，只听见电话中断的嘟嘟声。

"快捂住耳朵！"梁峰反应过来，朝大家喊道。

一阵巨大的爆炸声随后传来。发射台的玻璃窗被震得粉碎，凛冽的海风夹着雨水，刮到了每个人的脸上。

梁峰抬头向外看，惊恐地瞪大了眼睛。他看到航母战斗群上空冒着黑烟，几艘巡洋舰和护卫舰七零八落地散开在海面上。而"里根号"已经失去了平衡，正一点点往下沉。从未在战争中受过重创的第三舰队，竟在他们的眼前灰飞烟灭！

"我们已经可以控制能量在地球表面上任意地点进行释放了。"

"这太疯狂了。"一向冷峻沉稳的维罗妮卡，脸上也露出了恐惧的神色。

"如果我不先出手，变成炮灰的就是我们。"陈可凡说着，继续埋头操作，目光并未从控制台上移开。

巨大的电弧跳跃舞动着，轻和着地球与大气电离层之间奏响的能量之歌。发射室里的接收器指示灯开始闪烁。与此同时，非洲大陆一片光明，那与八百万接收器相连的电灯，同时睁开了眼睛。

"我们成功了！成功了！"梁峰不禁大喊。

"是啊，我们就快成功了……"陈可凡继续飞快地操作着，在控制界面里输入一串串数字。

梁峰有些困惑地看着那些数字，有些看起来很眼熟……那是经度纬度表示的坐标！

"陈可凡，你在干什么？"

陈可凡的表情变得奇怪起来："哈哈哈，我在创造历史！你看，人类社会发展到今天，就像一个高龄产妇，每一次创新变革的孕育都让她痛苦万分。但是改变总要到来，是谁也阻挡不住的！现在她最需要的，是一把手术刀，一把快刀！"

"快住手！"梁峰已经猜出他在干什么了，朝他扑了过去。陈可凡被扑倒了，两个人扭作一团。

"维罗妮卡，快关闭控制台！他想炸毁世界各地的发电站！"

维罗妮卡冲到控制台前，猛地拉下总闸电源开关。

"哈哈！没用的！这座发射台连着一台接收器，你根本关不掉的！"

砰砰砰！维罗妮卡拔出枪，对着控制台一阵连续射击！

"来不及了，哈哈！圣诞快乐！"

午夜的钟声敲响了，圣诞来临。人们怀着对生活的无比热爱，沉浸在幸福与快乐之中。

一座座空旷的发电站的上空，突然火光四起。巨大的爆炸声混在焰火与钟声里，化成了对节日的祝福……

这是全新的时代，这是最好的时代。人类从能源的枷锁中解放了，加速走向未来。

十年的时间转眼就过去了。那场全世界范围的发电站大爆炸，人们开始试着淡忘。他们已经习惯了新的无线能源，就像无线网络信号一样无时不在、无处不在。

十

今天是探望陈可凡的日子。梁峰开着刚买的那台可以直接从大气中无线接收动力的电动汽车，飞驰在去往监狱的路上。

往事历历在目。陈可凡把所有的责任都揽到了自己身上。就他对全世界造成的损失而言，终身监禁的判罚似乎轻了点——整个世界用了五年时间才恢复过来，但同时工业体系借此机会得以迅速重建改良。第三舰队的覆灭则永远成了一个谜，很少有人知道的是，这件事的真相事关某超级大国的尊严，因而也成了陈可凡的筹码。

陈可凡在房间里焦急地踱着步。他看见梁峰，便像孩子似的跑到门口。

"维罗妮卡怎么没来？"他有些失望地说道。

"今天雯雯上幼儿园，她去送孩子了。她特意吩咐我给你带了这个。"梁峰说着，摸出了一瓶梅子酒。

陈可凡的眼睛立刻亮了，又笑了起来。

两个人喝着酒，谈着往事。梁峰不胜酒力，微醺着说道："说真的，一开始我以为维罗妮卡喜欢的是你。"

"哈哈，我怎么没感觉到？梁哥，最终抱得美人归的是你啊。现在你和我说这个，可不厚道啊。"

"也许……嗯，那你后悔过吗？"

"后悔什么？"

"十年前你的决定，和现在这所有的一切。"

陈可凡没有回答，将眼前的酒一饮而尽。他站起身，背对着梁峰。

"再过十年，人们会原谅我。再过二十年，人们会感激我。时间会记住我，一个追寻特斯拉脚步的开拓者的名字。"

陈可凡转过身："你还记得马克思说过的话吗？"

梁峰看着陈可凡，在琢磨他想说哪一句。啊，他知道了。他和陈可凡同时开口，一起背了起来：

"如果我们选择了最能为人类福利而劳动的职业，那么，重担就不能把我们压倒，因为这是为大家而献身；那时我们所感到的就不是可怜的、有限的、自私的乐趣，我们的幸福将属于千百万人，我们的事业将默默地，但是永恒发挥作用地存在下去，而面对我们的骨灰，高尚的人们将洒下热泪。"

两个人相视而笑，就像他们第一次在飞机上相遇那样。而承载这一幕画面信息的光线，正以光速飞出地球，飞出太阳系，飞向宇宙深处而化为永恒。

太空彩虹

"我看到它了，它真漂亮。"

"你看到什么了？"

"彩虹。一道太空彩虹。"

"好好欣赏它吧。它是属于你的勋章。"

一

　　一列空荡荡的地月高铁停在距离地表两万六千九百千米的太空，随着轨道的起伏轻轻摇曳。这是一个很奇妙的点，位于地球和月球内切线的交点附近，在这里向两边看去，月球正好和地球一样大。巨大的月球近在眼前，此刻它完全遮住了正午的太阳，在非洲大陆上投下一个相当于美国那么大的圆形阴影。阴影里的地球人早就习惯了这人造日全食。他们还不知道，这将是他们最后一次享受阴影带来的清凉。

　　此刻，全世界的目光聚焦在阴影中心的地月高铁指挥中心大厅。大厅里挤满了人，却静如死水。人们屏住呼吸等待着，苍白的脸色像是在接受审判。

"月球下降速度正在降低！当前高度 3.433 万千米！"

"继续提高推进站功率！必须在 3.433 万千米高度之上把月球推出去！"

"推进站已达额定功率百分之一百二十！月球速度为零，高度 3.431 万千米！准备反向推进！啊……A 区 23 号推进站发生故障熄火了！"

"该死！快把 B 区 23 号推进站同步关闭！快关闭！"

"B 区 23 号已关闭！月球高度稳定在了 3.431 万千米！"

人们刚想舒口气，却立刻被浇了一盆冷水。

"没用了。月球已经严重偏离了地球同步轨道。它之所以还没掉下来，是全凭月球正面那一千八百个满功率运行的推进站托着。一旦推进站里的冰耗尽……"

"会怎样？"

"月球会马上坠向地球。在地月超级轨道的拖拽下，它将开始绕着地球做加速螺旋运动，巨大的引力会将海水引向天空，引发严重的海啸。不出二十四小时，超级轨道会缠在赤道上，像切西瓜一样把地球切成两半，最终月球以超过两万千米的时速和地球相撞。"

"我的天！你不是在开玩笑吧？"

"我倒希望这是个玩笑！"

几个没成家的年轻人哭了起来。

"推进站的冰还能维持多久？"

"不到三个小时。"

"那现在怎么办？"

"祈祷——祈祷上帝为我们修改万有引力常数。其他一切都毫无用处了。大家回去准备一下吧……天意如此，这是人类的末日。"

二

工程船沿着赤道向东一路飞驰，在坑洼不平的月球表面上激起一团团月尘。黑色星空下的远方，一颗蓝白相间的巨大星球散发着柔和的光芒，从地平线上缓缓升起。缭绕的云雾在广袤的海面上空轻轻翻腾着，看起来仿佛触手可及。

透过船舱的舷窗，杰西卡望着这一幕出神。他们刚完成月面三号区内推进站的检修任务，踏上回三号基地的归途。杰西卡摸了摸小腹，感到轻微的酸痛伴着颠簸在体内流动。她睁着眼不让自己睡着，生怕错过这只有穿越月球正背面交界才能欣赏到的壮观景象[①]。

船长哈里森回头看了一眼杰西卡，又顺着她的目光望了望窗外，便咧嘴笑了："嘿，你还没看够呢？"

"当然。每次看的感觉都不一样呢。你看，上次我们从这里穿过的时候，看地中海还只是那么个小不点儿，现在已经长这么大了！看！那是直布罗陀海峡，我能感觉到大西洋的海水正穿过它朝着地中海缓缓流淌……"

一个年轻男性的声音从后排传来："我也看到了流动的洋流，还有成群的海豚在撒欢儿。他们在追赶什么？漆黑一团，哦，一定是一只乌贼放了墨汁儿。等我摘下眼罩好好看个清楚……"

---

① 由于潮汐力的长期作用，月球的自转周期与公转周期相同。这一效应称为"潮汐锁定"。所以月球始终用它的一面朝向地球。如果一个观察者站在月球上不动，若是站在月球的背面上是看不到地球的；若站在正面上看，则地球在太空中的位置几乎是不动的。

杰西卡扑哧一声笑了："真讨厌。我只是稍微用了一下想象力而已嘛。"

"对，'想象力比视力更重要。'谁说的来着？"

"爱因斯坦[②]。"哈里森插嘴道。

三个人都笑了起来。

"呃，我没打扰你休息吧，星河？"杰西卡脸色微红。

李星河打了个哈欠，摘下眼罩递给杰西卡，捏了捏她的手："当然没有啦，宝贝。还有一段路程，你也睡一会儿。现在你比我更需要休息。"

杰西卡看着他，那双黑色的眼睛里充满了爱意。

"可以把飞船调成匀速巡航模式吗，哈里森？"

"没问题，杰西卡小姐。要不要来点音乐？"哈里森虽然五十多岁了，但是精力充沛，一杯威士忌就能让他像上了发条似的工作个不停。

"有音乐最好不过了。"

"贝多芬还是巴赫？"

"巴赫，谢谢。"

一段轻柔的小圆舞曲在船舱里弥漫开。杰西卡闭着眼，意识随着节奏起舞，很快便进入了梦乡。

一个白色建筑群近在眼前。月球三号基地的气闸大门缓缓打开，欢迎主人回家。

"到家喽，伙计们！"哈里森从船上跳下来，几下就甩掉了身上

---

② 爱因斯坦原句为"想象力比知识更重要"。

的太空服，"今晚可得庆祝一下！有多久没……"

他的话还没说完，嘀嘀的报警声就响了起来。

"哪一座？"李星河皱了皱眉头。

"第十六号推进站，主推进器熄火。看来我们得晚点才能庆祝了。"

气闸大门再次打开，两个小黑点带着两道轻烟，轻快地朝第十六号推进站呼啸而去。

从外面看，三百多米高的推进站建筑通体纯白，在阳光的照射下格外耀眼。李星河知道这些推进站工作的时候有多壮观。眼前这个推进站熄了火，喷射口冒着零星的蒸汽，像一根孤零零的巨大烟囱。这种大烟囱在月球上共有三千六百根，从赤道到两极沿经纬线均匀分布，到处都能看到它们的身影。

"真抱歉，星河。这座推进站是我检查的，当时并没发现任何问题。"

"别在意。故障随时都可能发生，这是正常情况。如果整个工程一直顺顺利利，我反而觉得不踏实。"

"啧啧，你真是天生做工程师的料啊。杰西卡的眼光真不错。呃，说到杰西卡，我说句题外话你不介意吧？"

"请说吧。"

"我觉得是时候让她回地球休养了。地球上工作强度没这么大，营养又跟得上，对她和孩子都有好处。"

"嗯，我已经和她商量过了，但她想在这儿把孩子生下来。"

"在这儿？"哈里森眼睛瞪得溜圆。

"对。一号基地的医院开设了妇产科，据说已成功接生了几个宝宝。"

"我的老天，那你们的孩子将成为第一代月球人啦。"

"你知道的，杰西卡放不下工作——现在是月球变轨的关键阶段，出了任何差错都将前功尽弃，前人几十年的努力就付之东流了。"

"那是当然。说实话我还真舍不得杰西卡，她能把那些干巴巴的罐头做成法式大餐……说得我都饿了，让我们赶快把这该死的故障检查做完吧。"

他们沿着螺旋形楼梯盘旋而上，进入了主喷射口的控制室。

"系统显示，发射口没有得到足够的冰，达不到规定的推力。"

"查一下近期冰源供应数据，星河。"

"数据正常。"

哈里森皱了皱眉头："唔，把氦-3聚变发电站到涡轮增压机之间的线路检查一遍吧。看在晚餐的分上，我可不希望这块出什么岔子。"

"好消息，博士。它们运行状态良好。"

"真是个好消息。可是这该死的故障又是怎么回事？"

李星河没有答话，而是调出了推进站的三维监测扫描图像。两个人认真地察看起来。

两个小时过去了，还是没有结果。哈里森感到胃部一阵痉挛，头上开始出汗。他掂了掂背包，还剩两罐空气。"也许我们要向地球总部报告这个情况，工程又要延期了……我能想象到地面上的指挥部收到报告那副暴跳如雷的模样。"

"再等一下，博士。有人说，地球上的稀土已经没有了。是真的吗？"

哈里森伸出三根手指："还能维持这么几年。看看地球被我们搞成了什么鬼样子。环境、资源、人口，一切都比二十年前更糟。"

要不是地球日益糟糕的状况，如此大胆的计划也不会被提上日程。

"政治家们对这个计划的信心比科学家可要强多了。你说得对，让我们今天就把这个干完吧。我得告诉杰西卡，让她别等我们了，给我留一块儿牛排就行……"

"不用了。"李星河的表情如释重负，"故障找到了。"

那是一小段连接冰站到融冰池的管子。管壁由于低温而结了一层薄冰，冰越结越厚，从冰源供应站送过来的冰不能全部通过管道，部分堆积在了管口边缘。

"还好发现得早，否则迟早会把管子撑爆。看来需要加热融冰池里的水，让水回流把冰融掉才行。"

"对。然后我再编一个定期维护管道的程序，发给所有的推进站。这可能是一个普遍存在的隐患。"

"干得好，星河！"

故障很快解除了，李星河兴奋地搓着手，拉下了启动操纵杆。

轰轰隆隆，涡轮机开始加速旋转，李星河能感受到地板和墙壁在颤动。他们走到屋外，欣赏这壮丽绚烂的景象。

大量水蒸气以极高的速度喷射出去，在喷射口上方几十米的极寒的真空中迅速凝华，变成细小的冰粒射向太空，就像绽放的白色焰火。靠近喷射口边缘的蒸汽速度没有那么高，它们变成冰粒后在天空中飞舞着，慢慢飘落在推进站的四周，落在李星河和哈里森的身上，像一场北国冬天的小雪。李星河仰着头望着这磅礴壮丽的工程奇观，它像一首雄浑震撼的交响乐让人陶醉。

哈里森拍拍李星河的肩膀："二十年之内，这里将建成一座座繁华的大城市，成为人类新的乐园。"

三

一片幽蓝的背景下,模糊的影像渐渐清晰。列车仍在疯狂地加速,司机室里乱作一团。摩西用小手紧紧抓住妈妈的衣领。虽然不知道发生了什么,本能让他意识到了危险,他开始哇哇大哭起来。

年轻的母亲紧紧地搂住孩子,用颤抖的双唇亲着他的额头:"宝宝不怕,妈妈爱你,妈妈对不起你,不该带着你一起来……"

年幼的摩西最后看到的,是那带着巨大的陨石坑和月海的月球表面,像一堵墙一样向他砸了过来,让他喘不过气,哭不出来……

"啊!"摩西猛然惊醒,大叫着扯开汗津津的被子。又是一场噩梦。同样的噩梦,他已经做了二十五年。每次醒来,便再也无法睡着。

他下了床,走到窗前。天还没有亮。他苦笑一下,拉开了窗帘。窗外,是清晨四点钟的布莱斯城的景色。这是月球上的第三大城市,也是距离地月高铁车站最远的城市。尽管如此,远在天边的地月超级轨道还是像一道笔直的光束一样清晰可辨,它似一把利刃般插进月球深处,也插进了摩西的心里。

越远越好。摩西多看一眼那闪着幽幽蓝光的轨道都会做噩梦。等明年月球背面的城市建成,他就搬到那里去住。那样他就再也不用每天看着这幽灵般的轨道,还有那让人厌恶的地球了。

想到地球,一件重要的事情萦绕上他的心头。每当此时,他才意识到一年又悄然而逝。他必须去地球一趟。

"卷毛!"摩西对着墙喊道。

墙上闪出许多跳跃的光点,汇聚成一只电子斑点狗的形象,用滑稽的腔调答道:"干啥?"

"查一下今天的日程。"

光点马上分散，变成了一串文字信息：

"早上九点：去公司上班；上午十点：找老板凯文请假；晚上七点：参加月球进步青年会布莱斯分会月度例会。"

"又开会。"摩西皱了皱眉头，"没有其他事情了？"

光点一晃，又变回了摇头晃脑的卷毛："没啦。你想来点别的吗？比如一场约会？日程表显示你已经一百二十一天没约会啦。等一下，让我黑一下布莱斯十八岁到三十五岁单身女性今晚的日程表……贴心助手哪里找，有了卷毛没烦恼！有了！共有一万六千六百三十八名佳人可约，距离你最近的有……"

"闭嘴，你这条死狗。"摩西不耐烦地摆摆手。

"啊哦！主人不开心，卷毛要小心！"卷毛摇了摇尾巴，变成一群光点消失在墙上。

摩西打开抽屉摸到了药瓶。他吞下一粒小药丸，连水都没喝，又重新倒在了床上。

四

一千八百台推进站昼夜不息，推动月球绕地轨道一点点从黄道平面附近向赤道方向进行变轨。现在，月球在距离地球四万千米的赤道平面上稳定地运行着，距离地球同步轨道仅一步之遥。

李星河站在基地的天台上，望着星空若有所思。突然，他嗅到一丝烟味。

"有研究表明，一支烟会减寿五分钟，恰好和抽一支烟用的时间相当。"

"我知道。四千种有害物质，患肺病和中风的风险加倍。"哈里森说着，磕掉烟斗里的烟灰，又装了一斗。"但这是统计学得出的平均概率，具体到某一个体上就不一定正确。"

"比如你。"

"比如我。"哈里森表情很享受地吐出了一大团烟雾。李星河感觉他就像一个小型的推进站。

"星河，我问你，假如有两种人生摆在你面前：一种是小心翼翼的健康生活，比如吸烟、饮酒，以及有可能发生意外的远行等，这些对身体有害的事都不能碰，这样的日子持续五十年；另一种是百无禁忌，随心所欲，且没有经济上的限制，但是只有五年的时间供你挥霍。你选哪种？"

李星河愣了一下说道："你这个例子太极端了。大多数人都是处在两种情况之间吧。"

"不极端就不能看清问题的本质。不说这个了，你刚才望着地球在想什么？你在这儿站了好久了。"

"我想起了一首关于月亮的中国古诗。它很有名，三岁小孩子都会背诵它。"

"念来听听。"

李星河沉吟片刻，抑扬顿挫地吟诵起来：

"床前明月光，疑是地上霜。举头望明月，低头思故乡[3]。"

---

[3] 由于哈里森不懂汉语，此处李星河朗诵的为自己翻译的英文版，原文如下："The moonlight spill in front of my bed, just like the hoarfrost on the ground. I rise my eyes to watch the moon with bright light, then I bow my head and miss the place where I grew up."

"很美妙的诗啊。"

"可惜的是，以后再也体会不到这种美了。月球接地点定在了非洲的肯尼亚山，对于亚洲人来说，月亮在他们的夜空里永远消失了。"

"对有赏月习俗的人来说，还真不是一件开心的事。"

"说说工作吧，哈里森。'天梭'项目进展得怎么样了？"

"还不错。一期的十根丝线已经准备好了，等月球一上同步轨道，调整好接地点位置，就可以进行发射试验了。"

"天梭"项目启动的时候，只有哈里森在场。杰西卡的预产期到了，李星河在医院陪护着她。想到他们不能亲眼见证这历史性的一刻，哈里森有些惋惜，但是想到他们即将为人父母，那种喜悦是胜过一切的。

两条相距两米的光滑导轨沿着水平的发射台向前延伸一千米，然后以二百米的半径向上弯曲，几乎笔直地指向天空。一大卷白色丝线缠绕在滚筒上，像一个巨型的蚕茧。这并不是普通的丝线，而是抗拉强度极高的新型材料，全部在月球理想的真空环境中合成，其强度甚至超出了制造者的想象。滚筒被架在导轨的起点，轴心通过齿轮箱与伺服电机相连。丝线的一头系在一个梭形的陶瓷弹头尾部，陶瓷弹头被单向卡在横置在两条导轨的金属棒上。通电后，发射台基座下产生强磁场，两条导轨和横置的金属棒形成回路，与发射台组成了一个巨型的电磁炮发射装置。

哈里森感到有人轻拍他的肩膀，回头一看竟是李星河。

"你怎么来了？"

"杰西卡说我在那边也帮不上什么忙，"李星河不好意思地笑了，"在这里还能有点用。"

"臭小子，你来得还不算晚。我们马上要开始了。"哈里森转过身，向操作人员点头示意。

滚筒在电机的带动下开始转动，过了一会儿，导轨上的陶瓷弹头开始向前滑行，在洛伦兹力的作用下，它的速度越来越快，很快就超过了月球的逃逸速度。滚筒也飞速转动着放出丝线，亮晶晶的丝线在梭形弹头和滚筒之间若隐若现，跳起了疯狂的舞蹈。金属棒带着陶瓷弹头继续加速，径直冲上二百米的弯道。金属棒被轨道末端的止挡卡住，陶瓷弹头则带着丝线飞了出去，笔直射向了地球。

陶瓷弹头变成了一个闪光的小点，很快就消失在茫茫的黑暗里。

"只要飞过两千五百千米，越过地月引力区的交界，就算成功一大半了。"李星河仰着头，目送着光点消失。

"还要三十五分钟。看好滚筒，小伙子们。走，我们先去喝一杯。"

"你那时紧张吗？"

"什么？"

"我说要当爸爸的时候。"

哈里森笑了。"我当时一直守在外面，想抽烟的时候发现手在抖。听到哭声那一刻，你会觉得那是世界上最美妙的声音。"

"抱歉，我不能陪你喝……"

"快回去吧。那才是最重要的。"

哈里森看了看表，放下杯子起身，重新戴好太空服头盔。

滚筒慢慢停了下来。哈里森用手套轻轻去触碰几乎透明的丝线，紧绷的弹力让他舒了一口气。几十千克重的陶瓷弹头成功进入了地球引力区，像被施了魔法一般变成了氢气球，带着丝线倒垂在月球的上空。

滚筒重新开始匀速转动。在地球引力作用下，丝线随着弹头慢慢向地表靠近。当第一根丝线成功到达地面的时候，哈里森知道他们离最终目标已经不远了。数以百万计的丝线将架起地月直通的超级轨道，实现几代人为之倾注心血的梦想。

发射到第七根丝线时，哈里森收到了一条信息。

"我当爸爸了！是个男孩！"

五

会议在一家食品公司的会议室里举行。摩西步行穿过楼下一排排色彩鲜艳的喷气跑车——那是最近几年最潮的玩意儿，每个年轻人做梦都想拥有一辆，除了摩西。他看着这些造型花哨又能耗惊人的潮流新宠，不屑地摇了摇头。摩西推门而入，会议室里一片嘈杂。年轻人的聚会，空气里总是充满了荷尔蒙。

"哎哟，我们的环保大使来了！"一个满脸雀斑的年轻男子坐在会议长桌的总裁席上，招呼着摩西。他叫布奇，是进步青年会布莱斯分会的老大，也是这家食品公司董事长的儿子。

布奇眯着眼环视了一圈，清了清嗓子说道："好了各位，人齐了咱们就开始了。今天召集各位兄弟来，主要是想想对付地球佬的新招。他们太不把咱们放在眼里了！"

"该死的地球佬！"几个男孩嚷嚷着。

布奇示意大家安静，继续说道："大家知道，地球佬之所以开发月球，是为了得到月球上的资源。氦-3、稀土、铁矿，无论什么好东西，都源源不断地被运往地球。作为回报，我们得到了什么？不过是一些食物、纯净水和廉价的生活用品而已！这些玩意儿我老爹的公司都会造！"

"可惜味道不咋样。"坐在摩西旁边的小胖子吉米小声嘟哝道。

布奇情绪激昂，脸涨得通红："兄弟们，还记得上周的示威游行吗？降低地球进口食品价格，多么合理的要求！他们不仅把我们赶出了超市，还把两个兄弟送进了局子！"

"你们不该煽动大家抢东西。"摩西淡淡地说。

会议室里突然安静了。大家都看着摩西，又去看布奇。

"老兄，你不懂，我们必须强势。"布奇眯着眼睛，并没有看摩西，"月球的未来属于我们，在月球出生的新一代！为了全体月球居民的利益！我们该怎么办？"

"给他们点颜色瞧瞧！"

"地球佬要有大麻烦了！"

"为了月球！"

"摩西的老爹是搞地月工程的一个头儿！"不知道谁喊了一句。

"别在我面前提他！我爸已经死了！"摩西拍案而起，像一头发怒的狮子般吼了起来。

"闭嘴，托尼。你他妈嗑了药啦？告诉过你，不要在摩西面前说这种话……"布奇瞪了瞪托尼。

摩西不再说话，直到会议乱哄哄地结束。他走到布奇跟前，和他握了握手。

"如有冒犯，还请原谅。"摩西低着头说。

"别在意，兄弟。托尼那个蠢货，说话从不过脑子。听说你这几天要去地球？"

"嗯，我每年都要去一趟。"

"去那儿干吗呢？听说月球人到了地球，身子跟灌了铅似的。"

"去看我妈妈。"

"噢，真该死，我不该问这个。什么时候出发？"

"明天就走，三天之后回来。"

布奇伸开双臂，给摩西一个拥抱。"三天。我会想你的，兄弟。"他把嘴唇附到摩西耳边，"自己保重，小心地球妞儿。上次一个兄弟回了地球乱搞，他的下半辈子都毁啦。"

摩西苦笑，摇了摇头。

"你懂我的意思。保重，兄弟。"

六

历时两年，"天梭"项目终于完工了。

最初的几千根丝线由电磁炮发射，作为轨道的骨架。后续上百万根丝线由仿生机器人完成铺设。尽管它们设计得像蜘蛛，却被取名为"织女"。上千台织女每天在丝线上爬上爬下，在天地之间穿梭不停。每当夜幕降临，织女身上的信号灯闪烁，无数光点从太空落下地面，宛若从银河倾泻而下的流星瀑布。

与此同时，地月高速轨道列车也已研制成功。这是一种轨道供电的全封闭式列车，采用八节全动力编组。与地球上已连接七大洲四大洋的高铁不同的是，这种列车截面是回字形，把轨道包围在车体中间。动力设计上采用了双转向架抱轨结构，两排车轮紧紧把轨道夹在中间，以提供列车加速时的巨大爬升力。得益于太空理想的真空环境，列车稳定运行的时速可达两千千米。这意味着，从地球乘地月高铁到月球，只需要十八个小时。

"真正的风驰电掣。"哈里森曾经这样评价道。

杰西卡抱着一岁半的儿子，第一次坐在回家的地月高铁上。那颗让她魂牵梦萦的蔚蓝母星，她已阔别了十年。她曾无数次回望着地球，心想等地月工程成功，一定要乘坐地月高铁回来。光阴易逝，岁月悠悠，一等就是十载春秋。

列车平稳地加速，很快就驶出了月球引力区，向着地球飞奔。窗外群星闪耀，从这里比从地球上能看到更多的星。列车达到既定速度后，关掉了动力，沿着超级轨道向下滑行。杰西卡感觉椅背的推力消失了，自己飘浮在空中，飘浮在茫茫星海里。杰西卡知道，这些星里面至少有十万个拥有和地球一样的行星，每一颗行星都极可能存在生命，都有属于自己的岁月长河与文明史诗。

失重的同时，方向感也消失了。不知不觉间，座椅旋转了一百八十度，让乘客更加舒适地头朝地球上方。

孩子的哭声唤醒了杰西卡，那久违的重力让她鼻子发酸，热泪盈眶。

李星河站在出站口，不住地往里张望。他看到杰西卡，立刻小跑过来拥抱妻子，再把儿子接到怀里。

"欢迎来地球，小月球人！希望你能好好享受在地球上的第一次假期！"

才过了一个星期，杰西卡就犯愁了。小家伙始终适应不了地球的重力，整天病恹恹的，明显地瘦弱了下去。

"星河，我可能要带他提前回去了。这几天他总是上吐下泻的。"

"医生怎么说？"

"高重力综合征反应，必须回低重力区才能恢复。"

"哦，我可怜的小宝贝儿，能再为爸爸坚持两天吗？我把手上的事情忙完，和你们一起回去。"

小家伙好像听懂了似的，小腿使劲地扑腾，再次哭闹起来。

"好啦好啦，妈妈先带你回去啦。我们在月亮上的家里等爸爸！"

杰西卡再次坐在地月高铁里，望着脚下的地球出神。下次回来要什么时候？也许很快，也许很久，也许……

只要一家人在一块儿，在哪儿都是家。想到这儿，她举起儿子的小手摇着，柔声说道："和地球说再见，摩西。"

<h1 style="text-align:center">七</h1>

清晨的阳光透过苍翠的松柏，化成斑驳的光影伏在石路上。墓园里肃穆清静，一排排沉默的墓碑整齐地矗立着，像等待检阅的士兵。

第十二排第七座。

摩西慢慢地穿过碑林，来到属于妈妈的那一座。照片里的妈妈微笑着，在时间的琥珀里永远年轻。

摩西看到墓碑前放着一束白菊。花瓣上还挂着水珠，在微风中轻轻摇摆。

他刚刚来过。

摩西轻舒一口气。幸好没和他撞见。自从那次事故后，他在心里突然对"父亲"这个概念变得模糊而陌生，对妈妈的想念与悲痛转化成了对他的愤怒与怨恨，好像那次事故是由他造成的似的。摩西心里也知道，这对他的父亲并不公平。父亲的每次探望他都拒绝见面，渐渐的，他也不再来了。摩西想象着他一个人失落地坐在回地球的列车上，心里一定很难过吧。

"你这是一种应激性精神障碍，多沟通增进感情，和你父亲坐在一起聊聊天什么的。"

他应该六十一岁了。或者六十二？摩西摇了摇头，也许他该去见见这个孤独的老头儿……

来年，还是等来年吧。摩西打定了主意，觉得轻松了许多。

八

哈里森在门口敲了敲门，发现门并没有锁。

屋里一股刺鼻的酒味。一个胡子拉碴的男人斜躺在沙发上，目光呆滞。哈里森不敢相信，这个面容枯槁的男人，就是那个永远干劲十足，和他一起在月球上完成伟大工程的李星河。

"星河啊，我替你请了一个月假，你好好休息吧。"

"我今天一来是看看你，二来是……"哈里森停顿了一下，还是讲了出来，"黑匣子已经运回了地球，事故分析报告出来了。"

"制动系统失灵，导致列车在最后的两千五百千米继续加速，最后直接撞上了月球。"

李星河没有反应，仿佛听不见哈里森说话似的。

"视频里拍到了杰西卡。她第一时间跑去司机室帮忙控制列车。知道减速无望后，为了保护超级轨道，她在最后一刻把轮对抱轨压力值调到了零。"

"傻瓜，这个傻瓜……"李星河闷声说着，眼泪簌簌地流下来。

"危急关头她想保护的不是自己，而是地月工程，是整个世界的未来和希望。"

"还有你们的孩子。"哈里森停顿了一下说道，"摩西还活着。"

李星河的眼睛睁大了，目光转向哈里森："你说什么？"

"孩子在医院。有些皮外伤和轻微脑震荡，还受到了点惊吓……总之没什么大碍。等地月恢复通车，你就可以去看他了。"

"谢谢你，哈里森。谢谢。"

"客气啥。"

"再给我讲一次地月工程史吧。"

"啥？你刚入职那会儿，我不是都给你讲了好几遍啦？好吧。"

哈里森摸出烟斗点上，缓缓说道："这一切的开始，源于那个科学界第二著名的赌局④：月球地表下到底有没有冰。

"上世纪末，科学家拉里和布莱恩在研究月球时发现，月球的直径要比之前测定的偏大一些。拉里认为这是由于过去测量技术的限制带来的误差，布莱恩却坚持认为另有原因：因为月球的质量测定结果并没有变化，这说明月球并不是由单一密度的岩石组成的。布莱恩通过计算，大胆推断出，在月球表面 10 千米之下，普遍存在着 5 千米厚的地下冰。很不可思议，对吧？

"为此，布莱恩和拉里打了那个赌。输的人要在当年的平安夜裸奔一千米。后面的事儿大家都知道了，拉里那一丝不挂哆哆嗦嗦的滑稽样儿，打了马赛克上了所有的科学界杂志封面。事情还没有结束，布莱恩通过计算进一步发现，这些冰如果能以不小于 120 千米的时速喷射出去，则足以将月球变轨，并把它推入地球同步轨道。

④ 一般认为，科学界第一著名的赌局为霍金与索恩打赌天鹅座 X-1 是否含有黑洞，赌注是输家为赢家订阅杂志。霍金打赌它不是黑洞。在 1990 年有较充分证据表明它是黑洞之后，霍金认输，为索恩订阅了一年美国成人杂志《阁楼》，让索恩太太很不高兴。

"那会儿对于月球的开发还处于初级阶段，地球上的资源也还够用，所以并没有引起人们的注意。随着地球上资源日益紧张，开发月球的愿望越来越强烈。二十年后，另一位科学界的天才演说家卡尔·多把这套理论加以完善。卡尔预测，如果建造3600台推进站，五十年内就能完成这项工作。到时候，架设一条从地球直通月球的轨道，就能直接利用月球上丰富的资源。

"以中国、美国和欧盟为首组成了科研联合体，投入巨资开始对相关技术进行研究。"哈里森吸了一口烟斗，叹道，"那真是一个天才辈出的黄金时代啊。核聚变技术、智能化工业系统、超高强度材料成型技术相继取得巨大突破，一个个科学家的名字闪着金光，像星辰一样点亮了茫茫黑暗的宇宙。

"现在，关键的一棒恰好交到了我们手里。我们今天取得的成就，是无数卓越超群的人用毕生精力共同完成的，这里面有多少的付出与牺牲，恐怕已经数不清了……人啊，有些是在床上离开，有些则是在向前探索的路上。"

李星河向哈里森点点头，起身穿上外套。

"你去哪儿？"

"地月高铁要恢复通车，一定有很多活要干。"

九

"到站了请叫醒我，好吗？"

"没问题，先生。"美女乘务员给了摩西一个甜甜的微笑。

摩西钻进了最里面的卧式席位，用耳塞和眼罩把自己堵得严严实实。只有这样，他才能说服自己坐上回月球的列车。

随着高度的爬升，地球的重力逐渐减弱。摩西感到身体重新变得轻盈，积攒了三天的疲倦正从每个毛孔里流出来，此刻他最需要好好睡一觉，别的什么都不管，最好是一觉到终点……

而此刻，月球进步青年会酝酿已久的"占领推进站"行动已经拉开大幕。青年会成员迅速控制了月球正面的一千八百座推进站。用布奇的话来说，这将是一场"妙极了"的行动，他们将重新取得与地球对话的主动权。

"我再次警告你们，这是严重的犯罪行为！"地月高铁指挥中心里，一个满脸络腮胡的男人对着监控画面怒吼。

"哦，别动气，老兄。你就是首席指挥官安格瑞？把语气放轻松点儿，有助于咱们更好地达成一致意见。"布奇右手放在推进站操纵杆上，左手的手指敲着桌面。

"没什么好谈的，你们这是敲诈。地球食品的价格不可能降低60%。你们完全是在无理取闹！别动那根操纵杆！"

"不，那是刚才的条件。鉴于您的态度，现在谈判条件变了，我们要求降低90%——您应该清楚，现在您处于什么情况。"

"少虚张声势！你要是敢干出格的事，咱们都得完蛋！"

"虚张声势？这个词可把我激怒了，安格瑞。"布奇激活了操作面板，开始输入指令。

"浑蛋！快停下！你们疯了吗！我们再谈谈！"

"如您所说，已经没什么好谈的了。再见，地球佬。"布奇说着，拉下了操纵杆。

一千八百座推进站全部启动，轰隆隆的声音通过监控传来，让人不寒而栗。

"他们疯了！他们要利用推进站把超级轨道扯断！要让月球脱离

同步轨道！"

"快去请李星河！"

十

满全功率运行的涡轮发动机超高速旋转，把高压水蒸气以超过十马赫[⑤]的速度喷出。巨大的推力下，月球开始缓缓向外移动。超级轨道被绷得紧紧的，如橡皮筋一样正在被拉长。

可是布奇他们不知道的是，超级轨道所用的材料抗拉强度极高，巨大的拉力只是让它产生了弹性变形，月球向外偏移了一段距离便再也无法移动，就像被绳子拴住的困兽。

"怎么办，布奇？事情好像闹大了。"吉米有些不安地问道。

"别慌，多试几次。熄火再试试看。"

所有的推进站同时熄火，超级轨道的拉力迅速占据了上风。整个月球猛地一颤，所有人都重重地摔在地上。

布奇终于反应过来他做了什么，大喊道："快把火点着！"

一切都太迟了。月球像绑在橡皮筋上的石头一样，迅速被拉向地球。

摩西梦见了大海。船随着波涛起伏，他站在甲板上，看着一个个大浪拍向船舷。船摇晃得厉害，海风呼啸着吹过耳边，好像有人在大喊大叫……

---

⑤ 表示速度的相对性量词，一倍音速为一马赫。

高速行驶在轨道上的列车突然打了个趔趄。超级轨道剧烈收缩，变得不再平滑，像一条受伤的蛇痛苦地扭动。

"呼叫指挥中心！前方轨道出现异常波动！列车无法正常行驶！请指示！"

"立即紧急制动！全部人员立即疏散！"

人们想起了二十五年前那次事故，车厢里顿时陷入一片混乱和恐慌。逃生舱从列车尾部依次放出，沿着轨道向地球滑去。列车长最后看了一眼空旷的车厢，咬了咬牙，钻进了最后一个逃生舱。

大厅里的人群自动分开，让出了一条路。李星河穿着睡衣，披着没扣纽扣的大衣，叼着烟斗快步走了进来。

"对不起，李。我不应该被那些年轻人激怒的。我实在受不了他们的挑衅……"安格瑞抱着头，痛苦地说道。

"先不说这个。告诉我现在月球的位置和推进站的运行情况。"

"推进站全部满功率运行，月球高度 3.519 万千米。"

"推进站怎么会落到那些浑小子手里？"

"这个……推进站使用频率太低，为了降低运营成本，改成了无人化运行……现在我们已经重新控制了推进站。"

"解除最大功率限制，功率上调百分之十。"

"上调百分之十五！"

"月球下降速度正在降低！当前高度 3.433 万千米！"

"继续提高推进站功率！3.433 万千米是一条死线，月球一旦进入线内，地球对它的引力将大于自转离心力与推进站推力的极限总和！必须在这个高度之前把月球推出去！"

摩西感到嘈杂声渐渐退去，船却愈摇愈烈。他迷迷糊糊地扯掉眼罩、耳塞，发现这根本不是梦。车厢正在摇晃着，而且空无一人！

摩西踉踉跄跄地检查了所有的车厢，不祥的预感越来越强烈。那种熟悉的恐惧再次袭来，让他浑身发麻。救生舱，车尾一定有救生舱……

"没用了，还差一点点。"李星河的肩膀垂了下去。"除非有一个力来替代23号推进站，否则只能等着月球掉下来。天意如此，人类最终还是毁在了自己的手上。大家回去准备一下告别吧，这是人类的末日。"

"等一下！那辆列车里面还有个人！"一个眼尖的助手叫道。

"快！从接地端收紧轨道，将其重新绷直！为列车重新启动做准备！快查一下这个乘客的个人信息！能不能挽救局面就看他了！"李星河说完仔细看了看，觉得这个年轻人有点眼熟。

"查到了！摩西·李，二十七岁，月裔……"

"不用说了，"李星河颓然坐倒在椅子上，"那是我儿子。"

十一

现场一阵尴尬的沉默。大家知道这对眼前这个年过六旬的老人意味着什么。二十五年前，一场意外夺走了他的妻子。现在，同样的意外和绝境，将再一次残忍地刺痛他的心。

"李，我想我们应该抓紧时间了。"安格瑞拍了拍他的肩膀。

李星河的肩膀在抖，好像在积聚力量。他重新站了起来，揩了揩鼻子："我知道。一会儿谁都别说话，我来跟摩西谈。另外我需要一个人帮我提示时间。"

摩西绝望地冲进司机室，依然一无所获。他已经知道发生什么了。

现实变成梦魇，梦魇再次变成现实，他被生活玩弄在虚实之间，他累了。也许，这样结束也未尝不是好事……

这时，一个声音突然传来："摩西，好久不见啊。"

"你是谁？"摩西紧盯着屏幕上的那个老者。

"我是你爸爸。"

摩西吃了一惊，脸色随之一变，把脸扭到一边："我没有你这个爸爸。"

"那就叫我李星河吧。一见面就是这种十分危急的场合，真是不好意思。哦！你还戴着这枚月岩戒，这是我当年亲手磨出来送给你妈妈的……"

"不用证明了，我知道你是。"

"太好了，那我开门见山地说吧。现在是非常紧急的时刻，月球已经偏离了轨道，正处在和地球相撞毁灭的边缘。而你是唯一有希望阻止这一切发生的人。"

"为什么是我？"

"因为列车上只有你一个人。只有你能驾驶它。"

摩西头皮一紧，大叫一声："你是说，让我操纵列车去撞月球？"

"没错。经过计算，只有让列车以超过五千千米的时速撞向月球，才有希望挽回一切。"

"不可能，我做不到！做不到……你不知道我每天都做着怎样的噩梦。"摩西声音发颤地说着，把头埋进了胳膊里。他的大脑嗡嗡作响，二十五年前那一幕在他眼前疯狂闪现。

"你可以的，摩西。"李星河看着儿子，"放轻松，按照我说的去做，你和我们大家都能得救。妈妈在天堂里也会为你感到骄傲的，相信我。"

妈妈，杰西卡。摩西抬起头，发现面前的超级轨道重新变得平滑笔直起来。"已经别无选择了，不是吗？说说我该怎么做吧。"

"你需要重新启动列车控制系统，跳过自检程序，列车马上就会开动。当时速达到两千千米时，系统会发出速度上限警告，这时需要你手动解除它，继续加速。时速每增加五百千米系统都会警告，你要一次次地手动解除它们。这个绿色的按钮是启动键，红色的是紧急制动，哦，不过你这次用不到它了……"

全世界的目光聚集在这个年轻人身上。摩西一边听一边操作，他的手指微微颤抖，汗从他的脸上流下来。列车缓慢启动，开始继续爬升。

可是刚走了一段，它又停下了。人们的心一下又提到了嗓子眼。

摩西的脸色发白，痛苦地闭上了眼睛："对不起……"

"你已经差不多成功了，我的孩子……没关系，你已经努力了，没关系。"李星河转过身去，面对众人责难的目光怒吼着："他已经尽力了！没人可以强迫他！"

人们呆呆地望着屏幕。无助的眼神里已没有愤怒，只剩下绝望。

等待末日，这是世界上最令人绝望的事。

"动了！又动了！"突然有人大叫起来。

列车重新开动了，迅速爬升，沿着轨道驶向月球。

命运从来不会怜悯地看弱者一眼，她只愿意张开她热烈的双臂，将无畏的勇者拥上英雄的殿堂。

"这是我的儿子！你做到了！"李星河扑到屏幕前，激动地大声喊着。

摩西尽量不去看闪着炫目蓝光的轨道。他的内心出奇地坦然，他已准备好付出一切。

"警告：本车时速已达两千千米，请检查……警告解除。"

"对，就是这样！听我说，摩西，司机室本身就是一个小型逃生舱，和车头是可以分离的。自从上次事故之后，月球站轨道终点增加了巨型弹簧缓冲装置，列车以高速撞向月球的时候，我们会把装置打开，列车减速到零，再被反向弹出，这样我们就获得了双倍的动量，所以才能把月球推出去。下面的事情很关键：你要在车头与弹簧接触减速之后，赶在发射口没有被压变形之前操作司机室快速弹出，否则后面车厢巨大的惯性会把司机室挤成薄片。"

"为什么不能提前弹出呢？"

"那样你会带着五千千米的速度撞到月球表面，与没弹出效果一样。"

"好吧。我有多长的反应时间？"

"0.3 秒。"

"真够长的。"

"放轻松，一定能成功。你会成为救世主的。"

"不，是妈妈。这个弹簧缓冲系统是用妈妈的牺牲换来的。是她挽救了这一切。"

"警告：时速已达三千千米……警告解除。"

"你说得没错。让我骄傲的是，你和你妈妈一样勇敢。"

"抱歉，每次你来看我，都让你失望了。"

"咳，不提这个。这不是见着了嘛。"

"警告：时速已达三千五百千米……警告解除。"

"外面的星空好漂亮。"

"是啊。在月球上那会儿，我最爱干的事儿就是观星。"

"警告：时速已……警告解除。"

"向后预调一下司机室发射角度，摩西。保证你能落到地球上而不是飞向太阳。"

"我想飞向人马座，该调成多少角度？"

"看来你已经开始放松了，这很好。很快就要进入月球引力区了，系上头部束带，保护好颈椎。"

尽管是面朝月球，摩西仍能感受到推背的强劲推力，月球像充气的气球一样，在他的视野里迅速变大。

列车更快地加速，化成了一颗极速飞行的巨型子弹。距离到达终点还有二十分钟。

十分钟。

五分钟。

六十秒。

"警告：时速已达五千千米，请检查动力系统是否正常。警告：时速已达五千千米，请检查……"

"集中精神，摩西。0.3 秒没有想象的那么短，你可以的。"

摩西不停地深呼吸，手上渗出了汗。

三十秒。摩西能看到一排排推进站正喷着蒸汽。

"以后每年的今天，代我去看看妈妈。"

"别说傻话。做好弹出准备！"

十秒。城市的轮廓显现出来，星星点点的灯火向四周散开。

五秒。月球表面高耸的建筑清晰可见，利剑一般迅速向摩西逼近。

一秒。摩西感到血往头上涌，眼前一阵晕眩，地面占据了一切……

"嘭！"

监控画面消失了。列车以最壮烈的方式毁灭了自己，完成了它光荣的使命。巨大的撞击力将列车彻底解体，被弹簧弹出时，它已化成了一簇由零件组成的花朵。与此同时，月球以难以察觉的幅度轻微颤动了一下。

"撞击起作用了！月球高度正在上升！当前高度 3.434 万千米！"

"3.435 万千米！"

"释放轨道，保持松弛状态！"

"摩西！能听到吗？摩西……"

十二

一个小型不明飞行物向地球飞来，对准了印度洋。巨大的加速度几乎让摩西昏厥。他睁开眼，看到了一幕神奇的景象：

推进站持续不断地喷出高速蒸汽，使月球上方的太空充满了白色的微小冰粒，形成了氤氲的云雾带，将月球变得美丽而神秘。阳光照射在那些小冰粒上，被折射成了宇宙中最色彩缤纷的美。

在广袤的太空中，出现了一道绚丽的巨型彩虹。

"摩西，收到请回答，请回答。"

"我看到它了。"

"谢天谢地！你做到了！我们成功了！"

"它真漂亮。"

"你看到什么了？"

"彩虹。一道太空彩虹。"

"好好欣赏它吧。它是属于你的勋章。"

"月球回到同步轨道了？"

"已经脱离危险，一切尽在掌握之中了。"

"我觉得总有一天，它会再次离开地球。"

李星河沉吟了一下："是的。终有一天太阳会变成红巨星，到那时就真的是末日了。和地球相比，月球质量小得多，更容易逃离太阳系，去寻找新的家园。所以月球才是人类最后的归宿和寄托啊。"

"有道理。您想得够远的。但前提是人类没有毁于自己的无知与自私。"

"百分之百正确。我们还挺聊得来的，你觉得呢？"

"不觉得。我可以睡一会儿吗？"

"臭小子。睡吧，我也要回去睡了。我们已经锁定你的位置。但愿打捞救援别搅了你的好梦。"

摩西关掉通话，又看了一眼彩虹，戴上了眼罩。

"晚安了，爸爸。"他嘴角上扬，轻声说道。

TIME.SPACE.LOVE

　　只剩他自己孤零零地在海上漂着。为了排遣寂寞，他还学会了作诗：

　　"漂啊漂啊漂，一朝又一朝。白日乘风浪，梦里赴春宵。"

　　今天是他来到这儿的第十天。和以前一样，一上午就这么过去了。这样的日子也还不错。他舒舒服服地和伙伴们躺在一起，打算继续打个盹儿。突然一阵塑料摩擦声伴着脚步声传来，他感到被什么东西捏住了，身体一阵扭曲变形，同时离开了他躺着的地方，被抛向空中。带着眩晕和剧痛，他还没来得及看清是谁，便坠入一张黑黢黢的大嘴中。

　　紧接着是一段颠簸而烦闷的旅途。在黑色袋子里，他什么都看不见，只能听见同伴们的窃窃私语，还有低声的啜泣。

　　"喂，怎么回事？"他开口大声问道，"我们是被绑架了吗？"

　　在他身边的一个同伴看了他一眼，叹道："唉，和我们即将面对的遭遇比，我宁愿被绑架啊。可是谁会绑架一只袜子呢？"

　　"而且是一只低档的男士运动袜。"另一个同伴补充道。

　　"廉价的地摊货！"黑暗里，一个声音愤愤不平地叫道。

"唉，这就是命哟！没有绫罗绸缎身，就不要有那贪图富贵荣华的心呀。"

他听明白了，自己原来是一只袜子。那种最普通的，只能在夜幕降临时，出现在地摊上的袜子。

第二天，他就出现在了地摊上。他这才注意到，一直有个同伴一声不吭地被他压在下面。

那是一只男士运动右脚袜，和他组成一双袜子的伙伴。

"嗨，你好啊！真不好意思，把你压疼了吧？"

右脚袜哼了哼，算是答话。

"呃，你看我们躺在这里看夜景，感觉很惬意呢。"

"你这个笨蛋。"

"咦，笨蛋……你不觉得星星一闪一闪的天空很漂亮吗？"

"笨蛋！你只是一只袜子啊！做好被人穿在脚上肆意蹂躏和忍受潮湿臭汗的准备吧！"

"虽然是一只袜子，可我也算来到这个世界上了呀。我想看一看这个世界，总是没错的吧！至于你说的那些……"

两只袜子正说着，一个顾客来到地摊前，朝他们看了看。

"糟了！"右脚袜低声叫道。

他们被拿了起来，丢进了男人的背包里。

"井上先生，一共是八十元！谢谢您的照顾！欢迎下次再来！"

很快他们知道了，他们的主人是一个单身的年轻男人。他把他们拿出来放到床上，整齐地摆好，对着他们深鞠了一躬："你们好！我是井上正雄！明天辛苦了！作为上班的第一天，你们要为我加油呀！袜子君！"

"哼，穷鬼加神经病。"右脚袜四处打量着，得出这样的结论。

"可是他管我们叫袜子君耶！感觉他把我们当成朋友一样！你听

见了吗，明天是他开始工作的第一天，我们也要好好努力呀。"

"你也是个神经病。这只是一个刚毕业的穷大学生，买不起新衣服，便买了我们图个吉利而已。"

"啊，原来是这样……可是对他来说，我们就像新衣服一样有意义呀。明天……我简直有些迫不及待了！"

灯熄灭了，今天的最后时光留给了嘀嘀嗒嗒的时钟。黑暗里，传来右脚袜的声音："傻瓜，我不得不告诉你，我听说第一天是最难熬的，你将会受到非常痛苦的折磨。"

他此刻正满心欢喜地期待明天，哪会把这句话放在心上呢？明天快快到来吧！

不幸的是，右脚袜说的是真的。

天刚刚亮，他们就被井上胡乱地抓起来往脚上套。主人的脚很大，他的身体紧绷，感到整个身体都被撑满了！这种感觉有点……怪异。紧接着，他和井上的左脚一起，伸进了一只黑色的人造革皮鞋里。鞋里有一种味儿，闻起来可不太好受。不过现在管不了这么多了，他得和井上的脚一起，快点把主人送到地铁站去——上班第一天，当然是不能迟到的啦。

这第一天真不是好受的！他的身体大部分都在鞋子里，闷得要窒息了。上面一截稍好一些，也总被裤子盖住，只能在裤子和皮鞋中偶尔露出一条缝儿的时候，他才能往外面看看。公司里人真多啊。他看见各式各样的鞋子、裤子，还有同样只露出眼睛的一双双袜子。主人跑来跑去，脚不停地出汗，他浑身浸满汗渍，变得滑腻腻的，与鞋子摩擦发出令人难堪的扑哧声……天啊，快点下班吧！

还好，刚回到家，主人就把他们脱下，在水盆里用肥皂好好搓洗了一阵，拧干挂在阳台栏杆上。他的心情立刻好了起来，对着旁边的右脚袜说道："第一天总算过完啦。真是辛苦又充实的一天啊！"

右脚袜没有理他，好像在思考着什么。

日子就像井上的脚步，一步步往前迈着。他已经习惯了主人的脚，觉得没那么难熬了。很快，主人有了第二双袜子，紧接着是第三双，直到现在，一共有七双。好日子终于来啦，他和右脚袜一周只需要工作一天，其余时间都可以躺在阳台栏杆上晒太阳，吹着公寓对面扑面而来的新鲜海风。

即使是现在回忆起来，他仍然认为这是一段欢乐时光。洗衣机滚筒是他们跳舞的社交场所，床底下是他们秘密幽会的乐园。那么多伙伴一起趴在栏杆上，面朝大海，聊聊理想，畅谈袜生，听后来的同伴讲和主人一起出差的种种趣闻。他真想井上君能够多出几次差，也带他去看外面更大的世界呀。

"别傻了，照照镜子，你已经掉了色，抽了丝，弹力也大不如前了——直说吧，你只是一只又老又丑的运动袜，主人即使出差的话，也不会带你去的。"是右脚袜的声音。

"不会的。井上君一向是个公平又善良的人！喂，你在干什么呀？啊！"

他看到右脚袜正借着吹来的风，身体使劲儿地晃荡着。右脚袜的身体越晃越厉害，几乎快离开栏杆了，吓得他大叫起来。

"哈哈，我才不要一直待在这里，等着被这个穷小子抛弃！苦日子我已经受够了！"说着，右脚袜更加拼命地摇晃着身体。

"不要啊！一定是我絮絮叨叨，把你惹恼了！都是我的错，给你添麻烦了！请不要离开我！"

右脚袜稍微停顿了一下，盯着他看了一眼，骂了句："你这个笨蛋！需要道歉的是我才对好吧？我走之后，没人和你配成一双，你很快也会被抛弃吧！"

他愣了一下，才意识到问题的严重性。可是已经来不及了！

一阵风斜斜地吹过，右脚袜用力一挺，飘走了。

"永别了，你这个善良的笨家伙！"

他含着眼泪，看着右脚袜盘旋着下坠，飘落到了马路中间。几辆汽车从右脚袜的身上碾过，右脚袜被车轮带起又摔到地上，身上沾满了尘土，身体已经由干净的米色变成了抹布一般的灰黑。他看到右脚袜痛苦地缩成一团，慢慢滚到了路边。他的眼泪扑扑地流了下来。

"糟糕，要迟到了……咦？怎么少了一只？"早上，井上挠了挠头，"那只好换一双穿了。"说着，井上匆匆把他丢到一边，换了另一双袜子。

他失落地滚到了地上，又被着急出门的井上一不小心踢到了床下。

可是，他怎么知道井上是不是不小心呢？

"这么快，就被抛弃了吗？"他喃喃道，心里说不出的难过。

从此，他的世界没有了阳台上惬意的阳光和海风，没有了洗衣机滚筒里快乐的舞会。有的只是黑洞洞的床底，和那冰冷无言的哑巴地板。那些之前偶尔来床底的伙伴们也都不来了，只有偶尔一小队蚂蚁经过他的身边问路，或是一只冒冒失失的蟑螂钻进他的身体借宿一晚。每到井上下班归来的时候，他从床下向外眼巴巴地张望，期待井上能够趴下来看一眼发现他。就一眼。可是井上从来没有这样做。一周，一月，一年……他变得寡言少语，不再向外张望，也不再用力抖落身上的灰尘。他以为这就是他余生的全部了，直到那让他脸红心跳的一天。

咔嗒，咔嗒……伴着井上回来的，是一阵他在公司里听过的那种高跟鞋声。他好奇地往外瞧了瞧。嘿，井上这个家伙，第一次带女孩回家啊。

"明天我就要出国了，井上君。"女孩坐在床上，一边和井上说着话，一边晃着她那双线条美丽的小腿。

"那边的话，研究环境会好一些吧！"井上的语气听起来就像世界末日降临一样。

他盯着女孩的小腿看，瞬间脸红起来。

她穿的丝袜好美啊！那颀长的迷人身姿，黑亮的闪亮光泽，还有一丝淡淡的香气。要是能和她在洗衣机滚筒里跳一次舞……天哪，那真是此生无憾啦！

他正美滋滋地想象着，看到女孩突然站了起来。井上有些慌张地说了些笨笨的话，不仅没有起到安慰的作用，反而把女孩弄哭了。

"唉，这个笨蛋。"他叹息道，突然发现自己的语气好像之前的右脚袜。

井上并不笨。他看到两个人的腿越来越近，伴着床的一声沉闷的嘣声，两双腿离开了地面，一起消失在了他的视野里。只有鞋子拖鞋噼里啪啦地掉下来。

还有一只黑色长筒丝袜，就落在他的身边。他的呼吸都停止了。

那简直是降落到凡间的天使。啊，她看到自己了！怎么办？该怎么打招呼，第一句话说什么才能显得自己比较酷？他仿佛一下子变成了哑巴、傻瓜、咿呀学语的小孩子，憋得满脸通红。还是她先开口了，她的声音也是那么的温柔："嗨，你好呀。"

"你……你好！"他结结巴巴的，但可算是出声了！

"第一次见面，请多关照！"

"请多关照！"

"你住在这里吗？这里可真安静啊。"

"是的，也不是……"于是，他开始给她讲述他的故事。当然，要有适当添油加醋的情节啦，他知道怎么让故事听起来既有趣，又能给对方留下深刻的印象。

"你的经历好有趣哦。快给我说说,你是怎么救下那几只被水淹到的蚂蚁的?"

他兴奋地说着,丝毫没注意窗外夕阳西下,暮色四合。

女孩的腿重新从床上垂下来。她在找她的丝袜。

"哎,回去的时间到啦。我要走了哦。再见了,袜子君!"

啊,时间过得好快!可是她说了"再见"!他记得,右脚袜离开的时候,说的是"永别"。

"等等!我们还能再见面吗?"他犹豫了一下,鼓足勇气问道。

她冲他莞尔一笑:"你觉得能就能!"

"你的主人要带你去哪里?"

"一个叫美利坚的国家,具体我也不清楚,只知道离这里很远。在东边,日出的方向。"

女孩发现了她,一把将她抓起来,只留下她的声音还在空中停留:"记得来找我啊,袜子君!"

他目送着她离开,直到女孩出了门才大喊了一声:"一定!"

从那天开始,他的心里便有了一团火焰、一个梦想。

他要到大洋彼岸去!

他盼望着井上能够去那儿找女孩,当然要穿着他去——不过这个想法连他自己也觉得不现实。可是梦想和思念又时刻在激励着他,哪怕只有万分之一的希望,他也要付出全部的努力!

"来找我啊,袜子君!"这句话成了他生活的全部意义,每当他想放弃的时候,只要想到这句话,就立刻觉得浑身又充满了斗志!

他一直为实现梦想的那一天时刻准备着。因为他听说,机会总是留给有准备的袜子。

在一个最平常不过的晚上,机会终于来了。

正在熟睡的人们被大地的咆哮所惊醒,急急忙忙地穿衣服跑到外面去。地震在这里是常有的事，不过这次好像和平常不一样。他发现自己可以借着地板的震动翻滚起来！

啊，他的机会来了！

他要让井上看到自己！

他咬着牙，开始用力蠕动身体。

突然咔嚓一声，屋子里一片漆黑。该死，断电了！

有人点起了蜡烛照明。不知道是哪个冒失鬼出来的时候踢倒了蜡烛，大火从底下开始燃烧，呛人而致命的浓烟滚滚而上，很快蔓延到了井上的房间。糟糕，井上是住在六楼啊，他被困住了！

房间外面已经被大火包围，井上要想活命，只有从窗户跳下去！井上也意识到了这一点，开始在房间里找结实的被单、衣服，用它们自制一条绳索。可是可怜的井上啊，你的衣服实在太少了，拼来拼去还差一点！这个时候他往阳台上一瞥，看到了那些袜子！

虽然短了些，可十几只接起来也比较可观呢。井上过去拿那些袜子。他看到这一幕，顿时又感觉有了希望！他大声喊着：井上君，你的床底下还有一只袜子！超结实的男士运动袜！

可是井上君当然听不到袜子在讲话。震感越来越强了，房子随时有倒掉的危险。他一咬牙，大吼一声，使出全身力气向外滚动。

一厘米、两厘米……越来越近了！可是大火也已经烧进了井上的房间，火舌贪婪地向前吐着，正向他扑来。这个关键的时候，绝对不能分心！他命令自己不去看那边，眼睛始终盯着忙着做绳子的井上，一边继续用力滚动着。

终于滚到床沿下面了，他已精疲力竭。井上的绳子快做好了，可是大火也即将把他吞噬。来不及了……

井上抬头看了一眼，家具已经烧着了，火光照亮了整个房间。也照亮了他。井上注意到床沿下有个东西，认出是一只袜子，赶紧把他系到绳子的一头。

他悲喜交加，井上终于看到他了！不过被当作救生绳系在阳台上，恐怕再也没有机会见到她了吧！

井上顺着绳子溜了下去，跑到了安全的地方。他的最后一点担心也没有了，现在他可以勇敢地面对火舌了。

"放马过来吧！你这丑陋的东西！"

可是火舌却不再前进。在他的后面，更可怕的东西正在袭来。

是海啸！

滔天的巨浪将大火拍灭，也无情地将井上的公寓拍得稀烂。他和其他袜子、被单、衣服一起，被巨浪卷进了大海。海上狂风大作，电闪雷鸣。靠着一截栏杆木头，他艰难地漂浮在海面上，随着海浪上下起伏。咸湿的浪花迸进他的嘴里，又苦又涩。他的身体被冰凉的海水完全浸透了，冷得瑟瑟发抖。他紧紧抱住栏杆，不敢有丝毫放松。因为他知道，哪怕只是一刻的懈怠，就可能让旋涡把他卷入海底，再也见不到明天的太阳。可是他的梦想还在，他便不能放弃！他哆哆嗦嗦地为自己打气："坚持住呀，袜子君！"

等他迷迷糊糊地醒来，阳光再次照到他的身上。经过一夜的风浪，海面终于平息下来。被单和衣服和他们冲散了，他和几只袜子连在一起，像一条浮游在海面上的海蛇。

他回头看了看，他们正在远离陆地，向着大海深处飘去。那个方向是……

啊，日出的方向！他的梦想所指向的地方！

他又兴奋起来，运气好的话，只要这样漂上两个月，就能到达大洋彼岸啦。

他的热情感染了其他同伴，大家一起为重新沐浴在阳光下而高兴得扭动起来。

一只大海鸥注意到他们，俯冲而下，把他们抓到了半空。

"呼啦！飞起来喽！免费航班！"他高兴地大叫。

海鸥发现他们不是食物，爪子一松，把他们丢回海里。

几条觅食的鲨鱼正在下面等着，一下把他们几个撕扯开了！

"抓紧我！不要啊！"他眼看着同伴被鲨鱼咬住，拖向海底不见了踪影。

一条鲨鱼咬住了他，随即又吐了出来。没想到，他身上残留的井上君的臭脚味道竟成了他的护身符。

只剩他自己，孤零零地在海上漂着。每天，他都向日出的方向前进一点。有时候，温暖的洋流会带他一程，好心的海豚会给他指路。可是这茫茫的大海啊，一眼望不到尽头，何年何月能到达彼岸呢？他也不知道。但只要每天向着目标前进一点点，终有到达那里的一天！

后来，他还学会了观察星座来辨别方向。这样晚上赶路也方便了。

为了排遣寂寞，他还学会了作诗：

> 漂啊漂啊漂，一朝又一朝。
>
> 白日乘风浪，梦里赴春宵。

伟大的航海家、野外生存专家、诗人、情圣——袜子君！他为自己封了很多称号，这个称号的名单越来越长，连他自己都快记不住了。

经过九个月的漂流，他感到疲惫不堪。与命运抗争真是累呀。就在他快绝望的时候，他看见海平面上，高楼大厦林立的海岸冒出了头。

"啊！快了，快了！"他激动得浑身颤抖，眼泪和鼻涕直流。可是由于太过疲惫加兴奋，他竟然昏过去了！

等他再次醒来，发现自己正待在一个透明的密封塑料袋内，由一位学者模样的人提着，对着台下一群人做着报告。

"这只袜子是一艘渔船发现的，经鉴定，它的产地是日本。这是福岛核电站事故后，从日本漂来的第一件东西。呃，比我们预想的速度要快……在关于核泄漏问题方面，我们认为它具有很高的研究价值。"

随后，他被交到一个年轻助手的手上。他看着这个助手，不禁惊呆了：这不正是那天和井上分别的女孩吗？

命运有时很苛刻，有时又很仁慈。她不会理会没有坚强意志的弱者，只愿意伸出她的援手，将勇敢不屈的挑战者送上幸福的天堂。

他被带回实验室进行研究。此时，已经没有人能阻止他了。海上的经历练就了他敏捷的身手和丰富的逃脱技巧。他趁女孩不注意，弄破了袋子，把自己团成一团，溜进了女孩的挎包。

他知道，她就在女孩的家里！

等女孩睡下，他悄悄跑出来，四处寻找她的踪迹，焦急地呼喊她的名字。

"是你吗？"一个抽屉里传来微弱的回应。

是她！他的心都快跳出来了。就像初次见面的那个下午，憋在心里几年的话，你争我抢地卡在喉咙里，急得他哭了起来。

"真的是你呀。好久不见了呢，袜子君。可惜我被锁在抽屉里，不能见你，真是抱歉。"

"没关系。"他紧紧贴着抽屉，听着她的声音，就觉得无比幸福。

"你是怎么到这里来的呢，和井上君一起吗？"

"不，我自己。这是一个很长的故事。你想听吗？"

"当然。"

第二天，女孩惊奇地发现，实验室里待化验分析的袜子不翼而飞了。她不知道的是，她那只丢在抽屉里的旧丝袜也不见了。

至于袜子君是怎么带着丝袜小姐消失的，一直众说纷纭。台灯说他看见袜子君把自己拧成一股又硬又细的绳子，打开了抽屉的锁，救出了丝袜小姐。垃圾桶说台灯在胡扯，明明是袜子君求助了老鼠一家，把抽屉啃出了一个洞。窗帘说看见他们手挽手，从窗台上荡了下去。隔壁的老猫说，它亲眼看到有一支流浪狗队伍在窗外接应，袜子君和丝袜小姐骑着其中最大的一只，被护送着出了街道……

　　袜子君真的消失了，他简直成了一个谜、一段传说。他的故事那么离奇，但是讲述者的口吻会让你相信，这个故事绝对是真的。这个世界上，已经不再有他存在的痕迹。可是那四处飘荡的风儿，依旧带着他的故事，告诉每一个人他曾来过。

　　"我真是服了你了。"年轻的女研究员笑得捂着肚子，"你不去当编剧真是浪费呀。上头让我们分析这只袜子上挂着的变异海藻的DNA，你看你都分析了些啥！"

　　"找点乐子罢了。研究人员也要有跳脱的思维嘛。"他头也不抬，继续专注地对着电子显微镜，"话说回来，这种海藻的DNA变得比较奇怪，好像混进了人类的DNA片段……你看，细胞壁上长出了很多突触一样的东西，细胞之间的交流惊人的频繁。难道是他们'吃'了袜子里的皮屑获得了人类的DNA？太不可思议了。"

　　"越说越离谱了。即使是海藻'吃'掉了皮屑，也会把DNA分解成核苷酸吸收掉的啦。"

　　"也是。唉，不好意思，我总是做一些不切实际的幻想。"

　　晚饭时间到了，两名研究员离开了实验室，只留下培养皿里的奇怪海藻。

　　这些发着淡绿色荧光的海藻，正在以难以置信的速度发生着变化。等明天他们再回到实验室，说不定……

　　此时，几千千米之外的大海上，一大片荧光正随着海浪起起伏伏，忽明忽暗地眨着眼睛。

克莱小镇上的造魂师

TIME.SPACE.LOVE

　　你的灵魂中有多少忠诚，有多少正直，有多少贪婪，有多少懦弱……

　　比例随心，愿你成为自己的造魂师，拥有不平庸的灵魂。

　　当夕阳的余晖静静地扫过克莱小镇上的每一条街道后，道尔就叮叮当当地起床了。他接通所有设备的电源，房间里的机器们就轰隆隆地运行起来。等这噪音喘息平稳之后，道尔就照着上面传来的设计数据，开始造魂了。小镇上人口数量一万九，有一半人的灵魂是道尔造的。

　　从未出过差错。

　　今天要造出四个新的灵魂。道尔看了一眼第一个的设计参数，便操作起机器来。

　　这个过程就像数控机床的编程一样枯燥无味，缺乏创意但却令人放心的精确。

　　正直：8.0%

　　贪婪：6.2%

　　懦弱：4.5%

友爱：3.7%

卑劣：3.4%

又一个平庸得不能再平庸的人类，道尔想。看着这些干巴巴的数据，道尔的眼前就能浮现出这个人灵魂的全貌来。以这个 19211 为例，他的灵魂成分由 1000 种以上的成分以十分平庸的比例混合而成，因此他将会是一个普普通通的小市民，遵纪守法，内心卑微。平时会表现得很温顺，但如果小镇上发生了什么大事，他是绝不会伸出援手的，只会躲在不远的地方，幸灾乐祸地看热闹。小镇上大部分都是这类人。小镇需要这些人，这些遵纪守法的小市民们。

道尔的手指噼里啪啦地继续输入着数据。直到小镇的上空飘起了袅袅炊烟，第一个灵魂才输入完毕。道尔按下"confirm"键，整个房间里的所有机器就又剧烈地轰鸣起来，就像临产的孕妇痛苦的呻吟。

道尔每天这样工作直到凌晨，确保在太阳升起之前，把新造的灵魂注入新生婴儿的大脑。造完第三个魂之后，老造魂师的肩部和腰部开始吱吱作响。道尔有些吃力地站了起来。他慢慢地踱回卧室，在床头柜抽屉的最里面，摸出一小瓶机用润滑油。最后一瓶了，他想。老了，磨损就愈发厉害。道尔一仰头，把半瓶机油顺着脖子的注油孔倒了进去。

加了油后舒服多了。整个身体的零件都重新有了默契，让道尔一度感觉重回往昔。可是他也知道，这种美妙的感觉是短暂的，如果这些老旧的零件不换掉，他迟早也会被丢进熔场——那是所有被淘汰的 AI 逃不掉的噩梦。

道尔重新回到平复了喘息的机器旁，开始看第四个灵魂的数据。

忠诚：28%

顺从：19%

坚强：17%

……

道尔连续看了三遍。他怀疑自己看花了眼。这个灵魂的数据非常让人震惊。几个主要的灵魂成分占到了 60% 以上，总成分数不超过 25 种。这是一个非常纯粹的灵魂。仿佛为了某种目的而生。这种事在他三十多年的造魂师职业生涯里从没发生过。这将是一个改变小镇历史的大人物吗？抑或是……

道尔再次看了看数据，还是难以置信。思考了一会儿，他决定向上面汇报一下这个情况。

"N7065 造魂师斯蒂夫·道尔，于 11 月 10 日 01：20 发现第 19214号灵魂成分可能存在异常，请求有关部门给予核实。速回复。"

道尔靠在椅子上，等待着消息。窗外已经完全湮没在黑暗里。不时有一两个光点如鬼影般幽幽地飘过，道尔知道那是什么。克莱镇的灵魂回收工作做得还算到位，把死去人类的灵魂收集回来，重新分解，入库，再按照成分的设计比例铸成新魂。只有极少数逃逸在外游荡的孤魂。其实，有些孤魂的成色还是相当不错的，如果……

从上面来的回复打断了道尔的思维："N7065 造魂师斯蒂夫·道尔：19214 号灵魂成分检查完毕，确认无误。还有问题吗？"

"嗯……"道尔嗫嚅着，决定还是要说。他在键盘上敲着："六个月前 N7065 提交的'C 级润滑油配给申请'还没有消息。请有关部门核实并给予批准。"

消息发送了过去。道尔并不着急赶制第四个灵魂。他有些期待地搓着手指，直到安在手臂上的手指液压伺服驱动不满地吱吱叫了起来。道尔决定等到上面的回复再开工，仿佛这个灵魂是他的筹码一般。窗外的夜越来越浓了，诡异的光点不时在他的窗前停留，等道尔去看它们时，便又都跑掉了。深秋的空气里带着一股股肃杀的冷意，让所有求爱的小动物默不作声。诡异的安静与黑暗已经紧紧笼罩住了整个小镇，没有人能够逃脱。

没有回音。道尔有一点焦急，但他又不敢站起来在屋子里走动，那样又会耗掉一点机油。还有半瓶，省着点的话，能用两个礼拜——已经半年没有新的机油配给了。道尔以为是上面的疏忽，可是几个月来都没有了。等待得久了，渐渐就没了期待，失望也要变成绝望。道尔干这行三十多年了，从未出过岔子。不过话说回来，这第四个魂还真是有些奇怪，三十年来见所未见……

嘀……消息来了。"N7065造魂师斯蒂夫·道尔：你的申请被驳回。另新造魂师将于明年二月份到任，请开始着手准备造魂工作交接相关事宜。"

"新造魂师？"道尔明白了。他攥紧了拳头，液压油在他的手臂上的油管里快速流动，忽高忽低的电压让他感到眩晕。这是一个早已酝酿好的阴谋。如果自己不问，也许就在不久之后，某个太阳升起的早晨，几个清理者破门而入，捆起沉沉睡着的道尔，运到某个熔场里炼掉。死在睡梦中，仁慈至极啊。

道尔放松了手指，平稳了一下情绪。电压慢慢恢复了正常——情绪波动会导致体温升高，加剧润滑油的损耗。道尔尝试让自己接受这个结果。顺从是这个世界上最大的美德。但是他至少希望，他能够有尊严地离去。很明显上面并不是这样想的。他只是AI帝国里再普通不过的一个分子，一个负责给愚蠢人类造魂的劳工。

是的，劳工。每个新魂的参数都是设计好的，造魂的过程也由机器自动控制，工艺成熟而完美。造魂师是随着帝国的崛起而新兴的职业。道尔听说，在很久以前，久到AI帝国还没崛起的时候，人类都是有自己的灵魂的。那时候一个人类的大脑抵得上10个AI的中央处理芯片。一场基因战争毁了人类的脑子——虽然道尔也解释不太清楚"基因"到底是什么，只是听说战争是从互相在敌国的粮食蔬菜里掺入一些致病基因开始的。道尔对这个说法一直半信半疑。他觉得，按照以前一个人脑等于 10 个 AI 芯片的说法，人类是绝不可能犯下这种错误的，低级而且致命。

道尔苦笑了一下。一个即将走进熔炉的老家伙，还在为人类的前世今生唏嘘。他回忆起自己，回忆这一生的经历，想起还没有删去的，那些偷偷存在记忆体中的梦想与愿望。没有什么大的遗憾，除了——他想亲自设计，真正地自己造一个新魂。

道尔没有这个权限。其实他也不懂魂的不同成分比例的计算理论。不过在三十年里，造了上万个魂的道尔，对魂有他自己的理解。每个魂都是一件艺术品，是生命的升华。尤其是今天最后这一个，纯粹得让道尔感动。"忠诚：28%"。他一定是帝国最忠心的护卫，一名帝国赞歌的伟大歌者。

道尔忽然又为这个新魂感到悲哀。因为通过设计参数，他已经预见到了这个人类的一生。轨迹清晰而确定。

一个剧烈的电压波动传遍了道尔全身。这最后的纯粹的魂，将由造魂师斯蒂夫·道尔亲自设计制造。

道尔搓着手指，手臂上的伺服马达全力开动。他打开原料库，一股巨大的失望立刻袭击了他：原料库里，只剩下忠诚、顺从……

这一切都是安排好的。剩下的原料不多不少，正好可以造出这个魂。道尔狠狠地关上库门，走出房间。几个光点围着道尔转了一圈，飘然而过。他突然有了主意。

"嘿！"道尔开口对着光点飞去的方向喊道，"我知道你们都是人类中的勇士。请接受我，一个 AI 造魂师对你们的崇敬。今晚我将造出最后一个魂，我需要你们。我恳请你们和其他魂一起，组成新魂，再次生而为人。"说完，道尔向前伸出了手掌。

没有反应。道尔又说了一遍。他知道今晚是最后的机会，他不会放弃。

有三个光点轻轻地落在了道尔的手上。道尔小心翼翼地握住他们，走进房间，走到造魂机前。

道尔先对这三个游魂进行了成分的分析。让他感到欣喜的是，虽然没有新魂那么纯粹，这些魂的成分也非常的集中。而且他们最大的成分惊人的相同——叛逆，而且三个魂都有 10% 以上。

道尔可以不改动魂的比例值，只需要按自己的直觉修改各个成分。应该不会马上被发现。但造出的魂却有天壤之别。道尔甚至无法预测，一个"叛逆"达到了 28% 的魂会有怎样的人生。未知，他创造了一个未知的魂。给人类创造一个充满未知可能性的魂，是一个造魂师最大的荣耀。

哪怕这个荣耀的代价是自己。至少，道尔过了一天有创造的生活。

三个游魂已经被彻底分解，相同的成分汇到了一起。道尔快速地思考着，斟酌着，把他认为合适的成分输入进去：

叛逆：28%

执着：19%

理智：17%

……

天边泛白的时候，道尔终于完成了。四个新魂被传到了小镇医院里，四个婴儿即将诞生。

道尔关掉所有机器，匆匆收拾了一下。带上半瓶机油，一根手杖，其他的都留在这里吧。也许新的造魂师会用到这些，道尔想。

克莱小镇的早晨也是沉默的。人们习惯了彼此的肢体交流，而且每个人又是那么行色匆匆，好像都有做不完的事。

道尔挂着拐杖，向远处医院的方向眺望。在这安静的早晨里，这位克莱小镇的造魂师，转了转脖颈，迎着太阳，带着疲惫与一丝欣慰，慢慢消失在了灿烂的阳光里。

　　他隐约听到了一阵哭声。